HEXE UNTERM SCHICKSALSSTERN

PREMONITION POINTE

BUCH SECHS

DEANNA CHASE

Übersetzt von
HELENA TAMIS

ÜBER DIESES BUCH

Ein paranormaler Frauenroman

Carly Preston, ein beliebter Hollywoodstar, verbrachte ihr Leben im Rampenlicht. Viele glauben, ihre fünfzig Jahre auf der Erde wären wie verzaubert. Sie weiß es besser. Die Tragödie, die eines Abends vor über dreißig Jahren passierte, ist für sie nie weit weg, auch wenn sie gelernt hat, loszulassen. Doch als sie eine Nachricht aus der Vergangenheit erhält, zusammen mit dem Besuch des einen Menschen, der sie nie wieder sehen wollte, scheint es plötzlich, als wäre alles, was Carly über diesen Abend wusste, eine Lüge. Mit der Hilfe des Zirkels von Premonition Pointe ist Carly entschlossen, einen Fehler zu berichtigen und vielleicht eine Zukunft zu finden, von der sie gar nicht ahnte, dass sie sie will.

CARLY PRESTON SCHAUTE JEREMIAH VANCE AN, ALS WÄRE IHM gerade ein zweiter Kopf gewachsen. „Wie bitte? Was hast du da gesagt?"

Der Mann, von dem sie über dreißig Jahre lang nichts gesehen oder gehört hatte, schaute über ihre Schulter hinweg auf die Leute, die sich in ihrem Strandhaus drängten, und runzelte die Stirn. „Gibt es einen Ort, an dem wir mal unter vier Augen sprechen können?"

In ihrer Magengrube stieg Wut auf, und Carly wollte den Mann anfahren. Sie wusste, er hatte nichts anderes verdient, nachdem er einfach während einer Filmabschlussparty an ihre Tür spaziert war und die Bombe vor ihr hatte platzen lassen. Aber ihre jahrelange Übung im Umgang mit Hollywood-Medien machte sich selbstständig und hielt sie davon ab. Wenn sie eine Szene vor über zwei Dutzend Leuten aus der Filmindustrie machte, wäre die Geschichte innerhalb weniger Stunden überall im Internet.

„Komm rein. Wir können in mein Büro gehen." Sie hielt ihm die Tür auf, winkte ihn ins Haus.

Er schaute sich unter den glitzernden Leuten um und verzog das Gesicht, sagte aber nichts, während sie ihm bedeutete, ihr zu folgen.

Carlys Wut verwandelte sich allmählich in Zorn. Wie konnte er es wagen, sie und ihre Gäste abzuurteilen? Es war ja nicht, als hätte er irgendwelche Erfahrungen mit Hollywood oder den Leuten, mit denen sie sich umgab, wenn sie an einem Film arbeitete. Soweit sie wusste, verbrachte er seine Zeit damit, sich in einem Büro einzuigeln und für irgendeine Startup-Tech-Firma im Silicon Valley Zahlen zu jonglieren.

Nicht, dass sie ihn verfolgt hätte oder so was. Nicht wirklich auf jeden Fall. Sie hatte nur zufällig seinen Namen in einem Artikel über einen kürzlichen Börsengang aufgelistet gesehen. Und von da an war sie neugierig geworden.

Sobald sie das Büro betraten und sie die Tür geschlossen hatte, wandte sie sich zu ihm, hatte vor, ihm ihre Meinung darüber zu geigen, wie unfair seine Verurteilung war. Aber als sie einen guten Blick auf die Erschöpfung in seinen Augen geworfen hatte, die bis tief ins Mark ging, fiel ihr wieder ein, was er gesagt hatte, als sie völlig verblüfft hatte. „Du hast gesagt, Zane wäre ..." Sie schluckte schwer, bekam die Worte nicht heraus. Carly war sicher, sie hätte ihn falsch verstanden. Es konnte doch nicht wahr sein. Oder? „Was hast du da über Zane gesagt?"

„Ich habe Grund zu der Annahme, dass er den Unfall überlebt hat und dass er lebt", sagte Jeremiah, seine ganze Haltung änderte sich zu etwas, das sie nicht ganz interpretieren konnte. War das Entschlossenheit in seinem durchdringenden Blick, oder ein schwach verhüllter Vorwurf?

Carly wollte sich aufplustern, doch sie hielt ihre Abwehrhaltung in Schach. Auf keinen Fall würde Jeremiah bei ihr an der Tür mit so einer wilden Behauptung auftauchen, außer er war neunundneunzig Prozent sicher, dass es stimmte. Sie stellte sich neben das Fenster, das über den Pazifik hinaussah, und erinnerte sich an den Geist ihrer Schwester und die Warnung, die sie draußen auf der Veranda gehört hatte, nur wenige Augenblicke, bevor Jeremiah an ihrer Tür aufgetaucht war.

Veränderungen kommen, Carly. Große Veränderungen. Und du musst für sie offen sein.

Offen. Ja, okay. Das konnte Carly. Es schadete ja nicht, sich anzuhören, was er zu sagen hatte, oder? Sie konnte das humorlose Lachen nicht unterdrücken, das tief aus ihrer Kehle kam.

Jeremiah kniff die Augen zusammen. „Nichts daran ist spaßig, Carly. Zane lebt seit über dreißig Jahren eine Lüge."

Sie räusperte sich. „Ich weiß. Ich habe nicht darüber … Weißt du was? Ist egal. Es ist nicht wichtig. Ich würde viel lieber von Zane hören, als über mein unangemessenes Lachen zu reden." Sie nickte zu den zwei Sesseln hin, die zum Schreibtisch ausgerichtet waren. „Können wir uns hinsetzen, und du erklärst mir, was los ist?"

Seine tiefblauen Augen huschten zu den Sesseln. Nachdem er kurz gezögert hatte, nickte er einmal und marschierte hinüber zu einem der Sessel. Er setzte sich, beugte sich vor, die Ellbogen auf den Knien, die Hände aneinandergelegt.

Carly folgte ihm, und als sie Platz nahm, drehte sie sich zu ihm um, wartete neugierig.

„Vor etwa zwei Wochen ist ein Mann draußen vor meinem Büro aufgetaucht und hat mich aufgehalten, als ich von der Arbeit heimging. Er war zu dünn, hat abgetragene Jeans und ein echt altes T-Shirt angehabt. Anfangs dachte ich, er wäre ein Obdachloser, der Geld oder Essen will oder so was, und ich habe ihm ein bisschen Bargeld angeboten, aber er hat den Kopf geschüttelt und gesagt, er würde nicht nach Almosen suchen. Er wollte nur Hilfe, um jemanden namens Lazer von einem Verbrecherring zu befreien."

„Aber du bist ein Buchhalter, kein Anwalt, oder?", fragte Carly.

Jeremiahs Augen wurden kurz groß vor Überraschung. „Du weißt, womit ich meinen Lebensunterhalt verdiene?"

Leicht verlegen, dass sie ihre Google-Gewohnheiten rausgelassen hatte, nickte Carly und erklärte ihr leichtes Stalkerinnen-Verhalten. „Ich habe kürzlich von einem neuen Börsengang einer Startup-Tech-Firma gelesen, und als ich das recherchiert habe, sah ich, dass dein Name erwähnt wurde. Irgendwas, was mit Buchhaltung zu tun hat, oder?"

Er musterte sie kurz, als würde er versuchen, etwas herauszufinden, aber dann schüttelte er leicht den Kopf, als wolle er die Gedanken loswerden, die ihm gekommen waren. „Stellvertretender Finanzvorstand tatsächlich."

„Finanzvorstand. Beeindruckend", sagte Carly.

Er zuckte mit den Schultern, als wäre das keine große Sache. So viel also dazu, zu versuchen, ihn mit Komplimenten zu bezaubern.

Da sie weiterziehen und unbedingt herausfinden wollte, weshalb Jeremiah dachte, dass sein Bruder lebte, fragte sie: „Was hat also dieser Lazer mit Zane zu tun?"

„Anfangs wusste ich das nicht. Als ich dem Typen gesagt habe, dass ich kein Anwalt bin, regte er sich auf und sagte, nach so einem würde er nicht suchen. Er suchte nach Lazers Bruder. Aber bevor er das ausführen konnte, versteifte er sich plötzlich, als hätte er Angst bekommen, und duckte sich in eine Gasse in der Nähe."

„Das klingt nach jemandem, der echt verwirrt war", warf Carly ein. Aber in ihrer Magengrube lag ein prickelndes

Gefühl, das ihr sagte, dass die Begegnung kein Fehler gewesen war.

Jeremiah legte sich eine Hand auf den Nacken und stieß ein Seufzen aus. „Das habe ich auch gedacht. Nachdem eine kleine Gruppe Geschäftsleute an mir vorbei war, schaute ich in die Gasse und versuchte, den Mann zu finden, doch er war verschwunden."

Carly runzelte die Stirn. „Okay. Wie bist du also zu der Annahme gekommen, dass Zane noch lebt?"

„Zwei Tage später lag in unserem Bürobriefkasten eine handschriftliche Nachricht." Jeremiah zog eine sorgsam zusammengefaltete Notiz aus seiner Tasche und reichte sie Carly. „Die Sicherheitsvideos haben den gleichen dünnen Mann identifiziert, der mit mir reden wollte, bevor er Angst bekam und verschwunden ist. Wir haben bereits nach Fingerabdrücken gesucht. Es gab keine."

Mit gerunzelter Stirn nahm Carly das Blatt und faltete es sorgsam auf. Als sie es gerade öffnete, fiel ein zerfledderter Streifen von Fotos aus einem Fotoautomaten heraus und landete nach unten auf dem Dielenboden. In der Nachricht hieß es: *Er hat mir das gegeben und sagte, das würde mich zu seinen Angehörigen führen.*

Mit rasendem Herzen griff Carly hinab und hob den Fotostreifen auf. Sie wusste, was sie sehen würde, bevor sie ihn umdrehte. Ihre Sicht wurde verschwommen, als sie die albernen Fotos aus dem Automaten betrachtete, die nur ein paar Stunden vor dem Unfall geschossen worden waren, der ihnen ihre Zwillingsschwester Caydence und Jeremiahs jüngeren Bruder genommen hatte. Die vier hatten sich in die Bude gequetscht, mit Carly und Caydence auf dem Schoß der Jungs, und alle hatten sie Grimassen geschnitten und gelacht und keine Sorgen gehabt.

„Wie …" Carlys Stimme erstickte, bevor sie herauszwang: „Das kann doch nicht möglich sein. Wie hätte dieser Mann da rankommen sollen?"

Jeremiahs Gesicht war verkniffen, als hätte er Schmerzen. „Es gibt nur zwei Erklärungen. Entweder wurde Zanes Geldbörse nach seinem Tod gefunden und jemand versucht, ein grausames Spiel mit uns zu spielen, oder er lebt wirklich und braucht unsere Hilfe. Ich weiß nicht, wie es dir geht, aber da Zanes Leichnam nie gefunden wurde, habe ich Schwierigkeiten, zu glauben, dass seine Börse ohne ihn aufgetaucht ist. Und das heißt …"

„Dass du glaubst, Zane lebt wirklich noch", schloss Carly für ihn. Ihre Brust spannte sich an, als sie versuchte, sich vorzustellen, was Zane dreißig Jahre lang von ihr und Jeremiah hätte fernhalten können. Jeremiah war sein einziges Familienmitglied, nachdem ihre Mutter gestorben war, als Zane auf der Highschool gewesen war. Ihr Dad hatte sie verlassen, bevor Zane auch nur zur Welt gekommen war. War es Gedächtnisverlust? Aber wie sollte er dann dem anderen Mann sagen können, dass diese Leute seine Angehörigen waren? Ihr Herz begann zu hämmern. Das Plaudern und dumpfe Dröhnen der Partygäste in ihrem Haus erreichte allmählich ein unerträgliches Niveau. Sie wollte hinaus in ihr Wohnzimmer gehen und allen befehlen, dass sie aufbrechen sollten.

„Ich glaube, das ist eine Möglichkeit. Und solange das stimmt, werde ich alles in meiner Macht Stehende tun, um diesen Lazer zu finden. Und trotz unserer Vorgeschichte seit dem Unfall bin ich hier, um dich um Hilfe zu bitten", sagte er und hielt ihren Blick fest.

„Meine Hilfe?", fragte Carly, die die Anspielung auf ihre problembehaftete Vergangenheit ignorierte. Sie war nicht diejenige, die ihre Beziehung vergiftet hatte. Das hatte er alles allein getan, indem er ihr den Unfall angelastet und sie aus seinem Haus befohlen hatte, als sie gekommen war, um ihn zu bitten, ihr zu helfen, die Suche weiterzuführen. Er hatte gesagt, sie hätte schon mehr als genug angerichtet, und dass er sie niemals wiedersehen wollte. Die Kälte in seinem Tonfall hatte sie bis aufs Mark erschaudern lassen, und nur eine Woche, nachdem sie den Verlust ihrer Schwester und ihres besten Freundes zu beklagen gehabt hatte, hatte sie auch den Jungen verloren, in den sie halb verliebt gewesen war, solange sie sich erinnern konnte. Diese Zeit ihres Lebens hatte zu den dunkelsten Tagen gehört, und es war etwas, an das sie wirklich niemals denken wollte. Zuzustimmen, ihm zu helfen, würde heißen, diese Verletzungen erneut aufzureißen, von denen sie wusste, dass sie nie wirklich geheilt waren, aber hatte sie eine Wahl? Die Nachricht ihrer Schwester war immer noch frisch in ihren Gedanken. Außerdem, falls eine Möglichkeit bestand, dass Zane noch lebte, würde sie durch die Hölle gehen, um ihn zu finden. Nur dass sie nicht genau wusste, worum Jeremiah sie bat. „Ich bin mir nicht sicher, was ich tun kann, außer du brauchst Geld für Ermittler und …"

„Ich brauche dein Geld nicht, Carly", fuhr er sie an und strich sich mit der Hand durch die dichten dunklen Haare. „Glaubst du echt, ich wäre hierhergekommen, wenn ich nur Geld brauchen würde?"

Sie zuckte mit den Schultern. Er wäre nicht der Erste, der sie nur als Bankautomaten betrachtete. Aber das hatte sie nicht gemeint. Die Wahrheit war, sie erkannte einfach nicht, wie sie sonst helfen sollte. „Ich weiß nicht, was dich hierher bringen sollte, Jer. Ich habe über dreißig Jahre lang nichts von dir gehört. Woher weiß ich, was dich motiviert?"

7

Er kniff die Augen zusammen, und sie erkannte, dass er wieder defensiv wurde.

Carly hob eine Hand, hielt ihn davon ab, auszusprechen, was immer ihm auf der Zunge lag. „Ich weiß aber nicht, wie ich sonst helfen kann. Ich bin doch keine Privatermittlerin. Wie genau soll ich dir helfen, diesen Lazer zu finden, wenn du so wenig Material hast?"

„Der Zirkel vom Premonition Pointe. Die Behörden weigern sich, mir zu helfen. Sie sagen, Zanes Fall wäre geschlossen. Und ohne weitere Beweise kommt ein Privatermittler nicht sehr weit. Ich glaube, wir brauchen Hexen, die … weniger konventionelle Methoden einsetzen können, um so einen Fall zu lösen", sagte er. „Du bist doch mit Joy Lansing befreundet? Die, mit der du diesen Film gemacht hast? Ich will, dass du sie fragst, ob sie mir helfen, Zane zu finden."

Carly öffnete den Mund, um zu antworten und ihm zu sagen, dass sie zwar Freunde waren, aber dass das eine höllisch große Bitte war, besonders, da Joy ihr bereits geholfen hatte, ihre Nichte Harlow zu finden, nachdem sie entführt worden war. Aber bevor sie die Worte herausbekam, drang von draußen ein Schrei heran, gefolgt von quietschenden Reifen, als ein Auto in die Nacht davonraste.

„Ruft doch jemand die Polizei!", hörte sie einen der Gäste brüllen.

Ohne zu zögern, platzte Carly aus dem Büro und lief zur Eingangstür, wo sich eine Reihe Gäste versammelt hatten. „Was ist passiert?"

„Ein Unfall mit Fahrerflucht. Ein schwarzer SUV hat einfach jemanden überfahren, der die Straße überquert hat", sagte Vanessa, einer ihrer jüngeren Co-Stars.

„Wer denn? Wer wurde überfahren?", fragte sie, schob sich

bereits durch die kleine Menge, um durch die Eingangstür zu kommen.

„Keine Ahnung", sagte Vanessa hinter ihr.

Carly schlüpfte weg von den Gaffern vor dem Haus und lief zu der Person, die mitten auf der Straße lag. Es war ein dünner Mann mit sandblondem Haar, zerrissenen Jeans und einem blutverschmierten T-Shirt. Sie suchte hektisch nach einer Wunde, und als sie ein Loch in seiner rechten Schulter fand, fluchte sie und nutzte den Pulli, den sie trug, um zu versuchen, die Blutung zu stoppen. Er war nicht nur überfahren worden, sondern jemand hatte auch auf ihn geschossen.

Hinter ihr wurde ein Keuchen laut. Carly drehte den Kopf, um Jeremiah entsetzt auf den Mann hinabschauen zu sehen. „Er ist es. Der Kerl, der versucht hat, vor meinem Büro mit mir zu reden."

2

ERSCHÖPFUNG STRÖMTE ÜBER CARLY HINWEG, ALS SIE SICH IN ihrem Plastikstuhl im Wartebereich des Krankenhauses hin und her schob. Es war schon Stunden her seit der Fahrerflucht vor ihrem Haus. Sie war bei dem Mann geblieben, bis die Sanitäter gekommen waren, hatte die Hand die ganze Zeit auf seiner Wunde gehalten. Sobald sie sie sanft zur Seite geschoben hatten, hatte Jeremiah einen Arm um ihre Schulter gelegt und sie an seine Seite gezogen, sie getröstet.

Sie war zu schockiert gewesen und hatte diese Bewegung nicht einmal infrage gestellt. Nun, da Stunden vergangen waren, fragte sie sich, ob ihm klar gewesen war, was er getan hatte. Das letzte Mal, dass er sie berührt hatte, war an dem Tag gewesen, an dem sie beide ihre Geschwister verloren hatten.

„Ich hab dir das geholt", sagte Jeremiah, der sich neben sie auf den Stuhl setzte und ihr einen Papierbecher reichte.

Der Geruch nach frischem Kaffee füllte ihre Sinne, ließ sie fast vor Erleichterung weinen. „Vielen Dank", sagte sie und schloss die Augen, während sie einen großen Schluck nahm. Sogar der schale Krankenhauskaffee war der Himmel für ihre

Geschmacksknospen. Mit geschlossenen Augen stieß sie ein zufriedenes Seufzen aus, glücklich, dass sie zumindest eine kleine Behaglichkeit bekam, während sie wartete.

„Irgendwas Neues?", fragte er.

Carly schüttelte den Kopf. „Er ist immer noch im OP. Die Schwester sagte, er hatte keinen Ausweis bei sich. Sie hoffen, wenn er aufwacht, kann er ihnen sagen, wer er ist."

Jeremiah sank zurück in seinen Stuhl, die Schultern herabgesunken und sein Blick erschöpft. „Also werden wir wahrscheinlich erst mal ein paar Stunden lang nichts Neues hören."

„Wahrscheinlich", sagte Carly. „Wir sollten vermutlich versuchen, ein bisschen zu schlafen, aber ich kann einfach nicht gehen, bis ich weiß, dass er in Ordnung ist."

„Ich kann nicht gehen, bis ich Antworten bekomme", sagte Jeremiah.

Carly schaute ihn schief an. Jemand hatte eindeutig versucht, ihn zu ermorden, ihn zum Schweigen zu bringen. Weshalb sonst sollte man auf ihn schießen und ihn in Carlys exklusiver Nachbarschaft überfahren? Solche Dinge geschahen normalerweise nicht in der Gemeinschaft an der Klippe, die sie in den letzten sechs Monaten zu ihrer Heimat gemacht hatte. „Ich weiß, dass du unbedingt erfahren willst, was er über Zane wissen könnte, aber ich bezweifle, dass er irgendwann in nächster Zeit in der Lage sein wird, mit uns zu reden."

„Ich weiß das. Aber was, wenn seine Angreifer zurückkommen?" Jeremiah starrte auf die Doppeltüren, die zur Intensivstation führten, wo sie den Mann nach seiner OP hinbringen würden. „Jemand muss Wache stehen und sicherstellen, dass er in Sicherheit ist. Und ich bin ziemlich überzeugt, dass die Polizei vor Ort das nicht tun wird."

Carly nickte und holte ihr Handy heraus. Fünf Minuten

später beendete sie den Anruf und wandte sich an Jeremiah. „Mein Security-Team ist dran. Sie schicken sofort jemanden rüber, und er wird rund um die Uhr geschützt werden, bis ich was anderes sage."

Jeremiah blinzelte sie an. „Einfach so? Du hast ein Security-Team, das kommt, sobald du einen Anruf tätigst?"

Sie zuckte mit den Schultern. „Dir ist das vielleicht ja nicht klar, Jer, aber wegen meines Jobs bin ich ziemlich gut bekannt. Weißt du, was das für Frauen in der Unterhaltungsindustrie bedeutet?"

„Dass du eine Menge nerviger Fans hast?", fragte er und wirkte genervt.

Sie schnaubte laut und verdrehte die Augen. „Ja, Fans. Aber noch wichtiger, je berühmter eine Schauspielerin ist, desto mehr instabile Leute zieht sie an. Wenn ich in L.A. bin, habe ich immer ein Sicherheitsteam um mich. Wenn ich in Premonition Pointe bin, habe ich nur Jake da drüben." Sie nickte einem Mann zu, der ein paar Sitze entfernt auf seinem Handy herumspielte.

„Jake?", fragte Jeremiah, der erstaunt wirkte. „Der gehört zu dir?"

Jake schaute beim Klang seines Namens auf und lächelte Jeremiah schwach an. Dann musterte er wieder sein Handy.

„Ich würde nicht sagen, er gehört zu mir. Eher schon, dass er mich im Auge behält. Als ich nach Premonition Pointe gekommen bin, schien es nur wenig Grund für Security zu geben. Die Menschen in dieser Stadt kümmern sich nicht so sehr um meinen Job oder die Oscars auf meinem Kaminsims. Oder falls sie es tun, sind sie so höflich, mich einfach mein Leben leben zu lassen, ohne so viel Gewese um meinen Starstatus zu machen. Aber nach Harlows Entführung hat sich keine von uns sicher gefühlt, ohne jemanden da zu haben, der sicherstellt, dass so etwas nicht wieder passiert. Also folgt mir Jake, Mikey folgt Harlow, und wir tun beide so, als wäre es normal, anstatt eine völlig übertriebene Reaktion auf die verrückten Leute dieser Welt."

„Ich halte das nicht für übertrieben", sagte Jeremiah leise, während er ihr einen Arm die Schultern legte und sie seitlich zu einer Umarmung heranzog. „Ich habe gehört, was mit deiner Nichte passiert ist. Das muss schrecklich gewesen sein."

„War es, und wie du sagtest, die Polizei vor Ort war nicht so richtig hilfreich. Wären nicht Joy und der Zirkel gewesen, habe ich keine Ahnung, wie ich sie je gefunden hätte." Sie lehnte sich an ihn, saugte seine Wärme und den Trost und die Vertrautheit auf. Selbst nach all den Jahren, die vergangen waren, fühlte sie sich immer noch zu Hause in den Armen eines Vance-Jungen. Sie stieß ein leises, zufriedenes Seufzen aus und legte ihm den Kopf auf die Schulter.

Nach ein paar Augenblicken schaute Jeremiah auf sie hinab und fragte: „Der Zirkel hat dir schon einmal geholfen, glaubst du, sie werden uns jetzt helfen?"

Anfangs sagte Carly nichts. Es war ein großer Gefallen, den man vom Zirkel von Premonition Pointe erbitten musste, herauszufinden, wer dieser Mann war, und weshalb er Jeremiah ein altes Foto von dem Tag überlassen hatte, an dem Zane in dem Bootsunfall verschollen war. Soweit sie es wusste, war er nur ein weiterer Verrückter, der versuchte, die Aufmerksamkeit eines Hollywood-Stars auf sich zu ziehen. War es möglich, dass dieser Typ Jeremiah benutzte, um zu ihr durchzukommen? Sie verabscheute es, dass sie so dachte, aber nach dreißig Jahren im Geschäft wäre sie naiv gewesen, es nicht zumindest in Betracht zu ziehen.

„Carly, falls irgendeine Chance besteht, dass Zane

tatsächlich am Leben ist, müssen wir dem nachgehen", sagte er leise, seine Stimme rau vor Gefühlen.

Wieder brannten Tränen in ihren Augen, denn sie wusste, dass er recht hatte. Ganz gleich, wie sehr es ihr vielleicht das Herz herausriss, wenn sie herausfanden, dass das alles nur Einbildung war, auf gar keinen Fall konnte sie sich abwenden, ohne die Wahrheit zu erfahren. Sie richtete sich gerade auf, löste sich aus seiner Umarmung. „Du hast recht. Aber bei den ganzen Frauen im Zirkel ist einiges los im Leben. Ich bin ziemlich sicher, zumindest Joy würde helfen, wenn nicht sie alle, aber können wir nicht warten, bis wir nicht zumindest mit diesem Mann gesprochen haben, bevor wir den ganzen Staat nach Zane durchkämmen? Woher wissen wir überhaupt, wo wir anfangen sollen?"

Jeremiah stieß ein hörbares Schnauben aus, als der Kampfgeist ihn zu verlassen schien. „Ich schätze, du hast recht. Ich bin nur ... Es ist sehr lange her, Carly. Für mich ist es schwer, daran zu denken, dass er gelebt hat, aber die ganze Zeit verschollen war. Wenn eine Möglichkeit besteht ... Ich will ihn nur so bald wie möglich zurückhaben."

Bei seinen Worten zog es in ihrem Herzen. Sie hätte bei ihrer Schwester genau dasselbe Gefühl gehabt. Himmel, sie fühlte genauso bei Zane. Er war immerhin ihr bester Freund gewesen. „Ich weiß. Wir sind nur ..."

„Ms. Preston?", rief eine Frau in OP-Kleidung vom Schwesternzimmer in der Nähe.

„Ja?" Carly sprang auf und lief hinüber zu der Frau, Jeremiah dicht hinter ihr.

„Hallo, ich bin Dr. Greene, die Chirurgin für John Doe. Soweit ich es verstehe, waren Sie bei ihm, als er eingeliefert worden ist?", fragte die Frau.

„Ja", sagte Carly. „Es wurde vor meinem Haus auf ihn

geschossen und er wurde überfahren. Ich bin bei ihm geblieben, bis die Sanitäter kamen."

Sie runzelte die Stirn. „Also sind Sie gar nicht mit ihm verwandt?"

Carly schüttelte den Kopf. „Nein, aber wir machen uns Sorgen um ihn und wollten warten, um sicherzustellen, dass es ihm gut geht."

Dr. Greene presste die Lippen aufeinander. „Da Sie keine Verwandten sind, kann ich keine Informationen über den Patienten herausgeben. Haben Sie irgendeine Vorstellung, wie wir uns bei seiner Familie melden können?"

„Ich kenne nicht mal seinen Namen", sagte Jeremiah, ein Hauch Ärger in seiner Stimme. „Den kennt keiner."

„Das ist schade." Dr. Greene machte sich eine Notiz auf der Karteikarte, die sie hielt. „Es tut mir leid, dass ich nicht mehr helfen kann, aber ..."

Carly setzte sich ein verständnisvolles Lächeln auf und legte leicht eine Hand auf den Arm der Chirurgin. Ihr Schauspieltraining machte sich bemerkbar, und sie betete, dass sie die Frau mit ein bisschen Hollywoodglanz überzeugen konnte. „Ich verstehe völlig, in welcher Lage Sie sich befinden. Aber glauben Sie, Sie können uns einfach nur sagen, ob er es geschafft hat? Jeremiah und ich machen uns sehr große Sorgen, und ich bin mir nicht sicher, ob einer von uns schlafen können wird, bis wir wissen, dass er zumindest eine Überlebenschance hat."

Dr. Greens Blick huschte von Carly zu Jeremiah und wieder zurück. Schließlich seufzte sie schwach. „Ich schätze, es schadet nicht, Sie wissen zu lassen, dass er es durch die Operation geschafft hat, aber er ist noch nicht über den Berg. Falls er in den nächsten vierundvierzig bis achtundvierzig

Stunden aufwacht, werden wir besser verstehen, was wir für seine Genesung erwarten können."

„Falls er aufwacht?", fragte Carly, ihre Hand spannte sich leicht auf dem Arm der Frau an.

Dr. Greene legte die andere Hand über die von Carly und flüsterte: „Er hat eine Kopfverletzung infolge des Unfalls erlitten. Das macht uns die größten Sorgen." Dann trat sie zurück und straffte die Schultern. „Danke für das, was Sie heute Abend für John Doe getan haben. Ohne Ihre rasche Hilfe hätte er vermutlich nicht lange genug überlebt, um in die Notaufnahme zu kommen."

Carly nickte und dankte der Ärztin im Gegenzug. Nachdem die Chirurgin zurück durch die Türen der Intensivstation verschwunden war, starrte Jeremiah sie an.

„Was?", fragte sie.

„Machst du das die ganze Zeit?", fragte er.

Sie hob fragend die Augenbrauen.

„Ach, komm schon, Carly", sagte er und schüttelte den Kopf. „Du hast doch die Information gerade mit Charme aus ihr herausgeholt. Ich schätze, es hilft echt, Schauspielerin zu sein, wenn man was will."

Sein Tonfall war eher nüchtern gewesen als anklagend, aber die Aussage tat trotzdem weh. Er ließ es klingen, als würde sie Leute zum Spaß manipulieren. „Wir mussten doch erfahren, ob er noch lebt, oder?"

„Klar", sagte er nickend.

„Na, ich habe uns diese Information besorgt. Du musst mir doch keine Schuldgefühle wegen meiner Methoden verpassen." Sie drehte sich um und machte sich auf den Weg zum Ausgang.

„Carly, warte!", rief er ihr nach.

„Ich gehe nach Hause und ruhe mich etwas aus." Sie deutete auf den Mann, der neben ihrem Bodyguard Jake stand. „Phil da drüben wird sicherstellen, dass keiner an John Doe rankommt, ohne dass wir es erfahren.“

Ohne auf eine Antwort zu warten, flüchtete sie aus dem Krankenhaus, entschlossen, etwas Abstand zwischen sie und Jeremiah Vance zu bringen. Wie kam es, dass er ihr in einem Augenblick ein Gefühl der Sicherheit geben konnte, als wäre sie ihm wirklich wichtig, und sie dann im nächsten für ihren Beruf verurteilte? Sie hatte genug Männer in ihrem Leben, die sie behandelten, als würde ihre Karriere sie oberflächlich und des Respekts unwürdig machen. Von ihm wollte sie nicht dieselbe Behandlung akzeptieren. Es spielte keine Rolle, dass er Zanes Bruder war und der einzige Mensch, der Himmel und Erde in Bewegung setzen würde, um ihn zu finden.

3

Carly war immer noch genervt, als sie eine halbe Stunde später nach Hause kam. Klar, sie war aufgebracht wegen Jeremiahs Reaktion darauf, wie sie es angestellt hatte, Antworten über John Doe zu erhalten, aber noch wichtiger, sie war genervt von sich selbst, weil sie ihn an sich ran gelassen hatte. Sie war eine extrem erfolgreiche Frau Anfang fünfzig. Die Zeiten, in denen sie sich nach der Zustimmung anderer sehnte, waren lang vorbei. Oder zumindest sollten sie das sein. Weshalb ließ sie Jeremiah so an sich ankommen?

„Carly? Bist du das?" Die Stimme von Joy Lansing rief von irgendwo in ihrem Haus.

„Joy? Bist du noch hier?" Carly eilte durch die Küche. Sie hatte in der Garage geparkt und war durch die Seitentür gekommen, ohne zu ahnen, dass noch jemand vom Vorabend in ihrem Haus sein könnte. Es war mitten am Vormittag. Sicher waren doch alle gegangen, oder? Ihre Nerven schwangen sich auf Überreaktion ein. Als sie um die Ecke bog, sah sie Joy auf dem Sofa sitzen, zusammen mit Harlow. Jede hatte eine Tasse in der Hand, und es stand eine Schachtel Scones auf den Beistelltisch. Carly stieß ein lautes, erleichtertes Seufzen aus, ihre Schultern entspannten sich. Sie hatte einfach nicht die Energie, sich mit noch jemandem zu befassen.

„Hey", sagte Joy, die aufstand und deutete, damit Carly ihren Platz einnahm. „Setz dich. Ich hol dir eine Tasse heiße Schokolade."

„Danke dir", sagte Carly dankbar, als sie sich auf das Sofa setzte.

Joy reichte ihr einen Scone, bevor sie in der Küche verschwand.

Als Carly abbeißen wollte, warf sie einen Blick auf ihre Nichte und bemerkte zum ersten Mal ihre rot geränderten Augen und die gequälte Miene. Sie senkte den Scone und ging dichter an Harlow. „Hey, was ist denn? Was ist passiert?"

Tränen füllten die Augen der jungen Frau und liefen ungehindert ihre Wangen hinab. Sie drückte sich eine Hand auf die Augen und murmelte: „Tut mir leid."

Carly rückte näher und legte die Arme um Harlow, glättete die blonden Locken. „Es gibt doch nichts, was dir leidtun muss."

„Ich wollte … das … doch nicht dir aufhalsen", zwang sie durch die Tränen heraus.

„Du musst vor mir doch nichts verstecken. Das weißt du." Carly zog sich zurück und wischte ihr sanft die Tränen ab. „Was ist denn? Wie kann ich helfen?"

Sie schüttelte den Kopf. „Ich hatte nur … eine schlimme Nacht. Nachdem dieser Mann angegriffen wurde, brachte das alles zurück."

Carly wusste, dass sie die Nacht meinte, in der sie entführt worden war, als sie genau aus dem Haus gestohlen worden war, in dem sie jetzt wohnten. Sie drückte Harlow fester und flüsterte: „Ach, Liebling. Es tut mir so leid."

Harlow hielt sich ganz fest, als würde sie nie loslassen wollen.

Sie saßen zusammen dort, hielten sich einfach aneinander fest, während Carly ihr versicherte, dass sie in Sicherheit war. Dass sie dafür sorgen würden, dass nichts dergleichen jemals wieder geschah, und sie wollte ihr noch einmal ganz klarmachen, dass sie nicht allein war. Als Kind hatte Harlow mit angesehen, wie ihr Vater, Carlys Halbbruder, ihre Mutter gewürgt hatte, und hatte auf ihn geschossen. Harlows Mutter hatte die Polizei angelogen über das, was passiert war, und Harlow dazu gezwungen, es nie wieder zu erwähnen. Die ganze Sache hatte zu Jahren ungelösten Traumas geführt, und Harlow hatte keinen Vater mehr gehabt, und eine entfremdete Mutter. Sie ging zur Therapie, um sich mit allem zu befassen, was mit ihr passiert war, und an den meisten Tagen ging sie mit allem gut um. Aber offensichtlich war dieser Angriff ein Trigger gewesen.

Als Harlows Tränen endlich trockneten, zog sich Carly zurück und fragte sie sanft: „Willst du, dass ich einen Nottermin bei deiner Therapeutin ausmache?"

Harlow schüttelte den Kopf. „Nein. Ich treffe sie dann am Ende der Woche. Ich glaube, ich muss nur zulassen, dass ich es ein bisschen verarbeite."

„Das müsste doch jeder", versicherte ihr Carly.

„Ich glaube, ich dusche mal und lege mich dann hin." Harlow erhob sich und beugte sich dann hinab, um ihrer Tante einen Kuss auf die Wange zu geben. „Vielen Dank. Ich glaube nicht, dass du wirklich verstehst, wie sehr es mir hilft, bei dir zu sein, wenn ich durch einen dieser Zusammenbrüche gehe."

Carly griff vor und drückte die Hand ihre Nichte. „Alle brauchen jemanden, auf den sie sich verlassen können. Für dich bin ich diese Person."

Harlow nickte. Dann kniff sie die Augen zusammen und musterte ihre Tante. „Carly?"

„Ja?"

„Wer ist diese Person für dich?", fragte Harlow, ihre Stimme voller Sorge.

Carly kicherte beinahe, aber das wäre völlig ohne Humor gewesen. Sie wusste, dass Harlow bekannt war, dass sie nicht sehr viele echte Freunde hatte. Freunde, zu denen sie alles sagen konnte, die sie als Leute betrachtete, die mit ihr durch Dick und Dünn gingen. Caydence und Zane waren für sie diese Leute gewesen. Aber nachdem sie beide verloren hatte, hatte sie die ganze Freundesache stillgelegt. Klar, sie hatte Leute, die sie Freunde nannte, Bekannte, mit denen sie Zeit im Spa verbrachte, oder mit denen sie zum Essen ging, so etwas eben. Aber es gab niemanden, auf den sie sich verlassen konnte, dem sie ihre innersten Geheimnisse anvertrauen konnte. Aber vielleicht änderte sich das, da sie jetzt Joy und den Rest des Zirkels in ihrem Leben hatte. Sie lächelte ihre Nichte schwach an. „Das bist du, Harlow. Weißt du das nicht?"

„Carly ..." Harlows Augen liefen wieder über, aber diesmal lächelte sie durch die Tränen. „Ich habe dich lieb."

„Ich hab dich auch lieb, du Süße." Die Gefühle, die Carly überwältigten, ließen ihre Brust eng werden, und sie legte sich eine Hand aufs Herz, versuchte sich zum Entspannen zu bewegen.

Harlow gab ihrer Tante noch einen Kuss auf die Wange, dann entschuldigte sie sich, um duschen und schlafen zu gehen.

Carly sah ihr nach, wünschte sich mit allem, was sie hatte,

dass sie Harlows Schmerz lindern könnte. Sie hätte ihn nur zu gern übernommen, wenn es bedeutete, dass Harlow von ihrem Trauma befreit sein würde, das sie schon so lange quälte.

Joy tauchte auf, reichte ihr ein Tablett mit einem luftigen Omelette und ein paar Tassen. „Ich dachte, du brauchst vielleicht was anderes als diesen Scone."

„Danke dir", sagte Carly, ihr Mund wässrig bei dem Frühstück, von dem sie nicht mal geahnt hatte, dass sie es wollte. „Du bist eine Göttin."

„Und du auch." Joy setzte sich ihr gegenüber auf einen der Sessel und schnappte sich eine der Tassen mit heißer Schokolade. „Das hätte ich dir schon früher gebracht, aber ich wollte deine Zeit mit Harlow nicht unterbrechen. Sie hatte eine heftige Nacht. Sobald du gegangen bist, hat sie sich aufgelöst."

Carly nippte an der dicken heißen Schokolade, dankbar für die Zuckerdosis in ihren Adern. Aber dann machten sich Joys Worte bemerkbar. „Warst du die ganze Zeit hier?"

Joy nickte. „Sie hat jemanden gebraucht, und ich hatte keine Ahnung, wann du zurückkommen würdest." Sie zuckte mit den Schultern. „Das war kein Problem. Troy hat die Scones auf seinem Weg zu einem Fotoshooting vorbei gebracht."

„Du bist ein Engel. Das weißt du, oder?" Carly griff rüber und drückte ihr die Hand. „Vielen Dank. Und danke Troy von mir. Das war echt süß von ihm. Ich weiß, dass ihr zwei nicht unbedingt richtig viel Zeit zusammen bekommt."

„Ich kann meinen Freund auch noch heute später oder morgen treffen. Du weißt doch, dass ich für dich und Harlow alles tun würde." Joy lächelte sie sanft an, und Carly war sicher, die andere Frau würde nie ahnen, wie viel dieser Augenblick ihr gerade jetzt bedeutete.

Nachdem sie sich die Augen getupft und sich geräuspert hatte, sagte Carly: „Sag mir auf jeden Fall, wie ich dir das zurückzahlen kann."

Diesmal schürzte Joy die Lippen und schüttelte den Kopf. „Du musst mir nichts zurückzahlen, Carly."

„Aber …"

Joy hob eine Hand, ihre Miene war umwölkt. „Wir sind doch Freundinnen, oder?"

„Natürlich. Ich bin nur …"

„Nein. Das reicht. Ich bin ohne ein einziges Zögern geblieben, denn sowohl du als auch Harlow sind mir wichtig. Verstehst du? Ich will nichts mehr über irgendwas von Zurückzahlen hören."

Carly lachte fast vor der gertenschlanken Blonden. Sie nutzte ihre Mom-Stimme, diejenige, die jegliche weiteren Einwände abwehren sollte. „Verstanden", sagte Carly mit einem Nicken. „Es ist manchmal schwer, in Erinnerung zu behalten, dass Premonition Pointe nicht wie Hollywood ist. Diese Stadt läuft nur mit Gefallen. Niemand macht irgendwas, ohne zu wissen, was man dabei rausholen kann. Oder zumindest scheint es so. Das ist Teil des Grundes, weshalb ich hergezogen bin. Um von der Industrie weit wegzukommen, und den Leuten, die immer irgendwas rausschlagen wollen."

„Verstehe ich", sagte Joy, ihre Augen legten sich an den Rändern in Falten. „Du vergisst, dass ich auch mit einigen von ihnen gearbeitet habe. Aber hier musst du dir über nichts davon Sorgen machen, denn bei mir und den anderen Mitgliedern des Zirkels hast du eine Familie, die alles stehen und liegen lassen wird, wenn du das brauchst."

Jetzt oder nie. Carly spürte es tief in sich. Jeremiahs Stimme hallte in ihrem Kopf nach, dass sie die Hilfe des

Zirkels brauchten. Aber es war Zanes Gesicht, das sie sah, als sie fragte: „Glaubst du, der Zirkel wäre bereit, mir zu helfen, jemanden zu finden, der … über dreißig Jahre keinen Kontakt mehr zu mir hatte?"

„Du meinst, den- oder diejenige für dich aufspüren?", fragte Joy mit gerunzelter Stirn. „Gibt es dafür nicht Privatdetektive?"

„Normalerweise ja, aber wir haben sehr wenig, mit dem wir arbeiten können", sagte Carly. „Eigentlich so gut wie gar nichts. Ich hoffe, dass wir vielleicht versuchen könnten, einen Findezauber zu wirken, den ihr schon mal gemacht habt, als wir Harlow aufgespürt haben, oder denjenigen, mit dem wir kürzlich Kade für Iris gefunden haben."

Joy biss sich auf die Lippen. „Hast du denn etwas, das mit dieser Person verbunden ist?"

„Seinen Bruder und ein Foto von Zane, das er offensichtlich die ganze Zeit mit sich herumgeschleppt hat." Carly hielt die Luft an, weil sie wusste, dass sie einen großen Gefallen erwartete. Der Zauber war ein Schuss ins Blaue, wenn überhaupt. Das wusste sie. Außerdem brauchte es eine Menge Energie, um einen Zauber von der Art zu auszuführen, um den sie bat, und sie hatten nicht gerade die Bestätigung, dass Zane noch lebte. Klar, Caydence hatte sie gewarnt, dass sie offen für Veränderungen sein musste, und sie versuchte es auf jeden Fall, aber das bedeutete nicht, dass Zane wirklich noch am Leben war. Es konnte alles völlig umsonst sein und auf eine ganz andere Art enden, als sie sich erhofften.

„Okay, dann. Ich bin dabei", sagte Joy mit einem freundlichen Lächeln. „Ich werde die anderen fragen müssen, aber ich bin sicher, sie wären bereit zu helfen. Hast du das Foto hier?"

Carly schüttelte den Kopf. Sie hatte es Jeremiah zusammen mit der Nachricht wiedergegeben.

„Schade auch", sagte Joy. „Ich habe daran gearbeitet, auf meine Visionen zurückzugreifen. Es ist immer noch ziemlich Flop oder Top, aber ich würde es schon versuchen."

„Das wäre …" Carly gähnte mitten im Satz, als die Erschöpfung sich wieder zu Wort meldete. „Ach, tut mir leid. Das wäre toll."

Joy tätschelte ihr Knie und erhob sich. „Wir brauchen alle etwas Ruhe. Wie wäre es, wenn ich morgen anrufe, und wir machen eine gute Zeit aus, um ein paar Sachen auszuprobieren?"

„Du bist ein Engel", sagte Carly, die sich erhob, um ihre Freundin zu umarmen. „Du weißt, wenn es irgendwas gibt, was ich für dich tun kann, musst du's nur sagen."

„Du hast doch bereits mehr als genug getan", sagte Joy, ihre Stimme leise und voller Aufrichtigkeit. „Die Unterstützung, die du mir gegeben hast, als wir unseren Film gedreht haben, ist etwas, das werde ich nie vergessen. Ich war eine solche Anfängerin und völlig außerhalb meines Elements, aber du warst da, mit Ratschlägen und freundlichen Worten, die ganze Zeit über. Ich schwöre, ich hätte diese Rolle in den Wind geschossen, wärst du nicht da gewesen."

Carly spürte, wie ihre Augen wieder feucht wurden, und musste sich kurz nehmen, um sich zu beruhigen, bevor sie die Arme um Joy legte und sie noch einmal drückte. „Das ist alles wirklich gern geschehen, aber täusch dich nicht, du bist eine wunderbare Schauspielerin. Du hättest vielleicht ein bisschen länger gebraucht, um sicherer zu werden, aber die Schauspielerei war schon von Anfang an da. Ich weigere mich, dafür die Lorbeeren einzuheimsen oder für irgendeinen Erfolg von dir. Ist das klar?"

Joy nickte und drückte Carly fester. „Ich kann nicht glauben, dass du so bescheiden bist. Niemand anderes in Hollywood kommt da auch nur in die Nähe."

Carly lachte, während sie sie losließ. „Die meisten von ihnen versuchen nur, relevant zu bleiben. Mein Geheimnis ist, dass mich das nicht mehr sonderlich kümmert. Ich nehme nur Rollen an, die ich für interessant halte, aber die Wahrheit ist, ich brauche derzeit nicht mehr wirklich zu arbeiten. Ich könnte einfach nur den ganzen Tag lang in meinem Kräuterstudio bleiben, jeden Tag, den Rest meines Lebens lang, niemals irgendwas verkaufen, und es wäre alles in Ordnung. Das ist ein sehr großes Privileg. Aber das sorgt auch dafür, dass ich mir keine Sorgen um meine nächste Rolle machen muss, was, um ehrlich zu sein, befreiender ist, als ich es mir vorgestellt habe."

„Das freut mich so für dich, Carly", sagte Joy, die klang, als würde sie das ernst meinen. So viele andere in ihrem Beruf hätten das nicht getan.

„Ehrlich, mich auch", sagte Carly mit einem Lachen, während sie Joy an die Tür brachte. „Ruh dich etwas aus, und morgen reden wir."

„Du auch, aber zögere nicht, mich anzurufen, falls was Dringendes kommt, okay?"

Carly versprach, anzurufen, falls es irgendeine Entwicklung mit ihrem John Doe gab. Dann schloss sie die Tür hinter ihrer Freundin und lehnte sich daran, die Hand auf dem Herzen. Es war lange her, dass sie jemandem begegnet war, den sie eine echte Freundin nennen würde, aber sie war sicher, dass Joy Lansing damals direkt in diese Rolle hineingetreten war, als sie geholfen hatte, dass Carly Harlow fand. Aber Carly war nicht klar gewesen, wie stark diese Bande wirklich waren, bis genau zu diesem Augenblick. Ihr Herz flog in ihrer Brust, und es tat weh, wie intensiv es alles war.

Sie schob ihre Ängste zur Seite, dass sie diese Freundin auch irgendwie verlieren würde, und gestattete sich ein schwaches Lächeln, als sie sich in ihr Schlafzimmer zurückzog und ins Bett stieg. Als sie acht Stunden später aufwachte, erinnerte sie sich nicht einmal, dass ihr Kopf das Kissen berührt hatte.

4

NACHDEM SIE SICH EIN LEICHTES ABENDESSEN GENEHMIGT hatte, fand Carly sich in ihrem Kräuterstudio wieder, starrte auf ihren Vorrat an Zutaten, der die Wand säumte. Hier drin schien sie sich immer zu finden, wenn sie ruhelos war. Das Fertigen neuer Tränke war das eine, das es schaffte, ihre Gedanken für sich einzunehmen, wenn sie wegen irgendetwas nervös war. Die Details wegen John Doe und Zane schienen zu fantastisch, um echt zu sein, und doch hatte der Mann versucht, mit Jeremiah über seinen Bruder zu reden, und lag jetzt nach einem Anschlag auf sein Leben im Krankenhaus.

Ihr Bauchgefühl sagte, dass an dieser Geschichte sehr viel mehr dran war, und in ihrem Herzen wusste sie, dass sie einen Weg finden musste, um die Wahrheit des Rätsels zu entdecken, oder sie würde sich für immer fragen, ob es stimmte, dass Zane noch am Leben war. Und falls auch nur eine winzige Hoffnung bestand, dass er an diesem Tag nicht gestorben war, würde sie bis ans Ende der Welt gehen, um ihn zu finden.

Denn ihre Gedanken waren in den letzten vierundzwanzig Stunden mit Zane und ihrer Schwester beschäftigt gewesen, und das hatte Carly daran erinnert, dass sie angefangen hatte, Einzelheiten über die zwei Menschen zu vergessen, die sie bis zu diesem Punkt am meisten in der Welt geliebt hatte. Sie konnte sich nicht an besonders viele Einzelheiten des Tages erinnern, als sie die beiden verloren hatte. Wie war es möglich, dass Zane noch am Leben sein konnte? Wenn sie sich nur erinnern könnte, was genau an diesem Tag geschehen war.

Sie musterte ihre Regale, dann griff Carly nach ihren Vorräten an Zitronenrinde, Rosmarin und Ginkgo. Mit ihrem Mörser und Stößel mahlte sie die Kräuter einzeln, dann verließ sie ihr Studio. Fünf Minuten später kehrte sie mit Bildern sowohl von Zane als auch Caydence zurück, und außerdem einem Kompass, den Zane ihr an ihrem Abschlusstag geschenkt hatte, und einem Bettelarmband, das ihrer Schwester gehört hatte. Wenn sie einen Erinnerungszauber wirkte, würde sie etwas brauchen, das sie mit jedem von ihnen verband. Aber erst musste sie sehen, ob sie überhaupt die Fähigkeit hatte, den Zauber zu wirken.

Carly hatte immer gewusst, dass sie eine gewisse magische Fähigkeit besaß, aber es hatte Jahre für sie gebraucht, um diese Talente weit genug zu entwickeln, dass sie tatsächlich einen Trank herstellen oder einen Zauber wirken konnte. Es schien, dass sich ihre Magie mit dem Alter entwickelte. Das war nichts Schlechtes. Sie schauderte bei dem Gedanken, was sie getan hätte, wäre sie jünger gewesen und hätte die Fähigkeit gehabt, einen mächtigen Zauber zu wirken. Nun, da sie älter war, war sie absichtsvoll und vorsichtiger mit ihren Experimenten.

Nachdem sie ihren Minikessel geholt hatte, füllte Carly den Behälter mit Wasser, das von einer besonderen Quelle in Keating Hollow kam, einem magischen Städtchen nördlich von Premonition Pointe. Carly war einmal dort gewesen und war von der hübschen Innenstadt und den freundlichen Hexen, die dort lebten, bezaubert worden.

Nachdem sie das Wasser zum Kochen gebracht hatte, fügte sie ihre Zutaten hinzu und drehte den Brenner herunter, damit die Kräuter ziehen konnten. Als der Trank eine moosgrüne Farbe bekam, rümpfte sie die Nase und stellte den Brenner ab. Es war Zeit, ihre Magie zu wirken.

Sie setzte sich auf einen Hocker, den Trank vor ihr, und starrte in die dumpfe Flüssigkeit. Das schwache Ziehen von Macht stellte sich in ihren Eingeweiden ein, und sie fokussierte sich darauf, wollte, dass dieses Gefühl anwuchs. Die Magie breitete sich von ihrem Magen in die Brust aus und kitzelte dann auf ihrer Haut, als sie hinab in ihre Fingerspitzen schoss.

Carly lächelte vor sich hin. Das wurde einfacher. Sie schnappte sich ihren Holzlöffel, tauchte ihn in den Trank und sagte: „Aus der Finsternis betrachte das Licht. Eröffne die Vergangenheit, finde die fehlende Verbindung und lass die Erinnerungen fließen, sofort mit nur einem Trank."

Ein sanftes Funkeln der Magie legte sich um den Holzlöffel und kroch auf die Flüssigkeit zu. In dem Augenblick, in dem sich die Magie mit der Flüssigkeit verband, wurde der Trank leuchtend gelb und glühte in ihrer Magie. Sie rührte schneller, sorgte dafür, dass der Trank sich setzte, und als sie den Holzlöffel aus der Flüssigkeit zog, verschwand das Glühen, verwandelte den Trank in etwas, dass Limonade ähnelte.

Carly hob den Trank und schnüffelte daran. Sie grinste, als ein schwacher Hauch Vanille ihre Sinne füllte. Erinnerungszauber sollten immer nach den frühesten Erinnerungen des Anwenders riechen, ganz gleich, welche Zutaten zum Einsatz kamen. Vanille erinnerte Carly immer an ihre Großmutter, die sie und Caydence aufgenommen hatte, nachdem ihre Mutter in einem tragischen Unfall kurz vor ihrem ersten Geburtstag gestorben war. Ihr Dad war bereits zu seiner zweiten Frau gezogen und behauptete, dass er es sich nicht leisten konnte, sie aufzunehmen. Er war in ihrem Leben zum Großteil abwesend gewesen und hatte nur Interesse an Carly entwickelt, sobald sie berühmt geworden war. Da hatte sie ihren Halbbruder kennengelernt. Das einzig Gute, für das er jemals verantwortlich gewesen war, war Harlow. Sie war dankbar um sie, konnte aber mit ihm nichts anfangen, da er sich als noch schlimmer als ihr Vater erwiesen hatte.

Carly schnüffelte noch einmal an dem Trank und lächelte. Ihre Oma Cece hatte Vanille als Parfüm benutzt, bis sie mit Anfang siebzig gestorben war. Der Geruch hatte sie immer getröstet.

„Es hat funktioniert!", rief Carly, hielt ihre jüngste Errungenschaft hoch. Sie wollte den Trank gerade ausprobieren, als sie die Klingel hörte. Sie schaute auf die Uhr. Es war fast neun Uhr abends. Sie erwartete niemanden. Aber vielleicht hatte Harlow jemanden eingeladen.

Ein Klopfen erklang ein paar Sekunden später an ihrer Studiotür. „Tante Carly?"

„Komm rein", rief Carly Harlow zu, während sie ihren Arbeitsplatz reinigte.

Ihre Nichte steckte den Kopf herein. „Jeremiah Vance ist hier, um dich zu sehen."

„Wirklich?", fragte Carly, während sie zur Tür ging, plötzlich dringend herausfinden wollte, was er wollte. War John Doe wach?

„Ich habe ihn an der Tür stehen lassen", sagte Harlow mit einem amüsierten Lächeln. „Wäre mir klar gewesen, wie sehr du ihn sehen möchtest, hätte ich ihn herein gebeten und ihm ein Getränk angeboten."

Es war schön, zu sehen, dass ihre Nichte sich besser fühlte, selbst wenn es auf ihre Kosten ging. „Hier geht nichts vor. Auf jeden Fall nicht *so*." Carly verdrehte die Augen. „Triff keine vorschnellen Annahmen."

„Klar, Tante." Harlow zwinkerte, dann verschwand sie nach oben, während Carly zur Tür ging. Sie öffnete sie, um festzustellen, dass Jeremiah dort stand, den Rücken ihr zugewandt, während er auf die stille Straße hinausschaute.

„Jeremiah?", fragte Carly.

„Du hast dir ein echt schönes Leben aufgebaut", sagte er, ohne sich umzudrehen, um sie anzusehen.

„Äh, okay", sagte sie und runzelte die Stirn. Er klang … anders. Niedergeschlagen und nachdenklich.

Letztlich drehte er sich um, um sie anzusehen. „Deine Nichte ist wirklich wunderbar."

Das entlockte ihr ein Lächeln. „Das stimmt. Willst du reinkommen?"

Jeremiah nickte einmal und folgte ihr dann ins Haus.

Carly ging voraus zu ihrer Küche und winkte dann zu dem kleinen Frühstückstisch hin, der hinausblickte über das Meer. „Setz dich hin, ich hol dir was zu trinken."

Er tat, wie geheißen, und sah aus dem Fenster hinaus auf das mondbeschienene Meer.

„Kaffee?", fragte sie. „Ich habe ein bisschen Irish Cream, die dazu kann."

„Klingt perfekt", sagte er.

Sie nickte und ging an die Arbeit, um eine frische Kanne Kaffee aufzubrühen. Während sie darauf wartete, dass die Kaffeemaschine fertig wurde, holte sie ein paar Nachtische heraus, die von der Party am Vorabend übrig waren. Sobald alles auf dem Tisch stand, setzte sie sich ihm gegenüber hin und reichte ihm eine Tasse. „Du bist eine echt gute

Gastgeberin", sagte er, beäugte das Tablett mit verschiedenen Nachtischen. „Was ist das? Schokoladentorte?"

Sie nickte. „Schokoladentorte, Karamellriegel und Key Lime Cheesecake."

Jeremiah stöhnte, während er nach dem Schokoladenleckerbissen griff.

Carly nippte an ihrem Kaffee mit Schuss und lächelte vor sich hin, während sie beobachtete, wie er das Dessert genoss.

„Nimmst du nichts?", fragte er, als er fast mit seiner Beute fertig war.

„Vielleicht später. Der Irish Coffee reicht mir vorerst."

„Ich wette, du isst nicht viel Nachtisch, als Schauspielerin und so."

Sie zuckte mit den Schultern. Da hatte er nicht unrecht. In ihrem Alter war es schwer, eine Figur zu behalten, die keinen Regisseuren übel aufstieß, die schon daran dachten, jüngere Schauspielerinnen anzuheuern. Und obwohl sie in jüngster Zeit aufgehört hatte, sich so sehr Sorgen darum zu machen, irgendjemandem in ihrem Beruf zu gefallen, war es hart, alte Unsicherheiten ziehen zu lassen. Sehr wahrscheinlich würde sie nie aufhören, darauf aufzupassen, was sie aß, aus reiner Gewohnheit, genauso wie sie immer automatisch als allererstes am Vormittag auf ihr Laufband steigen würde. Wenn sie das nicht tat, fühlte sie sich den ganzen Tag neben sich.

„Wenn du mich fragst, ist es Zeit, dass du anfängst, mehr Spaß zu haben", sagte Jeremiah.

Sie lachte leise. „Was bringt dich denn auf den Gedanken, dass ich keinen Spaß habe?"

Er zuckte mit den Schultern. „Nur so ein Bauchgefühl."

Obwohl sie ihn ganz rasch abgetan hatte, stimmte es, dass sie, bis sie nach Premonition Pointe gezogen war, nicht viel

Spaß gehabt hatte. Es gab Augenblicke, wenn sie an einem Film arbeitete, den sie liebte, oder Zeit mit Harlow oder sogar ihren neuen Freundinnen verbrachte, aber die Dinge hatten sich verändert, als sie in ihr Haus in der kleinen Strandstadt gezogen war. Sie hatte angefangen, ihr Heim wirklich zu genießen, ihr Kräuterstudio und das geerdete Gefühl, das sie vom Strand bekam, und natürlich durch die Zirkelmitglieder. Zum ersten Mal seit langer Zeit hatte sie das Gefühl, als wäre sie da, wo sie hingehörte. Carly schaute ihm in die Augen und sagte: „Vielleicht kannst du mir dabei helfen."

Seine Lippen zuckten. „Vielleicht tue ich das."

Sie saßen ein paar Minuten in geselligem Schweigen da, während Jeremiah die Torte fertig aß und Carly an ihrem Kaffee nippte. Schließlich, als er fertig war und den Teller wegschob, fragte Carly: „Jeremiah?"

„Ja?"

„Warum bist du heute Abend hergekommen?"

„Ich ..." Er schaute einmal mehr zum Mondlicht, bevor er sich zurück zu ihr wandte. „Ich musste einfach nahe bei jemandem sein, der Zane auch geliebt hat."

5

CARLY GRIFF ÜBER DEN TISCH UND LEGTE IHRE HAND AUF DIE von Jeremiah. „Ich verstehe das."

Jeremiahs Blick huschte zu ihren Händen. „Bist du sicher? Ich dringe da vermutlich bei dir ein." Er schaute auf die Uhr an der Wand und stieß ein humorloses Lachen aus. „Es ist halb zehn. Mir ist klar, dass ihr Hollywoodleute den Ruf habt, Partys bis spät in die Nacht zu feiern, aber irgendwie bezweifle ich, dass das wirklich deine Szene ist."

Es war nun an Carly, humorlos zu lachen. „Ich gebe nur Partys, wenn die Dreharbeiten für einen Film fertig sind. Für die Besetzung der Filme. Abschlusspartys sind eine Tradition, und wenn ich sie gebe, bedeutet das, dass ich die Lage kontrollieren kann. Meine Partys enden nur sehr selten in der Klatschpresse, denn es gibt eigentlich nichts zu berichten. Allerdings wette ich, mit John Doe geht es richtig zur Sache."

„Das weißt du nicht?", fragte er mit gehobener Augenbraue.

„Nein. Ich habe nicht nachgesehen. Ich bin sicher, wenn es etwas gibt, das ich wissen muss, wird meine Publizistin sicherstellen, dass ich es mitbekomme."

„Das ist vermutlich am besten." Er trank den letzten Irish Coffee aus und stellte die Tasse zurück auf den Tisch. „Ich habe dich vermutlich mitten bei irgendwas unterbrochen. Ich sollte dich in Ruhe lassen und dir deinen Abend zurückgeben."

„Du hast überhaupt nichts unterbrochen", sagte Carly rasch, nicht ganz sicher, weshalb sie nicht wollte, dass er ging. Vielleicht lag es daran, dass sie zum ersten Mal in über dreißig Jahren tatsächlich behaglich miteinander umzugehen schienen. Sie war noch nicht dafür bereit, dass das endete. „Ich habe tatsächlich gerade die Arbeit an einem Erinnerungstrank abgeschlossen."

„Erinnerungstrank?", wiederholte er überrascht. „Sagst du, du hast die Macht, so etwas herzustellen?"

„Ja. Ich bin so eine Art Spätzünderin", sagte sie, ihr Stolz sorgte dafür, dass sie ihn anstrahlte. „Während Caydence schon immer Magie wirken konnte, hat meine Macht bis vor ein paar Jahren geruht. Oder zumindest habe ich da festgestellt, dass ich ein Talent für Kräuter habe, und ich habe langsam den Verdacht bekommen, dass es nicht mein grüner Daumen war, der sie zum Aufblühen brachte."

„Wow", sagte er offensichtlich beeindruckt. „Ist das nicht irgendwie ungewöhnlich?"

„Vielleicht? Es ist schon vorgekommen, wenn du das meinst. Willst du mein Kräuterstudio sehen?"

„Klar."

Carly ging voraus durch ihr Haus zu ihrem Zufluchtsort, und als sie ihn hereinwinkte, trat sie zurück, beobachtete, wie seine Miene sich von Überraschung zu Freude wandelte, als er sich drehte und all die Pflanzentöpfe mit Kräutern sah.

„Du ziehst die alle?", fragte er, griff hinüber und inspizierte die Blüte auf ihrer Hagebutte.

„Jede einzelne." Carly lehnte sich an den Türgriff und

beobachtete, wie er ihre grüne Oase betrachtete, und dann die Gefäße mit getrockneten Kräutern, die die Wände säumten.

„Niemand weiß, dass du das machst, oder?", fragte er und drehte sich, um ihr in die Augen zu schauen.

„Nur die Zirkelmitglieder wissen es." Es war nichts, das sie beworben hatte. Zu viel von ihrem Leben spielte sich bereits in den Medien ab. Sie brauchte keine Reporter, die über ihre Kräfte spekulierten. „Das ist nur für mich. Das würde ich lieber nicht mit der Öffentlichkeit teilen."

„Verständlich." Er stieß ein leises Lachen aus und schüttelte den Kopf. „Ich bin ein Idiot."

Na, das war ja mal interessant. „Warum?"

Er setzte sich auf den Hocker an ihrer Werkbank. „Die ganzen Jahre, da dachte ich … Na ja, es spielt eigentlich keine Rolle, was ich dachte. Lass mich nur sagen, du bist nicht die Person, die ich mir vorgestellt habe."

Carly spannte sich an. Sie konnte sich nur vorstellen, was er von ihrem Leben gehalten hatte. Er hatte ihr bereits Zanes Tod zum Vorwurf gemacht. Wenn er ihrem Leben gefolgt war, wie es in der Klatschpresse dargestellt worden war, dachte er vermutlich, sie hätte mehrere großspurige Affären gehabt und wäre eine fordernde, schwierige Schauspielerin, die man wegen ihrer Einstellung für manche Filme nicht in Erwägung zog. Ersteres hatte gar keine Wahrheit an sich. Sie hatte eine bekannte Beziehung zu einem Co-Star gehabt, aber die war nur gegangen, bis er sich in seinen nächsten Co-Star verliebt hatte. Danach hatte sie gut aufgepasst, mit wem sie zusammenkam, und hatte sich von Schauspielern ferngehalten.

Der Vorwurf, dass sie schwierig war, ja, den nahm sie an. Denn Carly Preston ließ sich nicht herumschubsen, bedrängen oder irgendwie ausnutzen. Nachdem sie einen gefeierten Regisseur auf seinen Platz verwiesen hatte, als er erwartet hatte, dass sie das Bett mit ihm teilte, hatte sie Jahre damit verbracht, kleinere Rollen anzunehmen und sich für Indie-Filme zu bewerben, um Arbeit zu finden. Aber deswegen hatte sie den Ruf bekommen, eine leidenschaftliche Profischauspielerin zu sein, und zwei Oscars. Danach war sie diejenige gewesen, die sagte, wer mit ihr an einem Film arbeitet, wenn ein Produzent sie wollte. Nicht andersherum. Carly hatte Glück mit ihrer Karriere gehabt, aber sie hatte auch extrem schwer gearbeitet, um dort hinzukommen, wo sie war, und hatte das Recht auf diese Art Einfluss erworben.

„Carly?", sagte Jeremiah. „Tut mir leid. Ich hätte nichts sagen sollen."

Sie wedelte mit der Hand, bedeutet ihm, dass sie nicht darüber sprechen mussten. „Vergiss es. Die Presse kann ziemlich in die Irre führen, und daran bin ich gewöhnt." Er verzog das Gesicht, aber Carly drängte weiter. „Lass uns über diesen Erinnerungstrank sprechen. Willst du ihn mit mir ausprobieren?"

„Du willst, dass ich deinen Erinnerungstrank probiere?", fragte er, wirkte skeptisch.

„Du hast doch keine Angst, oder?", scherzte sie, während sie den Trank nahm und etwas in zwei Tassen goss.

„Angst? Nein, aber ..."

„Aber was?", fragte sie, erwartete absolut, dass er einen Rückzieher mache. Ehrlich, sie hätte es ihm nicht vorgeworfen. Wenn jemand, den sie kaum kannte, versucht hätte, sie dazu zu bringen, einen selbst gemachten Trank zu probieren, würde sie ohne einen weiteren Gedanken ablehnen.

„Du versuchst, mich zu ködern, oder?", fragte er mit einem trockenen Lachen.

„Ein bisschen." Sie holte die Bilder, den Kompass und das Bettelarmband, die sie auf ihrem Schreibtisch gelassen hatte, und legte sie auf die Werkbank. „Du musst nicht mitmachen, aber da du gekommen bist und alles wieder hochgeholt hast, wurde mir klar, dass ich Schwierigkeiten habe, mich an Einzelheiten von dem Tag zu erinnern, an dem wir Caydence und Zane verloren haben. Also wollte ich diesen Erinnerungstrank probieren, um mir zu helfen, mich an alle Einzelheiten zu erinnern und zu sehen, ob mir etwas entgangen ist. Vielleicht einen Grund zu finden, um zu glauben, dass Zane überlebt hat."

Einen langen Augenblick sagte Jeremiah nichts. Schließlich nickte er. „Das ist eine gute Idee. Machen wir es."

Überraschung strömte durch sie hindurch, und langsam setzte sie sich auf einen Hocker, während sie die Tatsache verarbeitete, dass Jeremiah Vance, der Mann, der ihr den Tod seines Bruders so viele Jahre angelastet hatte, ihr genug vertraute, um ihren Trank zu probieren. „Bist du sicher?"

„Auf jeden Fall." Er nickte zu den Gegenständen vor ihr hin. „Sollen wir damit irgendwas anfangen?"

Mit dem Gefühl, dass ein kleiner Teil von ihr geheilt war, stand sie auf und reichte ihm den Kompass. „Den hat Zane mir geschenkt. Halt ihn fest und nutze ihn, um dich mit ihm in Verbindung zu setzen."

Jeremiah hielt die Hand hin und schloss die Finger darum. „Wusstest du, dass unser Großvater ihm den geschenkt hat?"

„Was? Das meinst du doch nicht ernst." Carly keuchte. „Ich dachte, er hätte ihn von diesem Antiquitätenladen, den er so mochte."

„Das meinte ich vollkommen ernst. Opa hat ihm gesagt, der Kompass würde ihn immer den Weg nach Hause finden lassen." Jeremiah verzog das Gesicht und fluchte. „Wenn Zane ihn dir geschenkt hat, bedeutet das, glaube ich, dass er dachte, du wärst sein Zuhause."

„Tut mir leid", sagte Carly, die das Gefühl hatte, sie hätte ihm gerade etwas weggenommen. „Ich hatte keine Ahnung."

„Aber natürlich nicht", sagte Jeremiah leise. „Wie denn auch?" Er richtete sich auf, während er hinzufügte: „Es gibt nichts, was dir leidtun muss. Wenn es irgendjemandes Schuld ist, dann meine." Carly wollte um Aufklärung bitten, doch er schnitt ihr das Wort ab. „Machen wir's. Ich würde echt gern wieder meinen Bruder besuchen."

„Okay. Machen wir's." Carly betastete das Bettelarmband, mit der anderen Hand fügte sie einen Tropfen des Trankes auf jedem ihrer Bilder an. „Du musst dich nur auf Zane konzentrieren, während du den Trank trinkst. Dann warte darauf, dass die Vision erscheint."

„Verstanden." Er schaute einmal mehr auf den Kompass, und dann nahm er seinen Trank.

Carly rieb über die Sonnenblume auf dem Bettelarmband und tat es ihm nach. Ihre Haut begann sofort zu prickeln, während die Magie ihre Arme hinaufkroch, schimmerte, als wären sie vom Mondlicht geküsst.

„Wow", hauchte Jeremiah.

Sie warf einen Blick auf ihn, stellte fest, dass seine Augen aufgerissen und sein Gesicht verwundert war.

„Du siehst … umwerfend aus."

Im Lauf ihrer Karriere hatte man Carly hunderte Male gesagt, dass sie umwerfend war. Aber die Ehrfurcht in Jeremiahs Augen und in seinem Tonfall erfüllte sie und gab ihr das Gefühl, als würde er sie wirklich zum ersten Mal überhaupt sehen. Sie wollte ihm schon danken, aber dann verlagerte sich ihre Welt, und plötzlich erschien Zane neben Jeremiah.

Ihr bester Freund grinste sie an und sagte tonlos: *Frag ihn!*

Du bist verrückt, erwiderte sie tonlos, genauso wie es sie es an dem Tag getan hatte, an dem sie auf dem Boot gewesen waren. Seine Augen funkelten, und er flüsterte Jeremiah etwas zu, das dafür sorgte, dass er sich umdrehte und sie neugierig ansah.

„Caydence?", rief Carly und drehte sich genau zu ihrer Schwester um, die neben ihr erschienen war.

„Du brüllst nach mir?", scherzte ihre Schwester.

Carly sah das geisterhafte Abbild mit gerunzelter Stirn an. Während Zane als voll dargestellte Person erschien, war Caydence nur ein Umriss ihrer selbst und schimmerte irgendwie im Licht. Sie wollte sie fragen, warum, aber stattdessen wiederholte sie die Worte von vor so vielen Jahren. „Gehen wir schwimmen."

Und genau da war sie. Diese Aussage war der Grund, weshalb Jeremiah glaubte, der Unfall wäre ihre Schuld gewesen. Trotzdem ging die Erinnerung weiter, zwang sie beide, den Albtraum noch einmal zu erleben, beide ihre Geschwister zu verlieren.

„Ich bin dabei." Caydence riss ihr langes T-Shirt runter, wodurch ihr roter Bikini zum Vorschein kam, und dann tauchte sie ins Wasser. Zane war direkt hinter ihr, die beiden verschwanden unter Wasser, das inzwischen den Dielenboden ersetzt hatte.

„Das ist nicht der beste Ort zum Schwimmen", sagte Jeremiah mit gerunzelter Stirn. „Wir sollten wirklich rüber in die Bucht, damit wir ..."

Eine Welle erfasste das Boot, sodass Carly über die Seite fiel.

„Carly!", rief Jeremiah, aber das war das letzte, was sie hörte, bevor das Geräusch von Fiberglas, das in Fiberglas krachte, ihre Welt verzehrte. Carly wurde nach unten gezogen, als ihr T-Shirt sich im Schutt verfing. Panik setzte ein, aber irgendwie schaffte sie es, sich von ihrem Shirt zu befreien, und schoss zurück an die Oberfläche. Es war dieser Augenblick, in dem sich alles verlangsamte. Jeremiah schwamm von ihr weg, rief nach Zane. Er war panisch, und fast an Zanes Seite, als sein Bruder plötzlich nach unten gezogen wurde. Jeremiah tauchte ins Wasser hinab, aber als er wieder herauskam, rief er spritzend und stotternd, dass Zane verschwunden war.

„Er muss doch hier sein. Ich habe ihn gesehen." Jeremiah verschwand wieder unter der Oberfläche.

Carly wusste, dass das der Zeitpunkt war, an dem sie ihre Schwester mit dem Gesicht nach unten im Wasser treiben sah. Ihr Herz zerbrach in eine Million Teile, als ihr klar wurde, dass sie bereits fort war. Von diesem Augenblick an war alles nur verschwommen gewesen. Aber in der Erinnerung war ihr Blick auf den Ort gerichtet, wo Zane unter der Oberfläche verbunden war, und etwas, das im Wasser spiegelte, zog ihren Blick auf sich. Es war ein weiteres Boot, das von ihnen weg düste. Und Carly hätte schwören können, sein Rufen zu hören: „Fahrt zurück! Sie brauchen Hilfe."

Die Vision verschwand, und plötzlich saß Carly auf ihrem Dielenboden im Kräuterstudio, bebte wie ein Blatt im Wind, der Adrenalinrausch ließ nach.

„Carly?", fragte Jeremiah, seine Stimme rau und voller Gefühle.

„Ja?" Sie hob den Blick zu seinem, stellte fest, dass sein Gesicht keine Farbe mehr hatte.

„Dieser Unfall war gar kein Unfall", sagte er.

Diesmal waren es Carlys Augen, die groß wurden. „Was? Bist du sicher?"

Er nickte. „Dieses Boot hat nicht mal versucht, zu wenden. In der Vision habe ich gesehen, wie es direkt in uns reinfuhr, umdrehte und uns umkreiste, und dann über die Bucht davon düste."

„Mit Zane", fügte sie an, ihre Brust eng und ihre Augen voller Tränen. „Das haben sie absichtlich gemacht, dann Zane aus dem Wasser geholt und ihn mitgenommen."

Jeremiah stieß ein Keuchen aus. „Bist du sicher?"

„Etwa neunzig Prozent sicher. Ich schwöre, ich habe gehört, wie er verlangt hat, dass sie zurückkommen und uns helfen."

„Aber warum?", fragte er. „Ich kann mir keinen Grund vorstellen, weshalb jemand versuchen sollte, unser Boot zu versenken und dann Zane mitzunehmen. War er in irgendwas Zwielichtiges verwickelt, von dem ich nichts wusste?"

Carly schüttelte den Kopf. „Nein. Ich kann mir nichts vorstellen. Aber diese Vision … Alles andere war genauso, wie ich mich erinnere. Ich weiß nicht, weshalb die zusätzlichen Informationen dann falsch sein sollten."

„Das bedeutet … Zane ist am Leben."

„Wir müssen ihn finden. Auf die eine oder andere Art müssen wir ihn nach Hause bringen", schloss Carly für ihn.

Jeremiah machte zwei Schritte, zog Carly in seine Arme und hielt sich ganz fest, drückte sie an sich.

Es herrschte Stille, während sie sich beide aneinanderklammerten. Carly hatte gewusst, dass es schwer sein würde, sich an diesen Tag zu erinnern, aber sie hatte sich nicht vorgestellt, dass sie ihn tatsächlich wieder erleben würden. Die Erfahrung war brutal gewesen. Wie sollte sie es verarbeiten, den Tod ihrer Zwillingsschwester noch einmal zu erleben?

Tränen liefen ungehindert ihre Wangen hinab, und ihr Körper wurde von einem Schluchzen erfasst, während sie ihre Trauer zuließ.

Jeremiah sagte kein Wort. Er wusste ganz genau, dass es nichts zu sagen gab, das irgendetwas daran besser machen konnte. Er hielt sie nur dicht an sich und strich mit der Hand über ihren Kopf, tröstete sie. Als die Tränen endlich aufhörten, gab er ihr einen sanften Kuss auf den Kopf und ließ sie los. „Ich kann mir nicht vorstellen, wie es für dich gewesen ist, die ganzen Jahre ohne Caydence zu sein."

„Es ist, als würde mir eine Hälfte fehlen", gab sie zu. Dann erzählte sie ihm, was sie noch nie jemandem erzählt hatte. „Ich denke, deshalb mag ich das Schauspielern so sehr. Es gibt mir die Gelegenheit, jemand anders zu sein. Jemand, der nicht sein halbes Herz vermisst." Seine gequälten Augen waren zu viel für sie. Sie schaute weg. „Es gibt keine Hoffnung, sie zurückzubringen. Das weiß ich. Aber das heißt nicht, dass ich mir nicht wünschen würde, die Dinge wären anders gelaufen."

„Ich weiß", sagte er.

Carly wischte sich über die Augen und richtete den Rücken gerade. „Aber hier geht es nicht um Caydence. Es geht um Zane. Und jetzt haben wir einen weiteren Grund zu glauben, dass er lebt, und wir müssen herausfinden, wie wir ihn finden und nach Hause bringen."

Jeremiah hielt den Kompass für sie hin, aber anstatt ihn zu nehmen, legte sie ihre Hand über seine und sagte: „Wir bringen ihn für uns beide zurück."

6

AM SPÄTNACHMITTAG SAß CARLY AN IHREM TISCH UND NIPPTE an einer Tasse Kaffee, während sie an ihren gestrigen Abend mit Jeremiah dachte. Die Vision, die sie geteilt hatten, hatte sie auf eine Art und Weise verbunden, die sie bisher nur mit ihrer Schwester verspürt hatte. Es war dieses geteilte Band, das von einer Erfahrung kam, die nur sie beide verstanden. Das Gefühl tröstete sie und machte ihr auch ein bisschen Angst. Sie war in den letzten drei Jahrzehnten daran gewöhnt gewesen, für sich zu sein, und war nicht ganz sicher, wie sie ein solches Gefühl verarbeiten sollte.

Trotzdem konnte sie nicht leugnen, dass sie diese Verbindung wollte. Sich im Lauf der Jahre sogar danach gesehnt hatte.

„Du wirkst ernst", sagte Harlow, die in Yogahose und Sweatshirt in die Küche kam. Sie war gerade aus dem Unterricht zurück und wirkte entspannter, als Carly sie wochenlang gesehen hatte. Harlow blieb vor ihrer Tante stehen. „Was hast du denn mit deinen Haaren gemacht?"

„Sind sie ein Rattennest?", fragte Carly, während sie die

Hand hob und sich über den Kopf strich. Sie hatte sich ihre Lockenmasse zu einem Pferdeschwanz gebunden, als sie sich vor erst einer Stunde aus dem Bett gerollt hatte, aber hatte sich nicht die Zeit genommen, sie vorher zu kämmen. Nach der Nachtschicht im Krankenhaus war ihre innere Uhr ein Totalausfall.

„Nein, es ist …" Harlow biss sich auf die Lippen. „Ich meine, es ist deine Entscheidung, aber ich hätte mich nicht dafür entschieden. Noch nicht, auf jeden Fall. Ich hätte dir noch ein paar Jahrzehnte gegeben, bevor du beschließt, den natürlichen Look anzustreben."

„Wovon redest du da?" Carly stand auf und ging zum Bad im Gang.

„Ich weiß ja, dass silberne Haare im Moment so ein Ding sind, aber ich glaube, das muss man färben, damit alles dieselbe graue Farbe hat", fügte Harlow an, als sie ihr folgte.

„Grau?!" Carly eilte ins Bad und bekam Panik. Sie hatte doch ihre Haare erst vor ein paar Wochen machen lassen. Natürlich würde sich allmählich der Ansatz zeigen. Außerdem, obwohl sie Anfang fünfzig war, begannen nur ein paar Bereiche rund um ihr Gesicht grau zu werden, und das meiste davon verschwand in ihrem blonden Haaren. Sie kam vor dem Spiegel abrupt zum Stillstand, ihre Augen wurden groß vor Schreck, und sie stieß einen Schrei aus. Ihre honigblonden Haare waren über Nacht zu unterschiedlichen Grautönen geworden, und um alldem noch das Sahnehäubchen aussetzen, war auf ihrem Kinn ein langes graues Haar gesprossen.

„Ich sehe aus wie der lebende Tod!" Carly neigte den Kopf von einer Seite zur anderen und weinte fast über ihr Aussehen. War sie über Nacht zwanzig Jahre älter geworden? Und was war mit diesem Kinnhaar? „Ruf Rebekah an. Das ist ein Beauty-Notfall."

„Ach, also hast du nicht grau werden wollen?", fragte Harlow, die verwirrt klang.

„Natürlich nicht! Glaubst du echt, das hätte ich absichtlich gemacht?"

„Ich dachte, das wäre schiefgelaufen beim Färben oder so. Ich meine, als ich dich letztes Mal gesehen habe, waren deine Haare ein toller Blondton", sagte Harlow. „Ich verstehe das nicht."

„Genauso wenig ich." Carly eilte an ihrer Nichte vorbei und in das große Schlafzimmer, wo sie ihre treue Pinzette aufbewahrte. Und während sie in den Vergrößerungsspiegel schaute, wuchs ihr Entsetzen weiter. Schwache Falten, die vorher noch nicht da gewesen waren, breiteten sich von ihren Lippen aus. Die wenigen, die sie um die Augen gehabt hatte, hatten sich vervielfältigt. Es fühlte sich an, als würde sie sich mit jeder Sekunde, die verging, weiter altern sehen. Carlys Stimme bebte, als sie sagte: „Harlow?"

„Was ist denn?" Harlow kam und stellte sich direkt neben sie.

„Ich brauche sofort einen Anti-Aging-Trank. Ruf Gigi an. Das ist ein Notfall."

Harlow musterte Carlys Gesicht, und dasselbe Entsetzen, das Carly erfasst hatte, stand überall auf ihrer Miene. Vermutlich hatte sie endlich einen guten Blick auf das erhascht, was passierte.

„Jetzt!", forderte Carly.

„Gut." Ihre Nichte machte auf dem Absatz kehrt und lief aus dem Bad.

Carly eilte in ihr Kräuterstudio und öffnete ihr großes Referenzbuch. Ihr Herz hämmerte in der Brust, und alles fing an, wehzutun. Erschöpft setzte sie sich auf ihren Hocker und versuchte, das Glossar zu lesen. Nur dass die Worte vor ihrem

Sichtfeld verschwammen, und es fast unmöglich war, etwas zu entziffern. „Verdammt!" Sie wühlte in ihrer Schublade herum, suchte nach einer Lesebrille, hoffte, dass ihr eine Sichtkorrektur helfen würde, das Referenzbuch zu verstehen. Sobald sie die Brille aufhatte, kniff sie die Augen zusammen. Die Buchstaben hatten aufgehört, zu verschwimmen, aber sie waren immer noch undeutlich, bis sie das Buch weiter wegschob. Plötzlich kam alles klar in Sicht, und sie blätterte zu dem Bereich mit den Anti-Aging-Kräutern.

Da war es, genau was sie brauchte: Basilikum, Zimt, Nelken, Ingwer und eine Handvoll anderer Kräuter. Rasch ging sie zu ihren Gefäßen mit getrockneten Kräutern und machte hastig ein Gebräu mit warmem Kokosnusswasser, das sie auf ihrer Bank stehen gelassen hatte. Der Kräutertrank schmeckte nach Erde, aber sie schluckte ihn, noch während sie sich fast übergeben musste.

„Gigi ist unterwegs", sagte Harlow, als sie ins Atelier gelaufen kam. „Carly! Mein Gott!"

Carly drehte sich zu ihr, doch sie bewegte sich zu schnell und verlor fast das Gleichgewicht. Wäre nicht die Werkbank gewesen, an der sie sich festhalten konnte, wäre sie auf den Boden gestürzt. Sie schaute auf ihre Hände hinab, die die Werkbank packten, und stieß einen verstörten Schrei aus. „Ich schrumpfe zu nichts zusammen!"

Harlow war sofort an ihrer Seite. „Komm schon, Tante. Bringen wir dich zum Sofa."

Carly wehrte sich nicht. Was gab es denn sonst zu tun? Sie hatte doch bereits versucht, das Problem mit einem Tank zu bekämpfen. Es hatte eindeutig nicht funktioniert. In der Geschwindigkeit, mit der sie alterte, würde sie sich vermutlich die Hüfte brechen, wenn sie sich nicht hinsetzte. Tränen brannten in ihren Augen, aber sie blinzelte sie weg. Gigi war unterwegs. Zusammen würden sie eine Möglichkeit finden, sie davor zu retten, zu nicht zu vergehen.

Sobald sie auf dem Sofa war, deckte Harlow sie zu und befahl ihr, da zu bleiben, während sie Tee machte. Carly schloss die Augen und nickte, versuchte den Schrecken dessen, was mit ihr geschah, aus ihren Gedanken zu schieben.

„Carly?", sagte Harlow, die an ihrer Schulter rüttelte.

Sie fuhr zusammen und blinzelte zu ihrer Nichte auf, die eine Tasse Tee hielt. „Bin ich eingeschlafen?"

Harlow nickte und reichte ihr die Tasse. Dann nahm sie einen Scone vom Tablett auf dem Beistelltisch und drückte ihn in Carlys freie Hand. „Iss das. Der Zucker sollte helfen."

Erschöpfung zerrte Carlys Glieder nach unten, doch sie nippte am Tee und nahm einen Bissen vom Scone. Die Leckerei war wie Karton in ihrem Mund, aber sie zwang sie hinunter, wusste, dass das nicht an dem Scone lag. Sie hatte am Vorabend einen probiert, und er war lecker gewesen.

„So ist es gut", sagte Harlow, die ihr über die Haare strich. „Iss noch etwas."

Carly hatte das Gefühl, ihre Glieder wären aus Blei, aber sie tat, wie geheißen, wenn auch nur, damit sie sich auf etwas anderes konzentrieren konnte als auf ihre schnelle Alterung. Nach ein paar Schlucken Tee schlossen sich ihre Augen wieder, und sie erinnerte sich nicht an irgendwas, bis sie Gigis Stimme hörte.

„Hilf ihr, den Kopf zurückzulegen. Sie muss das so schnell wie möglich schlucken." In Gigis Stimme lag eine Dringlichkeit, die Carly wachrüttelte.

„Bin ich tot?", fragte Carly, die zu der Frau hinaufblinzelte, die über ihr war.

„Nein, der Göttin sei gedankt", sagte Gigi, in ihren bernsteinfarbenen Augen stand eindeutig Erleichterung.

„Kannst du dich ein bisschen aufrichten? Du musst für mich diesen ganzen Trank austrinken. Kannst du das?"

Carlys Stimme war unsicher, als sie sagte: „Natürlich." Aber als sie versuchte, sich hochzuschieben, hatte sie Schwierigkeiten, sich aufrecht zu halten.

„Ich hab dich", sagte Gigi, die ihre Schultern festhielt, sodass sie nicht zusammensank.

Mit beiden Händen hielt Carly den Thermosbecher an ihre Lippen und begann zu trinken. „Igitt!", stieß sie hervor, als der bittere Trank auf ihre Zunge traf. „Was ist da drin?"

„Baumrinde und ein bisschen anderes Zeug. Das sage ich dir, nachdem du es geschluckt hast."

Carly verzog das Gesicht, neigte aber den Thermosbecher nach oben und begann, den schrecklichen Trank zu trinken. Mit jedem Schluck kehrte ihre Stärke zurück, und nach einer Minute konnte sie den Trank hinunterwürgen und schmeckte ihn kaum, während sie den letzten Tropfen verzehrte.

„Der Göttin sei gedankt." Gigi setzte sich neben sie, und ihre Schultern sanken erleichtert herab.

„Es hat funktioniert!" Harlow warf die Arme um Gigi. „Vielen, vielen Dank. Ich schwöre, hättest du nur noch weitere zehn Minuten gebraucht, bin ich sicher, sie wäre vor meinen Augen verschwunden."

Gigi drückte Harlow die Hand. „Es ist unwahrscheinlich, dass das passiert wäre, aber ich kann sehen, weshalb du das gedacht hast." Sie wandte sich an Carly. „Wie viel Magie hast du in den letzten vierundzwanzig Stunden angewendet?"

„Na ja …" Carly starrte auf ihre Hände, erleichtert, dass sie nicht mehr faltig und mit jeder Sekunde krummer wurden. „Ich habe einen Trank gebraut, um Erinnerungen zu stimulieren, und dann habe ich einen Zauber gewirkt, damit Jeremiah und ich uns an unsere Geschwister erinnern."

Gigi stöhnte. „Einen Erinnerungszauber? Für zwei Leute?"

„Ja. Warum? Ist das schlimm?", fragte Carly verwirrt. Sie hatte den Zauber in einem Standardbuch gefunden. Da waren keine Warnungen gestanden.

„Ist es, wenn du keinen Schutzkreis wirkst." Gigi nahm Carlys Hände in ihre. „Dieser Zauber hätte dich umbringen können", sagte sie mit einem unterdrückten Flüstern. „Tu mir einen Gefallen, und von jetzt an wirkst du solche Zauber nur noch mit dem Rest des Zirkels, okay? Mit mehreren ist es sicherer, und wir können den Schutzkreis zur Verfügung stellen."

„Äh, klar", sagte Carly. „Aber ich will dir und deinen Freundinnen doch nicht lästig sein."

„Carly", sagte Gigi mit übertriebenem Seufzen. „Du *bist* unsere Freundin."

„Aber ich bin nicht offiziell Teil des Zirkels", beharrte Carly. „Ich will doch keine Last sein."

„Bist du nicht", sagte Gigi mit den Händen auf den Hüften, ihre Stimme streng. „Wir mögen dich alle und wir halten dich für eine von uns. Jetzt steh vom Sofa auf und hole mir was, in dem Alkohol ist. Ich brauche das, nachdem ich diesen Umkehrtrank zusammengeworfen habe."

„Gut." Carly stand auf, erwartete halb, dass sie wegen der Anstrengung zusammenbrach, aber zu ihrer Erleichterung war sie so stark wie eh und je und hatte sogar einen Anflug von Energie, als wäre sie nach einem Powernap erfrischt aufgewacht.

Die anderen beiden Frauen folgten ihr in die Küche und setzten sich an den Tresen, beobachteten jede ihre Bewegungen.

„Ich kann den Unterschied nicht glauben", sagte Harlow,

die sich an Gigi wandte. „Dein Trank ist ein verdammtes Wunder."

Gigi grinste sie an. „Sogar ich bin überrascht, dass er so gut funktioniert hat."

„Autsch!" Carly ließ das leere Glas fallen, das sie gerade mit den Fingerspitzen genommen hatte, und hielt sich das Handgelenk. „Heiliger Hexenb… Verdammt, das tut weh."

„Was hast du gemacht?", fragte Harlow, die aufstand und hinüber zu ihrer Tante lief, sie inspizierte, als wäre sie diejenige, die gerade in hundert Scherben zerbrochen war, und nicht das Glas, das auf dem Boden lag.

„Ich habe mir nur etwas am Handgelenk gezerrt, als ich das Glas gehoben habe." Carly wandte sich an Gigi. „Lässt dein Trank schon nach?"

Gigi musterte sie einen Augenblick, aber dann schüttelte sie den Kopf. „Nein. Alles andere an dir ist perfekt normal. Ich glaube, was passiert ist, du hast einfach gerade einen Fünfziger gezogen."

„Einen Fünfziger?", fragte Carly, die sie verwirrt finster anschaute, während Harlow lachte und sich daran machte, dass zerbrochene Glas aufzuräumen.

„Du weißt schon, wenn dein Körper aus keinem anderen Grund nachgibt außer deinem Alter?" Gigi zwinkerte ihr zu. „Wenn du dir etwa den Rücken verreißt, nur weil du einmal niest oder du dich im Bett herumrollst. Ich bin ziemlich sicher, dein Handgelenk ist genau dasselbe."

Carly verzog das Gesicht. „Na, das nervt. Und da dachte ich mir noch, ich hätte einen Energieüberschuss von deinem Trank erhalten."

Gigi nickte. „Ja. Übermäßiges Selbstvertrauen. Das erwischt einen doch jedes Mal." Sie lachte, während sie einen

Beutel mit Eis füllte und ihn dann Carly reichte. „Hier, betäub es damit, bis der Alkohol reinhaut."

„Wenn ich weiterhin Fünfziger ziehe, dann verwandle ich mich noch in eine Alkoholikerin", sagte Carly, die sich ein weiteres Glas nahm und es Gigi hinhielt, damit sie es, zusammen mit zwei weiteren mit dem gut gealterten Bourbon füllte, den sie aus dem Schrank geholt hatte.

„Prost", sagte Gigi, die mit ihrem Glas an das von Carly stieß. „Willkommen zurück in dem Alter, in dem die Dinge einfach aus keinem Grund anfangen, nicht mehr zu funktionieren."

Carly rollte die Schultern und spannte die Finger an, versuchte die Anspannung in ihrem Handgelenk zum Nachlassen zu bewegen. „Ist besser als die Alternative, was?"

„Amen, Schwester." Gigi stürzte ein Glas von der bernsteinfarbenen Flüssigkeit hinab und war mit der Flasche bereit, als Carly es genauso machte.

„Irgendwo ist es doch schon fünf Uhr, oder?", sagte Carly mit einem Lachen und beschloss, dass sie es nach den letzten Tagen verdient hatte, mit Gigi und ihrer Nichte anzustoßen.

„WAS HABE ICH GETAN?", STÖHNTE CARLY, DIE VERSUCHTE, AM nächsten Morgen die Augen zu öffnen. Hämmerte da ein Specht an der Innenseite ihres Schädels an ihr Gehirn? Die Sonne glitzerte auf dem Pazifik und durch ihr Fenster hindurch und blendete sie. „Igitt. Bitte erlöst mich jemand von meinem Elend."

Es ertönte ein leises Lachen, gefolgt von dem Gewicht von jemandem, der sich auf die Matratze setzte. „Gigi sagte, das sollst du trinken, wenn du aufwachst. Sie dachte, das brauchst du", sagte Harlow, die viel zu fröhlich für jemanden klang, der am Vorabend geholfen hatte, ihr Alkoholschränkchen zu leeren.

„Nein." Carly rollte sich herum und bedeckte den Kopf mit einem ihrer Kissen. „Lass mich in Frieden sterben."

„Es wird dir besser gehen. Das verspreche ich."

Carly hob das Kissen leicht. „Oder ich schrumpfe um fünf Zentimeter und brauche eine Gehhilfe, um im Haus herumzukommen."

Harlow schnaubte. „Jetzt dramatisierst du aber. Setz dich hin und trink deinen Trank, bevor Joy vorbeikommt."

„Joy kommt rüber?" Carly runzelte die Stirn und fuhr vor Schmerz zusammen, als sie ihre Gesichtsmuskeln bewegte.

„Ja", sagte Harlow mit einem Seufzen. „Weißt du nicht mehr? Du und Gigi habt Pläne gemacht, den Zirkel auf der Klippe zu treffen, um es mit einem Findezauber zu probieren. Aber als ihr Joy angerufen habt, hat sie gesagt, sie will erst mal vorbeikommen und versuchen, eine Vision von Zane hervorzulocken. Wenn sie das kann, würde es beweisen, dass er wirklich noch lebt."

Diese Aussage brachte Carly dazu, sich hinzusetzen und den Trank auszutrinken, den Harlow ihr hinhielt. Er hatte einen leicht blumigen Geruch, von dem ihr etwas schlecht wurde. Einen Augenblick dachte sie, sie würde ihren Mageninhalt von sich geben, aber sie holte tief Luft und schaffte es, sich zusammenzureißen. „Ich glaube nicht, dass das geholfen hat", sagte Carly.

„Deine Gesichtsfarbe ist etwas weniger grasgrün. Hab ein kleines bisschen Geduld." Harlow tätschelte ihr den Arm und ging zur Tür. „Ich gehe heute mit Lex aus. Versuch bitte, die Alkoholvergiftung heute minimal zu halten, okay? Ich mag dich doch sehr um mich."

„Du magst doch nur mein Strandhaus", sagte Carly, die sich den Kopf hielt und sich wünschte, das Hämmern möge aufhören.

Harlow schüttelte den Kopf vor ihrer Tante. „Ich bin deine Erbin. Ich kriege diesen Ausblick so oder so. Aber ich hätte ihn lieber mit dir."

„Stimmt. Habe ich vergessen. Der Alkohol hat mir das Gehirn gegrillt", sagte Carly, die sich über die Schläfe rieb.

„Aber keine Sorge. Mehr Alkohol ist das letzte, was ich heute auf dem Plan habe."

„Schön zu hören. Ich würde unter die Dusche springen, wenn ich du wäre", sagte Harlow und rümpfte die Nase. „Im Moment ist es vermutlich der Alkoholgestank, der von dir ausströmt, bei dem sich dir der Magen umdreht. Außerdem willst du doch nicht aussehen, als wärst du unter einem Tisch in irgendeiner Absteige rausgekrochen, wenn Joy kommt, oder?"

„Nein." Carly schob sich hoch und fragte dann: „Du gehst mit Lex aus?"

„Ja." Sie winkte und verschwand dann im Gang.

Carly fragte sich kurz, wann Harlow sich mit Graces Nichte angefreundet hatte. Sie kannten einander natürlich. So groß war Premonition Pointe ja auch nicht. Aber ihr war nicht klar gewesen, dass die beiden sich öfter getroffen hatten. Das Wissen machte Carly glücklich. Harlow brauchte mehr Leute in ihrem Leben als nur ihre Tante. Lex war ein netter Mensch. Sie war froh, dass die beiden sich anfreundeten.

Carly nahm den Rat ihrer Nichte an und ging in das extra große Bad, um sich wieder in eine menschliche Version ihrer selbst zu verwandeln. Eine, die nicht roch wie eine Destille.

„DA BIST DU JA!", rief Joy, die auf Carlys Veranda hinaustrat. „Als du nicht an die Eingangstür gekommen bist, dachte ich mir schon, dass ich dich hier finde."

Carly winkte sie rüber, wo sie in der Sonne lag und versuchte, die Wärme der Strahlen aufzusaugen. Nachdem sie geduscht und es geschafft hatte, sich wieder herzurichten, hatte sie sich noch eine Tasse Kaffee geholt und war hinausgegangen, um der Brandung zu lauschen. Das Meer schien immer ihre Nerven zu beruhigen. Und sie hatte das gebraucht. Ihr ganzer Körper hatte praktisch vor Nervosität gesummt. Sie konnte nicht aufhören, darüber nachzudenken, was sie tun würden, wenn der Findezauber nicht funktionierte.

„Diesen Ausblick habe ich niemals satt", sagte Joy, die sich auf den Stuhl neben Carly setzte. „Seit ich bei Troy eingezogen bin, muss ich mich immer zwingen, von den Fenstern wegzugehen, damit ich nicht den ganzen Tag damit verschwende, nur von den anbrandenden Wellen fasziniert zu sein. Obwohl das auf jeden Fall sehr viel mehr Spaß macht, als Kira zuzuhören, meinem neuesten Co-Star, wie sie sich über ihre Akne beschwert und den Jungen, der sie noch nicht um ein Date gebeten hat."

Carly schnaubte. „Sie ist doch bestimmt besser als Prissy Penderton." Prissy war die Schauspielerin, die Joys Tochter in ihrem ersten gemeinsamen Film gespielt hatte. „Das Mädchen war echt furchtbar."

Joy erbebte. „Man könnte mir gar nicht so viel zahlen, dass ich noch mal mit ihr arbeite. Du hast recht. Ich würde mir lieber die ganze Highschool-Gerüchteküche anhören, die Kira so von sich geben kann, als mich noch einmal mit Prissy herumzuschlagen. Ehe wir uns versehen, gebe ich noch Pyjamapartys und leite eine Ouija-Board-Session an."

„Funktionieren die?", fragte Carly, die sich in ihrem Stuhl aufrichtete. „Das habe ich mich immer gefragt."

„Woher sollte ich das wissen?" Joy lachte. „Ich habe fünfundzwanzig Jahre damit verbracht, meine Kinder aufzuziehen und zu versuchen, eine gescheiterte Ehe zum Funktionieren zu bringen. Vielleicht sollten wir es probieren. Allerdings wären Hope oder Gigi diejenigen, die wir fragen sollten. Gigi redet mit Geistern, und Hope ist jemand, der einfach alles ausprobiert."

Carly lächelte sie an. „Fragen wir sie zuerst. Tränke und Zauber sind ja eines, aber irgend so ein Brett zu nehmen, um zufällige Geister zu beschwören? Das ist was ganz anderes."

„Was, wenn die Geister nicht zufällig sind?", fragte Joy mit einer gehobenen Augenbraue.

„Du meinst etwa, wie meine Schwester, oder ... Zane?" Carly zwang seinen Namen hervor. Jetzt, da es Grund zu der Hoffnung gab, dass ihr alter Freund noch lebte, hatte sie angefangen, zu glauben, dass sie ihn finden würden. Sie wusste, dass es dumm war, sich Hoffnung zu machen, aber sie konnte nicht anders.

„Ich habe nicht Zane gemeint", sagte Joy, die Carly gequält anschaute. „Ich habe deine Schwester gemeint. Du vermisst sie bestimmt."

„Schon", sagte Carly mit einem Nicken. „Aber sie besucht mich bereits. Ich brauche kein Ouija-Board, um mit ihr zu reden."

„Wirklich?" Joys Augen wurden groß. „Das ist ja interessant. Ich wette, du könntest diese Planchette vom Ouija-Board herumhüpfen lassen, ohne sie auch nur zu berühren."

„Nicht laut den Wissenschaftlern", warf Carly ein. „Die glauben doch alle, das wäre nur unbewusste Muskelbewegung. Ich bezweifle, dass das bei Hexen der Fall wäre, aber ich habe es nie probiert. Ich habe immer unter der Annahme gearbeitet, dass jene, die mit uns sprechen wollen, von selbst zu uns kommen."

„Ja. Das ergibt Sinn", sagte Joy. „Ich dachte mir nur ..." Sie schüttelte den Kopf. „Ach, egal."

„Du dachtest ja nur, wenn wir Zane rufen, und er auftaucht, dann wüssten wir es, oder?", fragte Carly.

Joy nickte langsam. „Ich weiß, das ist nicht das Ergebnis, das du dir wünschst. Es ist besser, positiv gestimmt zu bleiben."

„Es ist nicht, dass ich Angst hätte, dass er auftaucht", sagte Carly mit gerunzelter Stirn. „Überhaupt nicht. So sehr ich möchte, dass er noch lebt, wenn er das nicht tut, ist es besser, wenn wir das wissen. Ich glaube nur einfach nicht, dass er sich zeigen würde. Ich habe meine Schwester Caydence nach ihm gefragt, wenn sie sich mir zeigt. Mehr als nur ein paar Mal. Sie sagt, sie hat ihn seit dem Tag des Unfalls nicht gesehen. Sie hat spekuliert, dass er weitergezogen ist, aber inzwischen …"

„Inzwischen denkst du, dass er noch bei uns ist", antwortete Joy und drückte ihr die Hand.

Carly nickte. „Tief im Herzen tue ich das wirklich."

„Dann sehen wir doch, ob wir ihn finden können. Hast du ein Bild von ihm? Ich bin bereit, zu versuchen, eine Vision von ihm zu bekommen."

„Ja." Carly sprang aus ihrem Sessel und musste sich kurz stützen. Der Trank, den Harlow ihr zu trinken gegeben hatte, hatte funktioniert. Sie dachte nicht mehr, dass sie gleich ihr ganzes Innenleben von sich geben würde, aber sie war immer noch müde und schwach.

„Alles in Ordnung?", fragte Joy, die sie stützte.

„Ja, ich spüre nur mein Alter. Ich schwöre, ich hätte das Trinken ganz aufgeben sollen, in dem Augenblick, als ich fünfzig wurde."

Joy stieß ein leises Keuchen aus. „Das Trinken aufgeben? Hast du den Verstand verloren? Was ist mit dem Margarita-Abend? Oder Mimosas? Oder Teufel auch, was ist mit dem ganzen Wein in meinem Weinregal?"

Carly konnte nicht verhindern, dass sie lachte. „Keine Sorge. Das habe ich nicht ernst gemeint. Aber ich glaube auf jeden Fall, dass ich versuchen werde, mich nicht so zu betrinken, dass mir zufällige Zeitfetzen abhandenkommen. Außerdem ist der Kater ziemlich grausam."

„Da möchte ich wetten." Joy grinste sie an. „Es war eine wilde Nacht, was?"

„Gigi hat mich fertiggemacht. Das schieben wir ihr in die Schuhe."

Lachend deutete Joy auf das Haus. „Sollen wir reingehen und loslegen?"

Carly führte sie ins Haus und hinüber zum Tisch im Esszimmer. Sie hatte bereits ein Bild von Zane hingelegt. Es war tatsächlich eines von ihm und Jeremiah. Es war an dem Tag aufgenommen worden, als sie und Zane die Highschool abgeschlossen hatten. Dem gleichen Tag, als Zane beschlossen hatte, mit ihr nach L.A. zu ziehen, sodass sie beide anfangen konnten, nach Rollen zu suchen. Sie war nie glücklicher gewesen als mit dem Wissen, dass ihr bester Freund an ihrer Seite sein würde.

„Das ist Zane?", fragte Joy, die auf den richtigen Bruder zeigte. Carly nickte.

Sie sah das Bild mit zusammengekniffenen Augen an. „Jeremiah war damals auf jeden Fall gut aussehend, was?"

„Ja", sagte Carly, die den Blick abwandte, damit die Frau nicht sah, wie sehr die Gedanken an ihn sie trafen.

„Aber inzwischen ist er sehr viel eleganter." Joys Tonfall war nüchtern, als sie hinzufügte: „Ist es nicht verrückt, wie manche Männer einfach immer besser aussehen, ohne sich anzustrengen, während wir Frauen ein Vermögen ausgeben, um unseren Schönheitsstandards gerecht zu werden?"

Carly konnte nicht anders, als ein bellendes Lachen auszustoßen, das durch ihre Lippen brach. Sie hatte nicht erwartet, dass Joy über die Schönheitsstandards von Männern und Frauen nachsann. Joy hatte allerdings nicht unrecht. Jeremiah war mit dem Alter immer nur schöner geworden. Was beeindruckend war, da er schon immer schön gewesen war. „Das ist total unfair", stimmte Carly zu.

Joy grinste sie an. „Zane hat dieselben Gene. Ich bezweifle nicht, dass er Frauen hat, die ihm überallhin folgen, wenn er noch lebt."

„Vielleicht. Aber sie hätten ihre Zeit verschwendet. Er ist schwul." Carly lächelte Joy traurig an. „Außer, das hat er auch vergessen."

„Ich bezweifle, dass das etwas ist, was man vergisst", sagte Joy und griff über den Tisch, um Carlys Hand zu drücken. „Mir fällt es auch sehr schwer, zu glauben, dass er sich von dir fernhalten würde, hätte er dabei irgendeine Wahl gehabt."

Carly nickte. „Vielen Dank."

Joy starrte das Bild gefühlt mehrere Stunden lang an, obwohl es vermutlich nur ein paar Minuten waren. Carly war sicher, dass die Vision nicht funktionierte, und dass Joy sich einfach Zeit ließ, bevor sie aufgab. Aber als Carly ihr gerade schon dafür danken wollte, dass sie es versucht hatte, fuhr Joys Kopf hoch, und ihr Blick wurde unscharf. Ihr stand der Mund offen.

Carly starrte sie mit aufgerissenen Augen an. Sie hatte Joys Visionen schon einmal mitbekommen, aber sie hatte nie ausgesehen, als wäre sie in Trance gefallen. Als wäre sie von einer unbekannten Macht besessen gewesen. Wenn es vorher passiert war, hatte Joy einfach ausgesehen, als wäre sie auf das Bild konzentriert und in einer Art Erinnerung versunken. Das war … anders. Intensiver. Und wenn Carly ehrlich war, sehr viel furchteinflößender.

Im Haus war es so still, dass Carly die Uhr an der gegenüberliegenden Wand hören konnte. *Tick. Tick. Tick.* Joy saß am Tisch, stocksteif, ihre Brust hob sich bei jedem Atemzug. Carly konzentrierte sich auf sie, wollte, dass sie aus ihrer Trance kam. Dass sie bestätigte, dass sie Zane gesehen hatte und genau wusste, wo man anfangen musste, nach ihm zu suchen.

Joy schnappte heftig nach Luft und richtete den Blick auf Carly.

Carlys Herz raste, und sie griff über den Tisch, um Joy die Hand zu drücken. „Du hast ihn gesehen?"

Ihre Freundin schüttelte den Kopf langsam, während Angst in ihrem Blick stand. „Nicht Zane. Jeremiah."

Carlys ganzer Körper wurde eiskalt. „Was ist denn? Was hast du gesehen?"

„Jemand verfolgt ihn. Ich habe gesehen …" Sie schüttelte den Kopf und verzog das Gesicht. „Ich weiß nicht ganz, was ich gesehen habe."

„Erzähl es mir einfach, was immer es war", sagte Carly vorsichtig, versuchte ihre Stimme ruhig zu halten. Was Joy gesehen hatte, hatte ihr eindeutig Angst eingejagt. „Wir kriegen es raus." Das würden sie müssen. Denn wenn Jeremiah in Gefahr war, würde Carly vor nichts Halt machen, um seine Sicherheit zu garantieren. „Joy?"

„Ach, Mann. Tut mir leid. Ich wollte nicht, dass du ausflippst. Es ist nur, dass die Vision so klar war, und doch gleichzeitig so verwirrend."

„Ich verstehe nicht", sagte Carly. „Was heißt das?"

Joy stand auf und ging in der Küche auf und ab. „Jeremiah hat die Premonition Pointe Inn verlassen. Er hatte den Kopf gesenkt und sah nicht auf, als ein Mann in Jeans und einem blauen Hemd um die Ecke kam und anfing, ihm zu folgen. Er sah aus wie ein Handwerker und fuhr einen unauffälligen weißen Van."

„Du meinst, diese Person hat Jeremiah in einem weißen Van verfolgt?", fragte Carly, während sie sich die Hand an ihre schmerzende Brust drückte. In ihrem Kopf gingen Alarmglocken los. Jeremiah war in Gefahr.

Joy nickte und packte die Rückenlehne ihres Stuhls, bis ihre Knöchel weiß wurden. „Der weiße Van folgte Jeremiah und fuhr hinüber auf die Gegenfahrbahn, wollte ihn offensichtlich überholen. Aber dann zog der Van nach rechts, zwang Jeremiah, rechts auf eine Landstraße abzubiegen. Der Van versuchte, ihm zu folgen, doch ein weiteres Auto schnitt ihm den Weg ab, die sind ineinander geschrammt. Bevor irgendjemand aussteigen konnte, um den Schaden zu begutachten, vor der weiße Van weg."

„Wir müssen was tun", sagte Carly, die nach den Schlüsseln auf einem Beistelltisch griff. „Wir müssen Jeremiah warnen." Sie marschierte zur Garage, wollte Jeremiah sofort suchen, um ihn wissen zu lassen, dass er in Gefahr sein könnte, wegen seiner Bemühungen, seinen Bruder zu finden.

„Carly?", rief Joy, die durch die Küche rannte, um mit ihr mitzuhalten.

„Wir müssen los, Joy. Komm schon."

„Aber kannst du nicht versuchen, ihn erst anzurufen? Sicherstellen, dass er okay ist, und ihn warnen, bevor das noch einmal passiert?"

„Stimmt." Carly hielt inne, nahm sich einen Augenblick, um sich zu beruhigen. Sie hatte nicht klar gedacht. Wo sollte sie überhaupt hin, um Jeremiah zu warnen? Die Pension? Sie hatte keine Ahnung, ob er überhaupt da war. Sie fischte ihr Handy heraus und wählte. Mailbox. „Jeremiah, hier ist Carly. Du musst mich anrufen, sobald du diese Nachricht bekommst. Joy hatte eine Vision. Jemand folgt dir. Sei vorsichtig. Bitte."

Joy drückte Carlys Hand. „Tut mir leid, dass ich Zane nicht gesehen habe."

Carly schüttelte den Kopf. „Du musst dich nicht entschuldigen. Ich bin froh, dass du die Person gesehen hast, die Jeremiah gefolgt ist, bevor ihm etwas was Schlimmes passiert."

Sie deutete auf die Tür. „Können wir auf dem Weg zum Zirkeltreffen bei der Pension vorbeifahren? Ich will sehen, ob ich ihn da erwische."

„Natürlich." Joy folgte Carly in die Garage und stieg auf den Beifahrersitz ihres Autos. „Ihm geht's gut. Das weißt du, oder?"

Carly nickte, doch in den Eingeweiden spürte sie nur Entsetzen.

8

JEREMIAH WAR NICHT IN DER PENSION ODER IM KRANKENHAUS, wo John Doe immer noch nicht bei Bewusstsein war. Der Leibwächter aus Carlys Sicherheitsteam, der ihn bewachte, sagte, er hätte Jeremiah an diesem Vormittag nicht gesehen. Ohne eine weitere Idee, wo sie nach ihm suchen sollte, lenkte Carly schließlich ihr Auto zu der Klippe, wo sie und Joy sich mit dem Rest des Zirkels treffen sollten.

„Ich bin sicher, er hat deine Nachricht erhalten", sagte Joy.

Carly warf ihr einen Blick zu. „Das wissen wir nicht. Nicht, bis er mich zurückruft."

„Stimmt." Joy kaute auf der Unterlippe. „Ich wünschte, es gäbe sonst was, was ich tun könnte."

„Ich weiß. Aber dank dir wissen wir, dass Jeremiah von jemandem verfolgt wird. Vielleicht ist es dieselbe Person, die unseren John Doe angegriffen hat." Carly verabscheute den Gedanken, aber es schien die einzig plausible Erklärung zu sein. Sie schaute in ihren Rückspiegel, und Erleichterung durchströmte sie, als sie Jake sah, der in seinem SUV hinter ihr herfuhr. Es hatte lange gedauert, sich an den Gedanken zu gewöhnen, dass sie Security brauchte, die auf sie aufpasste, aber nachdem ihre Nichte von zu Hause entführt worden war, hatte sie keine andere Wahl gesehen. Es machte ihr eigentlich nicht wirklich was aus. Ihr Team machte es großartig, ihr Raum zu geben, während es auch sicherstellte, dass sie Schutz hatte. Und gerade jetzt war sie dankbar. Wenn jemand Jeremiah folgte, wie lange würde es dauern, bevor sie anfingen, sie zu verfolgen?

„Wenn sie John Doe umbringen wollten, klingt es schon sinnvoll, dass sie nicht wollen, dass jemand mit ihm spricht, wenn er aufwacht", stimmte Joy zu. „Das sind keine guten Neuigkeiten für uns, oder?"

Carly richtete ihre Aufmerksamkeit zurück auf ihre Freundin, Entsetzen erfüllte sie. „Du hast recht. Das bedeutet, du und der Rest des Zirkels müsst euch da raushalten. Ich kann euch nicht bitten, dass ihr euch alle in Gefahr bringt."

Joy schnaubte. „Ach, bitte. Versuch nicht mal, uns davon fernzuhalten. Hast du uns überhaupt schon mal kennengelernt? Weißt du noch, was passiert ist, als Iris unsere Hilfe brauchte? Wir haben letztlich einen Verbrecherring ausgeschaltet, der versucht hat, Premonition Pointe zu zerstören."

Das stimmte. Wegen des neuen Bürgermeisters und seiner Gehilfen war die ganze Stadt verflucht worden, und es hatte alle betroffen. Aber wenn Carly zuließ, dass sie sich in die Suche nach Zane einmischten, könnte es sie alle in Gefahr bringen, und keine hatte die Security, die ihr folgte. „Das ist nicht sicher."

„Es ist nicht sicher, wenn irgendein Fremder in Premonition Pointe rumläuft und auf Leute schießt, Carly", sagte Joy mit strengem Tonfall. „Du kannst das nicht aufhalten. Du kannst es versuchen, aber es wird nicht funktionieren."

„Aber ...", setzte Carly an, entschlossen, sie zur Vernunft zu bringen.

Joy hob eine Hand und stoppte sie. „Diese Schlacht verlierst du. Aber du musst nicht mein Wort darauf nehmen. Wir fragen den Rest des Zirkels, was sie meinen."

Carly seufzte. Sie war nicht daran gewöhnt, sich nicht durchzusetzen. Aber noch wichtiger, sie war nicht daran gewöhnt, dass Leute den Hals für sie hinhielten. So sehr sie Joy anbrüllen wollte, sich nicht einzumischen, damit sie nicht in Gefahr gerieten, war sie auch tief berührt. „Vielen Dank."

Joys Lippen zuckten zum Hauch eines Lächelns. „Wofür? Dich anzufahren?"

„Dafür, dass du eine tolle Freundin bist." Carly lächelte, aber ihre Augen wurden feucht vor Gefühlen, und sie musste sich abwenden, bevor sie sich in eine schluchzende Idiotin verwandelte.

„Du bist auch eine tolle Freundin. Das weißt du, oder?", fragte Joy. Ihr Tonfall war zögerlich, als wisse nicht sicher, ob Carly ihr glauben würde.

In Wahrheit wusste Carly, dass sie eine geschmeidige Gastgeberin und Kollegin war. Aber Freunde waren lange Zeit nicht vorhanden gewesen. Sie war sich tatsächlich nicht sicher, ob sie wusste, wie man noch eine tolle Freundin war.

„Carly, ernsthaft jetzt. Das weißt du, oder?", wollte Joy wissen.

Carly schüttelte den Kopf. „Nein. Aber ich arbeite daran." Verdammt, jetzt klang sie doch einfach nur noch elend. Ihr Handy läutete durch das Audiosystem des Autos, und Jeremiahs Name blitzte auf dem Display auf. Sofort nahm sie den Anruf entgegen. „Jeremiah! Wo bist du?"

„Ich bin in der Autowerkstatt und lass mir eine Beule aus

dem Kotflügel dengeln. Ich habe gerade deine Nachricht erhalten. Du glaubst, man verfolgt mich?"

„Ja", sagte Joy, bevor Carly antwortete. „Hi, Jeremiah. Hier ist Joy. Ich habe ein Foto von dir berührt und hatte eine Vision in Echtzeit. Ich habe den Van gesehen, der versucht hat, dich von der Straße zu drängen, und der sehr wahrscheinlich die Beule in deinem Kotflügel verursacht hat. Der Fahrer war wie irgend so ein Handwerker angezogen und ist dir gefolgt, als du die Pension verlassen hast. Wäre nicht das andere Auto gewesen, das ihn fast von der Straße gedrängt hätte, fürchte ich, es hätte sehr viel schlimmer kommen können. Du musst aufpassen und vermutlich diesen Vorfall bei der Polizei anzeigen."

„Äh. Okay", sagte er. „Mir ist echt jemand gefolgt?"

„Ja", bestätigte Carly. „Tut mir leid, wir sind im Auto. Deshalb bist du über Lautsprecher. Wir glauben, der Kerl, der dir gefolgt ist, hatte etwas mit der Schießerei vor meinem Haus zu tun. Ihm gefällt es wahrscheinlich nicht, dass wir um das Opfer rumhängen und darauf warten, dass es aufwacht."

Jeremiah fluchte und räusperte sich dann. „Ich schätze, das ergibt Sinn. Ich kann mir keinen Grund vorstellen, weshalb man versuchen sollte, mich von der Straße abzudrängen."

Es herrschte Stille in der Leitung, bis Carly es nicht mehr aushielt und dann sagte: „Ich schätze, er war vielleicht auch nur von deinem guten Aussehen geblendet und hat die Kontrolle über sein Fahrzeug verloren."

Joy schnaubte.

Jeremiah seufzte laut, und Carly hätte schwören können, dass sie hörte, wie er die Augen verdrehte.

„Ach, komm schon. An Galgenhumor ist doch nichts falsch", sagte Carly.

Das entlockte ihm ein Lachen. „Du hattest schon immer eine rabenschwarze Seite."

„Hör mal", sagte Carly, die Selbstsicherheit in ihren Tonfall zwang. „Ich glaube, du solltest bei mir zu Hause wohnen, während du in der Stadt bist."

„Was? Nein, Carly. Ich glaube nicht …"

„Jeremiah", sagte Carly, die ihm das Wort abschnitt. „Jemand hat versucht, dich von der Straße zu drängen. Falls das derjenige ist, der versucht hat, John Doe umzubringen, und er dich verletzen oder dir zumindest so viel Angst einjagen will, dass du dich fernhältst, dann würde es doch Sinn ergeben, irgendwo zu wohnen, wo es mehr Security gibt. Denn wir wissen beide, dass keiner von uns das auf sich beruhen lassen wird, bis wir sicher wissen, ob Zane am Leben ist."

„Ich könnte meine eigene Security anheuern", sagte er, aber er klang, als würde er eher vor sich hinreden als mit Carly.

„Könntest du. Aber dann hätten wir zwei Wagen, die uns folgen. Das wird überhaupt nicht auffällig sein." Der Sarkasmus troff ihr von der Zunge.

Jeremiah seufzte geschlagen. „In Ordnung. Da hast du recht. Nachdem ich hier mit dem Auto fertig bin, fahre ich zu dir rüber. Klingt das gut?"

„Ja. Und mach schon und checke bei der Pension aus. Es gibt genug Platz im Haus für uns, solange du ihn brauchst." Carly bog auf die Straße ab, die zur Klippe führte, wo sie sich mit dem Zirkel trafen. Drei Autos standen bereits neben der Straße. Sie fuhr hinter dem letzten ran und schaltete den Motor ab. „Jeremiah?", drängte sie, als ihr klar wurde, dass er nicht geantwortet hatte.

„Ich bin hier", sagte er. „Ich will dir nur nicht zur Last fallen. Du weißt ja, dass es heißt, Gesellschaft und schlechter Fisch stinken beide nach drei Tagen."

„Es ist über dreißig Jahre her, dass wir einander gesehen haben. Bestimmt können wir diese Zeit nutzen, um einander wieder kennenzulernen. Oder?"

„Klar. Ja. Du hast recht", sagte er, obwohl er immer noch zögerlich klang.

Sie konnte es ihm nicht übel nehmen. Ihr wäre es vermutlich auch nicht behaglich gewesen, bei ihm zu Hause zu wohnen. Bei dem Gedanken ließ sich Wärme in ihrer Brust nieder, und sie fragte sich, ob es stimmte, dass sie sich unbehaglich als sein Gast fühlen würde. Vielleicht nicht. Das war immerhin Jeremiah, der erste Mann, in den sie sich halb verliebt hatte. Vielleicht würde sie eigentlich für immer bei ihm bleiben wollen. Carly schüttelte den Kopf, versuchte, diese Gedanken wegzuschieben. Jetzt war nicht der Zeitpunkt, um von ihrer unerwiderten Jugendliebe zu schwärmen.

„Also ist es abgemacht", sagte sie, ließ keinen Platz für Widerworte. „Ich treffe mich heute mit dem Zirkel. Wir versuchen einen Findezauber. Ich rufe dich an, sobald ich was weiß."

Jeremiah stieß angehaltene Luft aus. „Vielen Dank. Und danke den Zirkelmitgliedern auch von mir."

„Mache ich." Carly beendete den Anruf, und als sie hinüber zu Joy schaute, beäugte sie die Frau mit einem gerissenen Grinsen. „Was?"

„Du stehst doch total auf ihn", sagte Joy, ihr Tonfall neckend.

„Nein, tue ich nicht." Carly verdrehte die Augen und stieg aus dem Auto.

Joy folgte ihr und schob sich ihre Tasche über die Schulter, während sie loslief, um mit Carly mitzuhalten, die über die Klippe marschierte. „Ich glaube, du hast doch bestimmt irgendwie Gefühle für diesen Typen. Nicht, dass ich dir da Vorwürfe mache. Er ist ernsthaft sexy."

„Findest du?", fragte Carly, bevor sie sich aufhalten konnte.

„Äh, ja. Das steht doch nicht zur Debatte. Dieser intensive Blick und das dichte schwarze Haar müssen dir doch auffallen. Das reicht doch schon, dass es einem Mädchen die Zehennägel verdreht, wenn man ihn nur anschaut." Joy fächelte sich verspielt Luft zu.

Carly hob fragend eine Augenbraue. „Klingt, als wärst du diejenige mit Gefühlen für den Kerl."

Joy lachte leise. „Nö. Troy reicht mir, aber blind bin ich nicht. Der Mann ist auf jeden Fall umwerfend. Aber für dich ist es doch mehr als das, oder?"

„Ich weiß nicht ..." Carly seufzte. „Er ist nur ein alter Freund, mit dem ich sehr lange Zeit keinen Kontakt hatte. Ich versuche herauszufinden, wo wir stehen. Habe ich von ihm geschwärmt, als wir jünger waren? Klar. Aber jetzt?" Carly hob gleichzeitig die Schultern und Hände. „Ich kenne ihn kaum, und wir sind beide damit beschäftigt, Zane zu finden. Da gibt es keinen Platz, um einem Schwarm nachzuhängen oder an eine Romanze zu denken. Ich will nur, dass Jeremiah in Sicherheit bleibt, und dass wir Zane finden."

Joy griff herüber und drückte ihr die Hand. „Ich weiß. Tut mir leid, dass ich dich aufgezogen habe. Ich dachte nur, ich heitere mal die Laune etwas auf."

Carly lächelte sie dankbar an, während sie sich innerlich auch treten wollte. Offensichtlich hatte Joy einen Nerv getroffen, da Carly auf ihre Anmerkungen überreagiert hatte. Sie rief sich zur Entspannung auf und sagte: „Du hast recht, dass er umwerfend ist. Und dass er in meinem Haus wohnt, wird nicht gerade ein Problem für meine Augen werden."

„Das wollte ich hören." Joy zwinkerte ihr zu, dann schob sie den Arm durch den von Carly, während sie sich zum Rest des Zirkels auf den Weg machten, die bereits einen magischen Kreis aus Salz und Säulenkerzen gebaut hatten.

„Danke, dass ihr alle gekommen seid", sagte Carly, während sie sich unter ihren Freundinnen umsah. Grace, Hope, Iris und Gigi standen alle auf, und jede kann herüber, um Carly zu umarmen. Sie murmelten Unterstützung und versprachen, zu tun, was immer sie konnten, um ihr zu helfen, ihren Freund aus Kindheitstagen zu finden. Carly blinzelte Tränen der Dankbarkeit weg und umarmte eine jede von ihnen. „Ihr habt keine Ahnung, was mir das bedeutet."

„Ach, ich glaube, das tun wir", sagte Gigi, die vorgriff und Carlys freie Hand in ihre nahm. „Wir haben alle schon Situationen erlebt, in denen wir die Hilfe unserer Zirkelschwestern brauchten. Wir sind mehr als nur froh, wenn wir das weiterreichen können."

Der Rest des Zirkels nickte zustimmend, und Carly war dankbar und lächelte, während sie sich versprach, dass sie aufhören würde, überrascht von der Freundschaft zu sein, die sie bei diesen Frauen gefunden hatte. „Also gut dann. Wir sind alle hier. Was brauchen wir, um anzufangen?"

„Schließ dich dem Kreis an", sagte Grace, die hinter eine der Säulenkerzen trat. Der Rest der Frauen ging an ihren Platz, ließ Platz für Carly gegenüber von Grace frei.

Sobald sie dastand, spürte Carly sofort, wie ihre Haut vor Magie zu prickeln begann. Sie starrte auf ihre Arme hinab und stieß ein leises Keuchen aus, als ihre Haut anfing, zu glühen.

„Es ist mächtig, oder?", sagte Joy. „Das ist die gesamte Energie, die bereits durch uns fließt."

„Aber wir haben doch noch gar nichts getan", wunderte sich Carly. Sie hatte dem Zirkel schon einmal zuvor geholfen, einen Findezauber zu wirken, aber sie hatte sich nicht annähernd so gefühlt, wie sie sich heute fühlte. Es war, als hätte sich etwas in ihr geöffnet, und sie wäre endlich bereit, sich ganz dem Zirkel zu überlassen.

„Das passiert, wenn man sich mit einem Haufen schlimmer Hexen einlässt", sagte Hope mit einem Zwinkern. Sie schob sich eine dunkle Locke aus den Augen und hob die Hände zum Himmel, schien die Mächte aufzusaugen, die um sie herum knisterten.

Gigi ahmte ihre Geste nach und wankte in der Brise.

Eine nach der anderen hob die Hände zum Himmel und neigte das Gesicht zur Sonne. Carly folgte ihnen und fühlte sich, als würde sie nicht nur mit der Energie von der Sonne gefüllt, sondern dem Rest der Frauen, die um sie versammelt waren.

„Carly", sagte Iris. „Das ist dein Auftritt. Du bist diejenige, die die Verbindung zu Zane hat. Hast du irgendwas von ihm dabei?"

„Ja." Carly holte den Kompass aus ihrer Tasche, den Zane ihr geschenkt hatte. Sie hatte versucht, ihn Jeremiah zurückzugeben, doch er hatte sich geweigert und behauptet, wenn Zane ihn ihr geschenkt hatte, dann gehörte er auch zu ihr.

„Weißt du noch, was zu tun ist?", fragte sie Gigi. Die umwerfende Frau trug ein weißes Kleid, das im Wind wehte, und Carly konnte nicht anders, als sie sich als eine Art Göttin vorzustellen. Sie hatte diesen überirdischen Ausdruck um sich.

Carly räusperte sich. „Ja. Ich glaube schon."

„Gut. Wir sind bereit, wenn du es bist", sagte Gigi.

Carly hielt den Kompass fest in einer Hand, dann leerte sie ihre Gedanken und konzentrierte sich auf Zane. Sie stellte sich vor, wie er auf dem Baumstamm im Wald unter dem alten Baumhaus hinter dem Haus seiner Kindheit saß. Dort hatten sie sich normalerweise getroffen, wenn sie ohne den wachsamen Blick seiner Eltern oder ihrer Großmutter rumhängen wollten. Sie hatten eine Menge Zeit dort verbracht, hatten über ihre Zukunft geredet. Dort hatten sie auch ihr Leben nach der Highschool geplant, und sie hatte ihn angefleht, mit ihr nach L.A. zu kommen. Es war immer dieser Ort, den sie sich vorstellte, wenn sie ihren Erinnerungen nachgab.

Gigi drückte ihr eine Handvoll Kräuter in die Handfläche. „Wirf sie ins Feuer, wenn du deine Beschwörung anfängst."

Carly nickte, um zu zeigen, dass sie es verstanden hatte, doch sie öffnete die Augen nicht. Sie war bereits auf die Erinnerung fixiert und wollte sie nicht gehen lassen.

Die anderen Hexen begannen mit einem leisen Gesang, luden das Feuer ein, sich zu entzünden.

Es dauerte nicht lang, bis Carly das Rauschen des magischen Feuers hörte und die Wärme der Flammen spürte, die aus dem Inneren des Kreises kamen.

„Jetzt, Carly", sagte Gigi leise.

„Göttin der Erde, wir suchen jemanden aus meinem Herzen. Zeig ihn uns, lass uns wissen, dass er nicht verloren ist." Die Beschwörung war abgeändert im Vergleich zu derjenigen, die sie schon einmal eingesetzt hatten, als Iris nach Kade gesucht hatte. Carly hatte es persönlicher gestalten wollen, denn sie glaubte, die Intention hinter Beschwörungen war wichtiger als die konkreten Worte. Niemand auf dieser Klippe kannte Zane oder fand ihn wichtiger als sie.

Carly wiederholte die Beschwörung, ihre Stimme stärker und ruhiger als vorher. Und als sie spürte, wie ein Blitz aus Macht sie packte, warf sie die Kräuter, die Gigi ihr gegeben hatte, ins Feuer, sodass es brüllte. Ihre Augen gingen auf, und plötzlich war Carly auf die zwei Meter hohen Flammen fixiert.

Sie wanden sich und legten sich umeinander, wurden weiß, dann blau, während das Feuer heißer brannte.

Eine der anderen Hexen stieß ein Keuchen aus, aber Carly konnte den Blick nicht von den Flammen lösen. Die Flammen fingen an, sich zu trennen, und plötzlich erschien der Umriss einer hochgewachsenen, schlaksigen Person. Sie kniff die Augen zusammen, versuchte Züge zu erkennen, aber das Gesicht der Person war nicht klar definiert. Sie wollte vor Frust schreien. Auf keinen Fall ließ sich wissen, ob die Person, die im Feuer erschien, Zane war oder – dann begann die Person zu gehen, und auf einmal wusste sie es.

„Zane", flüsterte sie, während sie den unbeholfenen Gang betrachtete, den sie überall erkannt hätte. Zane war in einem Jahr, das ihm Schmerzen in der rechten Hüfte beschert hatte, extrem schnell fünfzehn Zentimeter gewachsen. Nach einer Therapie hatte der Schmerz nachgelassen, doch der seltsame Gang, den er benutzt hatte, um es auszugleichen, war niemals ganz verschwunden.

„Wo ist er, Carly? Wo ist Zane?" Die Stimme klang wie die von Jeremiah. Aber das konnte nicht stimmen. Er war nicht auf der Klippe. Oder?

Die Szene verlagerte sich, und sie beobachtete, wie Zane in einem Zimmer saß und über einer Art altem Schulordner und einem Notizbuch brütete. Er rieb sich die Augen und schaute dann auf. Seine Augen wurden groß, als er direkt Carly anstarrte. Es lag Erkennen in seinem Blick.

„Zane", sagte Carly wieder, nun lauter, versuchte sicherzustellen, dass er sie hörte.

Zanes Stirn legte sich in Falten, und er wirkte kurz verwirrt, bevor er den Kopf schüttelte und blinzelte, als wolle er seinen Blick klären. Dann senkte er den Kopf und studierte wieder den Ordner.

„Nein! Zane, schau mich an. Ich bin es, Carly!", rief sie.

Ihr alter Freund riss den Kopf hoch, sein Blick suchend. Nach ein paar Augenblicken fuhr er sich mit der Hand durch die dunklen Haare und riss frustriert daran.

„Ich bin hier. Wir suchen dich. Wenn du mir sagen könntest, wo du bist, kommen wir dich holen. Ich verspreche es. Ich und Jeremiah. Wir warten auf dich."

Sie beobachtete, wie er den Namen *Jeremiah* tonlos aussprach.

„Ich weiß, dass du mich hören kannst", sagte sie aufgeregt. „Bitte, Zane. Hilf uns mal. Sag uns, wo wir dich finden, und wir sind da, so schnell wir können."

„Jeremiah", sagte Zane noch einmal, sein Blick suchte immer noch hektisch nach ihr ... oder vielleicht nach Jeremiah.

„Er sucht nach dir", versuchte es Carly. „Er wird nicht aufgeben, bis du zu Hause bist."

„Zu Hause?" Seine Verwirrung klärte sich, und einmal mehr starrte er Carly direkt in die Augen. „Ich weiß nicht, wo zu Hause ist."

Carly brach fast das Herz. Ihr Verdacht wurde bestätigt. Entweder hatte man ihn verzaubert, oder er hatte einen Gedächtnisverlust. Sie wusste, dass es einen Grund gab, weshalb sie nie von ihm gehört hatten. „Wir helfen dir mit der Erinnerung, Zane. Ich verspreche es. Führe uns da hin, wo du gerade jetzt bist, und wir hören nicht auf, bis du sicher zurück bei deiner Familie bist." Sie hielt den Kompass hoch, betete, dass er ihn sehen konnte.

Er blinzelte zweimal, und dann sagte er mit erstaunter Stimme: „Carly? Bist das wirklich du?"

Tränen traten in ihre Augen, als sie nickte. „Ich bin es wirklich. Ich vermisse dich."

„Ich vermisse dich auch", brachte er erstickt mit einem Schluchzen hervor.

Carly griff mit ihrer freien Hand vor, versuchte, sich mit ihm in Verbindung zu setzen.

Er machte es genauso, doch ihre Hände berührten einander nie. Trotzdem hielten sie sie beide dort, als hätten sie eine körperliche Verbindung aufgebaut.

„Wo bist du, Zane?", fragte Carly noch einmal, wollte unbedingt seinen Aufenthaltsort finden. Nun, da sie sicher wusste, dass er noch lebte, würde sie Himmel und Erde in Bewegung setzen, um ihn zurück zu ihr und Jeremiah zu bringen.

„Ich …" Er fuhr hoch und schaute sich um, als wäre er erschreckt worden. Als er ihr wieder in die Augen schaute, flüsterte er: „Bannwerk."

Die Flammen kamen zusammen, schnitten das Fenster in Zanes Welt ab, kurz bevor das Feuer ganz ausging, sodass sie auf die verkohlten Überreste der Scheite schaute, die mitten im Kreis lagen.

„Carly?", fragte Jeremiah hinter ihr.

Sie wirbelte herum, sah Zanes älteren Bruder da stehen, erstarrt vor Schock, sein Gesicht hatte keine Farbe mehr. „Ist es echt? Ist Zane …"

Sie warf die Arme um ihn, klammerte sich fest, als ginge es um ihr Leben, während sie schluchzte: „Er lebt, Jer. Er war die ganze Zeit am Leben."

Jeremiahs Arme legten sich fest um sie, und die zwei standen da, klammerten sich aneinander, genauso wie sie es an dem Tag getan hatten, als die schreckliche Tragödie sich vor all den Jahren ereignet hatte.

9

„Bannwerk?", fragte Hope. „Was genau bedeutet das? Er steht unter einem Zauber und kann nicht reden?"

„Das scheint …", setzte Grace an, doch der Wind nahm zu und übertönte, was sie als nächstes sagte.

Carly wollte sich ewig an Jeremiah festhalten. Sie hatte nicht gemerkt, wie erschüttert sie von ihrer Interaktion mit Zane gewesen war, bis sie in Jeremiahs Armen lag. Ihre Abwehr bekam Risse, und sie hatte Angst, dass sie völlig zerbrechen würde, wenn sie losließ.

„Bringen wir dich nach Hause", flüsterte ihr Jeremiah ins Ohr.

„Aber was ist mit dem Zirkel?" Sie schaute zu ihm auf, bis ins Innerste erschüttert. Sie hatte glauben wollen, dass Zane noch lebte. Unbedingt. Und sie hatte einfach alles tun wollen, um die Wahrheit herauszufinden. Und so glücklich sie war, dass ihr Verdacht sich bestätigt hatte, konnte sie auch nicht das Entsetzen abschütteln, zu wissen, dass er über dreißig Jahre lang gelebt hatte und keiner von ihnen es geahnt hatte. Schlimmer noch, es schien, als würde er gegen seinen Willen festgehalten. Dreißig Jahre seines Lebens verschwendet. Das brachte Carly zum Weinen und Zürnen gleichzeitig.

„Wir können uns später treffen und darüber reden", sagte Grace, die leicht eine Hand auf Carlys Schulter legte. „Nachdem ihr beide Zeit hattet, es zu verarbeiten?"

Carly löste sich von Jeremiah, griff aber vor und nahm seine Hand, weil sie nicht ganz loslassen konnte.

„Das ist eine gute Idee", sagte Hope, die sich bewegte, um sich neben Grace zu stellen. Sie musterte Carly und dann Jeremiah kurz, bevor sie hinzufügte: „Denn wenn es euch nichts ausmacht, dass ich das sage, aber bei euch beiden wirbeln die Gedanken." Sie verzog das Gesicht. „Tut mir leid. Es ist der Fluch mit dem Gedankenlesen. Wenn Gefühle stark sind, kann man es nicht beherrschen."

„Ist schon gut", sagte Carly, die sich fragte, ob Hope irgendwie schlau aus allen Gedanken werden konnte, die ihr durch den Kopf gingen. Denn Carly konnte das auf keinen Fall. Ihre Gedanken rasten.

Eine Handynachricht erklang laut, und Iris fluchte tonlos. „Ach. Mein neuester Kunde schreibt schon wieder und verlangt, dass ich mich mit ihm zu einem späten Mittagessen treffe. Irgendwas, dass wir ein paar Zahlen durchgehen müssen. Ich schwöre, er ist der anstrengendste erfolgreiche Geschäftsmann, den ich je getroffen habe. Wenn er mich noch einmal diese Daten durchgehen lässt, glaube ich, einer von uns schafft es nicht lebendig raus." Sie ging, um Carly mit einem Arm zu umarmen. „Soll ich vorbeikommen, nachdem ich fertig bin, und wir können bei dir zu Hause brainstormen? Oder wenn es dir lieber ist, können wir uns alle bei mir treffen, und du kannst raus, wenn es zu viel für dich wird." Iris lächelte sie sanft an.

„Bei mir zu Hause", sagte Carly, die unbedingt in ihrem

eigenen Raum geborgen sein wollte. „Komm einfach vorbei, wenn du mit ... bei was für einem Geschäft hilfst du ihm denn? Wenn du damit fertig bist."

„Er will ein Bed and Breakfast aufmachen, das über das Meer hinausblickt", sagte Iris. „Aber es gibt alle möglichen Probleme mit dem Bebauungsplan und den Regelungen, die wir noch durchgehen müssen. Er hat beschlossen, ich wäre diejenige, die er anheuern sollte, da ich alles in- und auswendig kenne, wenn es um die Regularien in Premonition Pointe geht."

„Zwei Bed and Breakfasts", sagte Grace, in ihren Augen stand der Schalk. „Der Mann hat mir gerade ein Angebot geschickt, das er sich ansehen möchte." Sie hielt das Handy hoch, zeigte ein großes viktorianisches Haus in einem bewaldeten Abschnitt weit vom Meer entfernt. „Das nennt er Diversifikation."

Iris drückte sich die Finger auf die Schläfen und stöhnte. „Ernsthaft? Zunächst mal sind zwei Bed and Breakfasts in derselben Stadt wohl kaum Diversifikation. Und wenn er anfängt, über einen zweiten Ort zu reden, wird die Stadt wahrscheinlich verhalten sein, ihm die Erlaubnis zu erteilen."

Carly blendete sie aus und wandte sich zurück an Jeremiah. „Ich dachte, wir würden uns bei mir zu Hause treffen."

Er schob ihr eine Strähne ihres vom Wind zerzausten blonden Haares aus den Augen. „Wollte ich, aber die Reparatur war schneller fertig, als sie dachten, und ich wusste, dass du hier bist." Er zuckte mit den Schultern. „Ich konnte nicht erwarten, herauszufinden, ob der Zauber funktioniert hat."

„Hat er, und doch habe ich immer noch keine Ahnung, wo er ist", sagte sie, frustriert jenseits aller Vorstellung. „Tatsächlich bin ich gewissermaßen gescheitert."

„Du hast ihn gefunden, und jetzt wissen wir, dass er lebt.

Das ist doch wohl kaum Scheitern; das ist ein verdammter Durchbruch." Er drückte ihr die Hand sanft und zog sie weg vom Rest des Zirkels. „Gehen wir. Du musst dich eindeutig mal hinsetzen, und ich wette, du könntest etwas zu essen vertragen. Wie wäre es, wenn ich dich nach Hause bringe und dir was mache, während du …"

„Dasitze und dich beobachte?" Eine Woge der Vorfreude erwischte sie ganz überraschend. Ihre Gefühle waren voll durch den Wind, und doch schaffte sie es noch, aufgeregt zu werden bei dem Gedanken, dass er in ihrer Küche kochte. Es war so häuslich, so persönlich. Und überhaupt nichts, das sie vor ein paar Tagen für möglich gehalten hätte.

„Genau." Er drehte sich um, dankte den Zirkelmitgliedern und lud sie zu Carlys Haus ein. Dann legte er den Arm um Carlys Schulter und hielt sie dicht bei sich, während sie zurück zu ihren Autos gingen.

„Mit Ziegenkäse gefüllte Manicotti mit Artischocken? Ernsthaft?", fragte Carly von ihrem Platz am Tisch aus. Sie tippte mit dem Ende ihres Bleistifts auf den Block, während sie Jeremiah beim Arbeiten beobachtete. „Du hast doch auf keinen Fall diese ganzen Zutaten in meiner Küche gefunden."

„Hast du gesehen, wie ich gehe oder Lebensmittel in dieses Haus schmuggle?", fragte er grinsend.

„Ich bin sicher, irgendwie hast du das geschafft", beharrte sie, sicher, dass sie so ziemlich niemals Artischocken oder Manicotti-Pasta gekauft hatte. Der Ziegenkäse allerdings war immer da. „Jeder, der diese Mahlzeit zusammenstellen kann und es schafft, dass mein Haus wie ein authentisches italienisches Restaurant riecht, muss ein Magier sein."

„Nur ein Kerl, der Lieferessen satthatte und beschlossen hat, er würde lieber mal kochen lernen. Du hast keine Ahnung, wie viele Folgen von Kochshows ich mir angesehen habe, bis ich endlich was Essbares machen konnte."

„Essbar? Ich sabbere hier drüben. Wie lange noch, bis es fertig ist?", fragte sie.

Jeremiah schaute auf die Uhr am Herd. „Fünfundzwanzig Minuten." Er schenkte ein paar Gläser Wein ein und schloss sich ihr dann am Tisch an. Nachdem er ihr ein Glas gereicht hatte, spähte er auf ihren Block. „Irgendwelche Ideen?"

Carly hatte versucht, zu brainstormen, was Zane gemeint hatte, als er tonlos das Wort *Bannwerk* ausgesprochen hatte. Bisher hatte sie nur das Offensichtliche aufgeschrieben. Zane war von irgendeiner Art Zauber gebunden und konnte nicht weg, von wo immer er festgehalten wurde. „Nicht Nützliches."

Er nickte. „Das ist alles, was mir auch eingefallen ist. Außer die Stadt, in der er ist, heißt Bannwerk."

„Kennst du irgendeinen Ort, der so heißt?", fragte Carly und nahm einen Schluck von ihrem Wein.

„Nein." Er holte sein Handy heraus und suchte rasch. Er ratterte einige Ergebnisse herunter: „Es gibt sogenannte *Bannwirker* in New Mexico und Washington State, und es gibt eine Dokumentation, die heißt *Bannwerk*, sie handelt aber von toxischen Chemikalien und der Ölindustrie im Golf. Ich schätze, jedes davon könnte was bedeuten."

Carly stöhnte. „New Mexico? Washington? Der Golf? Wie hilft uns denn davon was? Ist ja nicht so, als könnten wir eine ganze Gegend absuchen. Auf jeden Fall nicht leicht."

„Das werde ich, wenn irgendwas davon eine Spur ist", sagte Jeremiah leise.

Carly legte die Arme um sich, fühlte sich kalt, obwohl es warm in ihrem Haus war, weil Jeremiah gekocht hatte. Die

Vorstellung, dass er unwahrscheinlichen Spuren nacheilte, verschaffte ihr Magenschmerzen. Wenn sie nur ganz kurz glaubte, dass an einer ihrer Vorstellungen etwas dran war, würde sie sich ihm anschließen. Verdammt, sie würde einen Privatdetektiv anheuern, oder wen immer sie finden konnte, um ihn aufzuspüren. Leider hatten sie nur eine Googlesuche, die sehr wahrscheinlich nichts bedeutete. Trotzdem, wenn Jeremiah in ein Flugzeug springen wollte, wäre sie gleich hinter ihm. „Ich würde mit dir gehen."

Er musterte sie und nickte dann. „Das glaube ich dir."

„Ich habe ihn auch geliebt – tue ich immer noch. Habe ich immer, werde ich immer", sagte sie entschlossen.

„Das weiß ich." Jeremiahs Augen wurden feucht wegen unvergossener Tränen, doch als er blinzelte, waren sie weg, und es blieb nur noch Entschlossenheit. „Und deshalb bin ich hier bei dir. Du bist der einzige Mensch auf dieser Welt, der ihn genauso vermisst wie ich."

Carly wischte ihre eigenen Tränen weg und nickte nur, als sie hörte, wie die Eingangstür aufging und Harlows Stimme erklang. Sie sprach, aber nicht laut genug, dass Carly ihre Worte verstehen konnte. „Harlow?", rief sie. „Ich bin in der Küche."

„Hast du einen Laden gefunden, der Italienisch liefert? Hier drin riecht es unfassbar gut", sagte Harlow, die um die Ecke in die Küche kam.

„Niemand im Premonition Pointe liefert Italienisch", sagte eine vertraute Frau mit kurzen blonden Locken lachend, die Harlow folgte.

„Lex?", fragte Carly, die aufstand, um Graces Nichte zu begrüßen.

Lex wirkte überrumpelt von Carlys Anmarsch, aber sie fand schon bald ihre Stimme wieder. „Hi, Ms. Preston. Es ist echt wunderbar, Sie wiederzutreffen. Und falls ich es Ihnen noch nicht schon gesagt habe, ich bewundere einfach all Ihre Filme. Ich habe sie alle hundertmal gesehen."

„Vielen Dank. Das ist echt süß, dass du das sagst. Aber du musst mich unbedingt Carly nennen", sagte sie. „Es ist schön, dich wiederzutreffen. Es ist wunderbar, dass du und Harlow euch angefreundet habt. Ich hoffe, ich sehe dich öfter."

Lex' Wangen wurden rosa. „Natürlich. Das würde mir auch gefallen." Sie wandte sich an Harlow. „Warum hast du mir nicht gesagt, dass sie hier sein würde? Eine Vorwarnung hätte echt geholfen."

Carly lachte leise, hieß das lockere Gefühl willkommen. Es kam nicht oft vor, dass sie jemanden in Premonition Pointe traf, dem ihre Schauspielkarriere wirklich wichtig war. Die meisten Einwohner waren inzwischen einfach an sie gewöhnt. Trotzdem störte es sie überhaupt nicht. Sie hatte gern Kontakt zu Fans, die aufgeregt waren, sie zu treffen. Wenn sie aggressiv und übergriffig wurden, dann war sie immer zur Seite getreten und hatte sich in ihre versteckte Zuflucht zurückgezogen.

Harlow verdrehte die Augen. „Das ist doch nur meine Tante, die für ihren Lebensunterhalt vor der Kamera steht. Sie ist ein ganz normaler Mensch wie du und ich", erklärte sie Lex. „Da gibt's nichts Aufregendes."

„Na, danke auch für diese umfassende Würdigung", sagte Carly, die die Augen verdrehte. „Ich finde dich auch ganz besonders."

Harlow grinste sie an. „Ich weiß. Also, teilt ihr jetzt das, was ihr da im Ofen habt, oder zwingt ihr mich nur zum Sabbern?"

„Es gibt ausreichend", sagte Jeremiah, der sich erhob, um sich um den Summer in der Küche zu kümmern, der gerade losgegangen war.

„Danke." Harlow grinste und fügte an: „Jeremiah, das ist Lex. Lex, Jeremiah."

Die beiden begrüßten sich freundlich, bevor Jeremiah sich wieder daran machte, sich uns Abendessen zu kümmern.

Carly stand auf und begann, den Tisch für alle vier zu decken. Aber bevor sie die Teller aus ihrem Schrank holen konnte, ging auf ihrem Handy ein besonderer Klingelton los. Es war ein Santana-Gitarrensolo, genau das, mit dem Zane einen ganzen Sommer verbracht hatte, es zu lernen, als sie ihr Abschlussjahr an der Highschool gehabt hatten.

Sie wusste, dass Jeremiah es erkannte, denn er schnappte scharf nach Luft und ließ fast die Manicotti fallen.

„Das ist eine Pflegerin aus dem Krankenhaus", erklärte sie. „Den Anruf von dort wollte ich nicht verpassen." Sie ging ran, und wenige Sekunden später schnappte sie sich ihre Schlüssel. „Jeremiah, gehen wir. John Doe ist aufgewacht."

10

Im Wartebereich der Intensivstation war viel los, und fast jeder Platz war besetzt. Carly stand an der Schwesternstation, wartete darauf, mit jemandem zu reden, während sie sich umschaute und versuchte, sich zu fassen. Traurigkeit und Sorgen drangen auf ihre Sinne ein, überwältigten sie, und sie musste Tränen wegblinzeln. Ihr ganzes Sein wurde durch Gefühle niedergedrückt, die nicht zu ihr gehörten.

Empathin. Das Wort hallte durch ihre Gedanken. Sie war schon immer auf die Gefühle anderer eingestellt gewesen. Selbst als Teenager hatte sie oft die Gefühle der Menschen aufgenommen, denen sie nahestand. Sie hatte lange spekuliert, ob das vielleicht der Grund war, weshalb sie so erfolgreich als Schauspielerin war. Es war relativ leicht für sie, jedwede Emotion anzuzapfen, die sie brauchte. Aber in den letzten Jahren gab es ein paar konkrete Augenblicke, in denen sie das Gefühl gehabt hatte, als würde sie im Schmerz von anderen ertrinken.

Das war einer dieser Augenblicke.

„Carly?", fragte Jeremiah, seine Stimme voller Sorge. „Alles in Ordnung?"

Sie holte tief Luft und nickte. Vielleicht war sie nur ausgelaugt nach dem Findezauber. „Tut mir leid. Ich bin nur …" Carly schüttelte den Kopf. „Ach, egal. Ist nicht wichtig. Ich schätze, ich bin nur nervös, weil wir endlich mit John Doe reden."

„Ich auch. Aber die Schwester hat dich ja angerufen. Ich bin sicher, wir dürfen bald reingehen", sagte er, legte ihr einen Arm um die Schulter.

Die Geste überraschte sie, aber sie fühlte sich allmählich auch vertraut an. Es war seltsam, von ihm getröstet zu werden, aber nur, weil es sich so natürlich anfühlte. Nach über dreißig Jahren hätte sie gedacht, sie würde länger brauchen, um sich bei ihm behaglich zu fühlen, aber es schien, als hätte sich für sie nicht viel verändert, wenn es um Jeremiah ging. Selbst nach allem, was zwischen ihnen vorgefallen war, war er noch der Mensch, der es immer schaffte, sie wieder zu ihrer Mitte zurückzuholen. „Ich hoffe, du hast recht."

Als die Schwester schließlich zu ihrer Station zurückkehrte, schaute sie Carly an und runzelte die Stirn.

„Was ist?", fragte Carly, in ihren Eingeweiden zog es. „Geht es John Doe gut? Er ist doch nicht wieder ins Koma gefallen, oder?"

Die Schwester schüttelte den Kopf. „Nein. Nichts dergleichen. Es ist nur so, nachdem ich Sie angerufen habe, habe ich herausgefunden, dass verboten wurde, dass Sie ihn sehen." Ihr Stirnrunzeln verzog sich zu einer Grimasse. „Sein Bruder ist gekommen und hat ihn identifiziert."

„Sein Bruder?", fragten Carly und Jeremiah gleichzeitig. Carly packte seine Hand. „Wer ist sein Bruder?"

Die Schwester schüttelte den Kopf. „Ich bin nicht befugt,

noch weitere Informationen mit Ihnen zu teilen. Es tut mir sehr leid. Aber seien Sie sicher, dass Liam …" Sie legte sich die Hand über den Mund und schüttelte den Kopf. „Ich meine, John Doe ist jetzt in guten Händen. Sie müssen sich keine Sorgen mehr machen."

„Liam?", fragte Carly.

Die Schwester schüttelte rasch den Kopf und zog sich schnell zurück.

„Verdammt", murmelte Carly und wandte sich an Jeremiah. „Bruder?"

Jeremiah musterte den Raum und konzentrierte sich auf Phil, den Security-Mann, dem Carly den Auftrag gegeben hatte, John Doe zu bewachen. „Komm schon. Fragen wir ihn, was los ist."

„Stimmt." Carly fragte sich, weshalb ihr das nicht selbst eingefallen war. Jake, ihr eigener Bodyguard, stand bei dem hochgewachsenen, breitschuldigen blonden Wachmann drüben an den Fenstern. Sie hatten die Köpfe gebeugt und schienen sich ausgiebig zu unterhalten. Sie folgte Jeremiah durch den Raum.

Beide Wachmänner wandten ihre Aufmerksamkeit ihnen zu, und bevor Carly auch nur eine Frage stellen konnte, sagte Phil: „Hier war ein Mann, der behauptet hat, er wäre John Does Bruder."

Carly nickte. „Wissen wir. Die Schwester hat uns erzählt, dass er hier war, und es wurde uns verboten, ihn zu treffen. Hast du mit ihm gesprochen?"

Phil nickte. „Ein bisschen. Ich hab so getan, als wäre ich wegen jemand anderem hier, und habe versucht, eine Unterhaltung anzufangen, darüber, wen er hier besucht. Leider hat er den Köder nicht geschluckt. Er sagte nur, seinen Bruder, und entschuldigte sich dann, um ans Handy zu gehen.

Er redete angespannt mit jemandem, der am anderen Ende der Leitung war, und brüllte, dass er sich ‚darum kümmern' würde. Danach sprach er mit der Schwester, und ich habe dafür gesorgt, dass ich ein bisschen mithöre. Seine ganze Haltung hatte sich verändert, und ich muss sagen, ich glaube kein Wort von dem, was er ihr gesagt hat. Er hat sich viel zu sehr bei ihr eingeschleimt und klang wie der absolut ekligste PR-Typ aus Hollywood."

„Also glaubst du nicht, dass er Johns Bruder ist?", fragte Carly.

„Er sagte, der Name des Mannes wäre Liam, aber nein. Ich glaube keinen Augenblick lang, dass er derjenige ist, der er zu sein behauptet. Ich habe ihn verfolgen lassen, als er hier wegging. Er fuhr einen unauffälligen weißen Lieferwagen, und ihm ist offenbar sofort aufgefallen, dass er verfolgt wurde, denn er hat uns ziemlich rasch abgeschüttelt." Seine Nasenflügel blähten sich verärgert. „Nur jemand, der daran gewöhnt ist, sich unauffällig zu bewegen, könnte einen von unseren Verfolgern so leicht abschütteln."

Carly knirschte frustriert mit den Zähnen. Sie war sicher, dass es kein Zufall war, dass Liams „Bruder" einen weißen Lieferwagen fuhr, wenn genau dieselbe Art Fahrzeug versucht hatte, Jeremiah von der Straße zu drängen. Ihre Security hatte genau das getan, was sie von ihnen erwartete, und noch mehr. Und dennoch war der Mann, der vermutlich der Schlüssel war, um die Schießerei aufzulösen, entkommen. „Danke, dass ihr's versucht habt", sagte sie und legte ihm eine Hand auf den Arm. „Und falls er wieder auftaucht, werdet ihr Verstärkung haben? Wenn wir wüssten, wo der Mann wohnt, könnte das der Schlüssel zu allem sein, nach dem wir suchen."

„Wir sind dran", sagte Jake und drehte sich um, um die Logistik mit Phil zu besprechen.

Jeremiah zog an Carlys Arm, und sobald sie ein paar Meter von ihnen entfernt waren, beugte er sich zu ihr und sagte in unterdrücktem Tonfall: „Kannst du diesen Charme noch mal aufdrehen und reinkommen, um John zu sehen ... oder vielleicht sollten wir ihn Liam nennen?"

„Das wollte ich, aber die Schwester ist zu schnell weggelaufen." Carly beäugte die Schwesternstation und fragte sich, ob sie es noch mal versuchen sollte. Aber als die Schwester, mit der sie vorhin gesprochen hatte, wieder auftauchte, warf sie nur einen Blick auf Carly und wirbelte herum, um zwischen den Doppeltüren zu verschwinden.

„Sieht so aus, als würde sie uns auch weiterhin aus dem Weg gehen", sagte Jeremiah, der sich frustriert mit der Hand durch die bereits zerrauften dunklen Haare fuhr.

Carly starrte die Schwesternstation und die Doppeltüren dahinter an, wollte mit Willenskraft die Schwester zu ihr zurück zwingen. Und wenn sie den Auftritt ihres Lebens hinlegen musste, um reinzugehen und Liam zu sehen, würde sie das tun.

Als klar wurde, dass die ursprüngliche Schwester sehr wahrscheinlich nicht mehr zurückkommen würde, straffte sie die Schultern und marschierte hinüber zu einer kleineren blonden Schwester, die ein mitfühlendes Lächeln aufhatte. Carly beäugte das Namensschild der Schwester und beugte sich mit einem Ellbogen auf dem Tresen vor, während sie ihr ein lockeres Lächeln zuwarf, das sie in Fotoshootings perfektioniert hatte. „Hallo auch, Cassie", sagte Carly locker. „Ich schlüpfe nur mal schnell rein und sage Hallo zu Liam, stelle sicher, dass er alles hat, was er braucht." Ohne auf eine Antwort zu warten, ging Carly zu den Doppeltüren, als würde ihr der Laden gehören.

„Oh! Ms. Preston, das tut mir so leid", sagte die Schwester, die nervös und ein bisschen verschüchtert klang. „Liam empfängt gerade keinen Besuch."

„Was?" Carly drehte sich um und warf ihr etwas zu, von dem sie annahm, es wäre ein unschuldiger, überraschter Ausdruck. „Aber vor Kurzem war doch sein Bruder erst hier und hat mir gesagt, ich soll bei ihm vorbeischauen, bevor ich für heute aufbreche."

„Ms. Preston", tadelte eine Frau hinter ihr.

Carly drehte sich um, um die erste Schwester zu sehen, die dastand und sie von den Doppeltüren aus anfunkelte.

„Ich habe Ihnen doch gesagt, dass John Doe niemanden treffen wird, außer seinen Bruder. Ich muss Sie bitten, zu gehen."

Mit dem Wissen, dass sie geschlagen war, nickte Carly einmal und wirbelte herum, frustriert jenseits aller Vorstellung, dass sie keinen anderen Plan hatte. Aber eines wusste sie sicher, sie würde nicht gehen, bis sie eine Möglichkeit gefunden hatte, mit Liam zu reden.

„Ich nehme an, das ist nicht gut gelaufen?", fragte Jeremiah, als sie an seiner Seite ankam.

„Das ist noch untertrieben." Sie packte ihn am Arm und zerrte ihn mehr oder weniger den Gang entlang weg vom Wartebereich. Das letzte, was sie brauchte, war, dass diese Möchtegern-*Nurse Ratched* jede ihrer Bewegungen überwachte. Nicht, dass sie es der Frau unbedingt zum Vorwurf machte. Sie erledigte immerhin nur ihre Arbeit. Trotzdem würde sie sich von den Regularien nicht davon abhalten lassen, den Mann zu treffen, der sie direkt zu Zane führen konnte. „Wir müssen uns neu aufstellen und herausfinden, wie wir an den Schwestern vorbeikommen."

Jeremiah seufzte. „Ich bin mir nicht sicher, wie wir das

machen sollen, außer du hast vor, so eine Art Unsichtbarkeitszauber zu wirken."

Carly legte den Kopf schief, als würde sie über die Vorstellung nachdenken.

„Du kannst einen Unsichtbarkeitszauber wirken?", fragte Jeremiah.

Lachend schüttelte Carly den Kopf. „Nein, aber das wäre jetzt grade schon echt praktisch."

„Das, oder ein Unsichtbarkeitsumhang", sagte er mit einem Zwinkern.

„Wenn wir den nur hätten." Carly ging rüber zum Fenster und schaute hinaus über die Stadt Premonition Pointe. Wolken waren hereingetrieben, und es sah aus, als würde ihnen ein abendlicher Sturm bevorstehen. Das Wetter war ein Spiegel dessen, wie sie sich fühlte. In ihrem Inneren zog ein Sturm auf, und wenn sie nicht bald einen Plan fanden, würde sie sehr wahrscheinlich einfach durch die Türen der Intensivstation platzen, ohne darauf zu achten, was irgendwer sagte.

„Carly?", rief eine Frau, ihre Stimme ganz hoch vor Aufregung.

Carly fuhr innerlich zusammen. Sie war nicht in der Stimmung, sich mit Fans abzugeben.

„Carly Preston." Die Stimme der Frau wurde sicherer und voller Zuneigung. „Wie lang ist es her? Sechs, sieben Jahre, seit wir den Dreh von *All About You* abgeschlossen haben?"

Das ganze Entsetzen, das sich in Carlys Brust aufgebaut hatte, war in die Flucht geschlagen, als ihr klar wurde, dass das überhaupt kein Fan war. Sie war die beste verdammte Partnervermittlerin an der Westküste und hatte bei einem Film beraten, in dem Carly die Hauptrolle gespielt hatte. Sie waren schnell Freundinnen geworden, obwohl Carly ihr jeden zweiten Tag hatte sagen müssen, dass sie nicht an einem

Partnerschaftsservice interessiert war. „Marion Matched",
sagte Carly, die den Kopf schüttelte. „Was in aller Welt hat dich
nach Premonition Pointe gebracht? Sicher gibt es in dieser
Stadt nicht genug Kundinnen, dass du dein
Partnerschaftsgeschäft bis ganz nach hier oben ausweitest.
Oder hast du mich aufgespürt, um endlich diese Drohung
wahr zu machen, dass du mich mit dem perfekten Partner
zusammenbringen würdest?"

Marion legte den Kopf in den Nacken und lachte, sodass
ihre roten Locken um ihr Gesicht hüpften. „Du nimmst dich
schon sehr wichtig, was?", scherzte sie.

„Ich versuche herauszufinden, ob ich wieder defensiv
werden muss oder ob du zu dem Schluss gekommen bist, dass
ich mir selbst ein Date suchen kann", sagte Carly mit einem gut
gelaunten Schulterzucken.

Die Frau beäugte kurz Jeremiah, und ihre Miene wandelte
sich zu reiner Freude. „Sieht so aus, als hättest du recht
gehabt." Sie griff nach drüben und drückte leicht Jeremiahs
Arm. „Und wer ist dieser gut aussehende Kerl?"

Jeremiah stellte sich vor und hielt ihr eine Hand hin.

Marion schüttelte sie und grinste sie beide an wie eine
Verrückte. „Es ist mir ein Vergnügen. Und noch mehr sogar zu
erfahren, dass Carly endlich den passenden Mann in ihrem
Leben hat."

Carly räusperte sich. „Marion, das ist kein …"

Jeremiah ging dazwischen, indem er Marion fragte: „Hat
Carly eine Menge unpassender Männer gedatet?"

Marion lachte leise. „Ja. Auf jeden Fall. Männer, die zu ernst
waren, andere, die zu sehr von ihrem Ego getrieben wurden,
und am schlimmsten von allen waren die unsicheren. Ich sage
es dir, ihr Entscheidungssensor war so richtig daneben."

„Entschuldigt mal", sagte Carly, die die Hände in die Hüfte

stemmte. „Zu meiner Verteidigung war es Hollywood, und alle dort sind entweder neurotisch oder selbstsüchtige Bastarde. Und sie sind alle so unsicher, das kann man sich gar nicht vorstellen. Keiner von ihnen wäre damit klar gekommen, dass ihre Karriere im Schatten von meiner steht. Deshalb habe ich aufgehört, Männer aus der Filmindustrie zu daten."

„Ja, weiß ich." Marion wedelte ungeduldig mit der Hand. „Aber ist ja auch egal. Sieht so aus, als hättest du endlich den passenden Deckel für deinen Topf gefunden." Sie nickte zustimmend Jeremiah zu. „Ihr werdet es richtig gut machen."

„Wir sind nicht ... Ich meine, Carly und ich sind nur befreundet", stotterte Jeremiah. „Alte Freunde. Wir kennen einander, seit wir Teenager waren."

„Oh, oh." Marions Grinsen wurde noch breiter. „Das ist noch besser. Es ist gut für sie, von jemandem herausgefordert zu werden, der sie nicht als *die* Carly Preston sieht. Sie braucht einen Mann, der sie außerhalb dieser Welt wahrnimmt. Als gleichberechtigt. Jemanden, der sie respektiert, nicht wegen der ganzen Filme oder ihres Bankkontos, sondern wegen der Person, zu der sie geworden ist."

Jeremiah schaute zu Carly, wandte sich aber rasch ab, als wäre es zu schwer, sie anzuschauen. „Äh, ja, ich schätze, ich werde von ihr immer als Zanes beste Freundin denken, nicht irgendeine abgehobene Filmgöttin, die auf schicken Partys rumhängt und jeden Augenblick nach Rom losdüst."

„Ich bin niemals irgendwohin ‚jeden Augenblick' losgedüst", sagte Carly, die die Augen verdrehte. „Jeder weiß doch, dass ich eine Planerin bin, wenn es ums Reisen geht."

„Wusstest du das?", fragte Marion Jeremiah.

„Ja", sagte er bestimmt. „Noch als wir Kinder waren, hat Carly immer alles vorausgeplant. Sie ist nicht so toll mit Spontanität."

„Hey, das höre ich gar nicht gern. Wer liebt denn nicht ein bisschen Spontanität? Ich kann flexibel sein … Nur nicht, wenn es darum geht, aus dem Land zu fliegen. Es ist doch nichts falsch daran, vorbereitet zu sein", beharrte Carly.

„Absolut", sagte er mit einem neckenden Grinsen. „Weißt du noch damals, als wir beschlossen, einen spontanen Trip an die Küste zu unternehmen? Du wolltest uns nicht aufbrechen lassen, bis du nicht nur für alle vier Nächte in unterschiedlichen Städten die Hotelbuchungen gemacht hast, sondern auch unser Abendessen geplant hast. Ich meine, damals war es bestimmt völlig normal, dass du ein ganzes Buch mit Restaurants hattest, aus denen du aussuchen konntest."

Carly schnaubte vor Lachen. „Es war kein Buch. Es war eine Zeitschrift. Und gut. Vielleicht ist Spontanität nicht so das Meine. Aber wenn es darum geht, neue Orte zu erkunden, ist niemand besser als ich darin, die besten Plätze zu finden."

„Dagegen kann ich nichts einwenden", sagte er.

Marion räusperte sich. „Na ja, das war jetzt ein Spaß."

„Was denn?", fragten sie beide gleichzeitig.

„Das kleine Theater hier mit dem Paarungsritual. Wenn ihr zwei nicht zusammenkommt, wird es eine Tragödie. Ich habe nie zwei Leute getroffen, die so perfekt zueinander passen."

„Marion", warnte Carly. „Hör auf. So ist es nicht."

„Noch nicht." Sie grinste sie beide an. „Aber es ist noch Zeit." Sie schaute auf die Armbanduhr und verzog das Gesicht. „Wo wir gerade bei Zeit sind, ich muss los. Meine Tante wartet auf mich. Die Arme hatte vor zwei Tagen eine Herzoperation, es geht ihr ziemlich gut, aber sie hasst es hier. Krankenhäuser sind so gar nicht ihr Ding. Also verbringe ich so viel Zeit mit ihr wie möglich, um sie weiter zu unterhalten." Sie hielt inne und beäugte Carly. „Wen besuchst du denn hier? Doch nicht Harlow, oder?"

„O nein. Harlow geht's gut. Wir sind hier, um ... äh ..." Carly schaute hilflos zu Jeremiah. Sie vertraute Marion, aber sie war nicht sicher, ob Jeremiah wollen würde, dass sie hinaus posaunte, dass sie glaubten, Zane könnte noch leben.

„Ein Mann wurde vor Carlys Haus angeschossen", erklärte Jeremiah. „Wir haben darauf gewartet, dass er aufwacht, damit wir herausfinden können, was an diesem Abend passiert ist. Leider war jemand hier, der behauptet, sein Bruder zu sein, und hat verboten, dass wir ihn sehen. Aber ich habe ihn schon vorher getroffen, und ich bin ziemlich sicher, dass er keinen Bruder hat, also glauben wir jetzt, dass er in Gefahr schwebt. Wir versuchen, eine Möglichkeit zu finden, um reinzukommen und ihn zu treffen, bevor der Schütze seinen Job erledigt."

Carly nickte, als Marion ihr einen Blick zuwarf. „Ja. Das ist es so ziemlich. Wie du dir vorstellen kannst, bin ich darüber ziemlich aufgeregt. Dieser arme Mann. Nachdem ich gesehen habe, wie er in meiner Straße fast verblutet, fühle ich mich einfach ... irgendwie mit ihm verbunden."

„Aber natürlich tust du das", sagte Marion mitfühlend. „Du warst schon immer ein bisschen empathisch. Es überrascht mich nicht, dass du nach dem ganzen Trauma eine Verbindung zu ihm aufgebaut hast."

„Was?", fragte Carly, als hätte sie gerade nicht ganz deutlich gehört, was Marion gesagt hatte.

Marion runzelte die Stirn. „War dir nicht klar, dass Empathinnen Verbindungen aufbauen, wenn die Gefühle hochschwappen? Ihr seid jetzt vermutlich für immer verbunden."

Carly schüttelte den Kopf. „Nein ... Ich meine, ja. Das

wusste ich. Mir war nicht klar, dass du wusstest, dass ich die Fähigkeiten einer Empathin habe."

„Ich denke, die sind jetzt stärker, als sie es früher waren", überlegte Marion. „Aber ich bin ziemlich sicher, du hattest die Gabe schon immer." Sie schob den Arm durch Carlys Arm und fügte an: „Jetzt komm schon. Wir gehen und treffen meine Tante. Und wenn du dich dann zufällig entschuldigen musst, um aufs Klo zu gehen oder so was, ist das kein Problem. Ich werde warten, bis du fertig bist, bevor ich gehe, damit wir gesehen werden, wie wir zusammen rein und raus gehen. Die Schwestern müssen ja nie erfahren, ob du falsch abbiegst und im Zimmer eines anderen Patienten rauskommst, oder?"

„Marion", sagte Carly, die sie am Arm nahm. „Du bist genial. Vielen Dank. Du hast keine Ahnung, wie sehr ich das zu schätzen weiß."

„Ach, ich glaube, ich habe schon eine Ahnung." Sie wandte den Kopf und gab Jeremiah ein wissendes Lächeln, bevor sie sagte: „Tu mir einen Gefallen und lass die hier nicht entkommen, ja? Sie verdient die Art Liebe, die in dir brodelt."

Bevor Jeremiah etwas sagen konnte, entführte Marion Carly durch die Türen zur Intensivstation.

11

„HEY! SIE HABEN HIER NICHTS VERLOREN“, RIEF NURSE Ratched, während sie durch den Gang zu Carly lief.

„Francine?“, sagte Marion mit einer gespielt verwirrten Miene. „Gibt es ein Problem? Ich habe gesagt bekommen, dass die Besuchszeiten erst um sieben enden.“

„Ja, es gibt ein Problem“, sagte Francine, die die Hände in die Hüften stemmte und Carly finster anfunkelte. „Ich habe Ms. Preston bereits gesagt, dass John Doe keine Besucher empfängt. Sie kann da nicht sein.“

„John Doe?“ Marion schaute zu Carly und dann zurück zu Francine. „Carly ist hier, um meine Tante zu besuchen. Ich bin ihr im Wartebereich begegnet, und meine Tante ist so ein riesiger Fan, ich habe sie mehr oder weniger angefleht, mit mir mitzukommen. Und obwohl sie sich gewehrt und gesagt hat, sie hätte heute Nachmittag noch was zu tun, habe ich sie überredet, indem ich sie mit einem meiner berühmten Kuchen bestochen habe. Danach gab es keine Debatte mehr. Carly liebt einfach meinen Kuchen. Schon immer. Oder, Car?“

Carly trat näher an Marion und beschloss, dass ihre

Freundin den Preis für die beste Schauspielerin auf dem Kamin zu Hause mehr verdient hatte als sie selbst. Denn die Show, die Marion hinlegte, war einfach nur genial. „Genau. Ich bin nur hier, um Marions Tante aufzumuntern."

Francines Gesicht wurde leuchtend rot, während sie die Fäuste ballte. Aber dann stieß sie Luft aus und schien sich zu zwingen, sich zu beruhigen. „In Ordnung, aber wenn Sie irgendjemanden außer Ms. Matched besuchen, werde ich gezwungen sein, den Sicherheitsdienst zu rufen."

Carly salutierte vor ihr und musste ein Grinsen zurückhalten, während die Schwester herumwirbelte und in ein anderes Zimmer davoneilte.

„Sie scheint dich echt nicht sonderlich zu mögen", sagte Marion mit einem leisen Lachen.

„Sie mochte mich bis vor etwa einer halben Stunde", erwiderte Carly seufzend. „Ich frage mich, ob sie sich direkt vor Liams Zimmer setzt, nur um sicherzustellen, dass ich mich nicht danebenbenehme."

„Okay, John Doe ist Liam, oder? Ich bin etwas verwirrt."

„Ja." Carly winkte sie weiter. „Nurse Ratched – also, Francine – hat unabsichtlich seinen Vornamen vor mir benutzt. Während sie ihn also vor mir immer noch John nennt, kenne ich seinen echten Namen."

Marion beäugte sie kurz. „Du scheinst echt zu wissen, wie man Schwierigkeiten macht, oder?"

„Ich?", fragte Carly aufrichtig überrascht. „Nein. Ich bin eigentlich ziemlich langweilig. Das ist nur …"

„Ach, bitte. Du hast das Rätsel gelöst, was mit Harlow passiert ist, und geholfen, sie zu retten. Dein Leben ist nicht langweilig."

„Das war …" Carly zuckte mit den Schultern. „Sie ist meine Nichte. Für sie würde ich alles tun."

„Aber natürlich würdest du das." Marion zog sie einen weiteren Gang entlang. „Ach, egal. Lassen wir das Ganze gut aussehen, damit du losziehen und Liam suchen und tun kannst, was immer du tun musst." Sie blieb vor einer Tür stehen und sagte: „Ich habe keine Scherze gemacht, als ich gesagt habe, dass meine Tante ein großer Fan ist. Darum sollte ich sie erst mal vorwarnen, bevor du einfach reinschwebst."

„Okay", sagte Carly erheitert. „Wie heißt sie denn?"

„Lucy. Gib mir nur mal kurz." Marion verschwand durch die Tür.

Ein paar Sekunden später kam aus dem Inneren des Raums ein hohes Kreischen. Carly nahm an, das bedeutete, dass Marion sie angekündigt hatte. Sie schob die Tür auf und steckte den Kopf rein. „Lucy? Ist es okay, wenn ich reinkomme und Hallo sage?"

Die ältere Frau hatte sich den Handrücken auf die Stirn gepresst, als würde sie tatsächlich gleich umkippen. Nur dass es keine Anzeichen gab, dass das geschah. Nein. Stattdessen waren ihre Wangen ganz rot und ihre Augen glitzerten vor Freude. „Ja, meine Liebe. Kommen Sie rein. Bitte. Ich kann nicht glauben, dass Marion Sie draußen hat warten lassen. Aber Sie müssen kommen und sich zu mir setzen und mir absolut alles erzählen, was Sie über diesen heißen Feger Ray Rochester wissen. Ich habe gehört, er küsst am allerbesten in ganz Hollywood. Na ja, und auch gute andere Dinge, aber ich will doch nicht annehmen, dass Sie über die Bescheid wissen."

Carly konnte nicht verhindern, dass sie mit Tante Lucy kicherte. Ihre Persönlichkeit war viel zu ansteckend. Normalerweise schwatzte Carly gerne über ihren Co-Star aus einem Film von vor zwanzig Jahren, der sich tatsächlich sich als schrecklicher Küsser und noch schrecklicherer potenzieller

Partner erwiesen hatte, doch Carly behielt das für sich und ließ der älteren Frau ihre Fantasien.

Marion blieb zurück, beobachtete alles mit einem Grinsen auf dem Gesicht.

„Was?", fragte sie Carly, als sie ihr in die Augen schaute.

„Nichts." Marion schüttelte den Kopf. „Ich genieße nur das Glitzern in Tante Lucys Augen."

„Ich habe doch immer ein Glitzern in den Augen", schnaubte Lucy.

„Ich weiß. Heute ist es nur ein bisschen strahlender." Marion kam neben das Bett und nahm Lucys Hand in ihre. „Ich freue mich, dass es dir anscheinend besser geht."

„Na ja, ich kann mich ja nicht wie ein Miesepeter aufführen, wenn Carly Preston hier ist, oder?" Lucy tätschelte ihre Haare, als würde ihr gerade erst auffallen, dass sie vielleicht vom Schlaf zerdrückt waren.

„Das war mein Plan." Marion lächelte Carly dankbar an. Dann wurde ihr Tonfall neckisch, während sie fortfuhr: „Gib mir und Lucy mal kurz. Ich muss sie tadeln, weil sie die Schwestern quält."

„Tadle sie nicht zu viel. Ich glaube, Nurse Ratched hat es vielleicht verdient." Carly zeigte Lucy hochgereckte Daumen, bevor sie aus dem Zimmer schlüpfte. Sobald sie wieder in dem Gang war, schlug ihr Herz schneller und Nervosität erfasste sie. Sie hatte keinen Zweifel, dass Francine ihr Wort halten und den Sicherheitsdienst holen würde, wenn sie Carly in Liams Zimmer erwischte. Und wenn die Presse davon Wind bekam, würde es eine höllische Shit-Show werden. Carly musste es aber riskieren. Es musste einfach sein.

Als sie durch den Gang marschierte, erspähte sie rechts von ihr Toiletten, ignorierte sie aber und ging weiter. Vor jedem Raum waren Karteikarten mit Nachnamen, die auf die Ordner gestempelt waren. Stand auf Liams Doe oder etwas anderes? Carly unterdrückte ein Stöhnen und suchte weiter.

Hinter ihr erklangen Stimmen, sodass sie sich in den nächstbesten Raum ducken wollte. Aber ihre Deckung war, dass sie nach dem Klo suchte, falls jemand fragte. Tat aber keiner. Tatsächlich redete der Arzt, der an ihr vorbeiging, mit einem Kollegen und sagte: „Does Schusswunde heilt gut, aber wir müssen ihn noch ein paar Tage behalten. Sein Gedächtnisverlust ist besorgniserregend, wenn man bedenkt, dass er keine offensichtliche Gehirnverletzung hat. Es ist fast, als wäre es was Psychologisches."

Carly erstarrte. Sie sprachen von Liam. John Doe. Aus welchem Zimmer waren sie gekommen? Sie hatte echt keine Ahnung. Sie waren einfach hinter ihr erschienen. Sie drehte sich und fragte: „Entschuldigen Sie?"

Der Arzt blinzelte, als hätte er sie gerade erst im Gang bemerkt. „Ja?"

„Können Sie mir sagen, wo Liams Zimmer ist?" Sie hielt die Luft an und hoffte, sie machte keinen riesigen Fehler.

„Liam?", fragte der Arzt und schaute zu seinem Kollegen. „Hast du eine Ahnung, von wem sie redet?"

Er schüttelte den Kopf.

„Der Patient mit der Schusswunde. Er ist mein Cousin. Für Sie ist er John Doe."

„Doe. Ja. Er ist in 2D. Glück gehabt. Wäre diese Kugel etwas weiter rechts gewesen, wäre er vielleicht verblutet."

Carly verzog das Gesicht. „Na ja, der Göttin sei gedankt für schlechtes Zielvermögen, was?"

„Schon." Der Pager des Arztes ging los. „Ich muss los. Man braucht uns in OP." Ohne einen weiteren Blick auf Carly liefen sie weg.

Erleichtert, dass sie weg waren, eilte Carly hinüber zu

Zimmer 2D. Nachdem sie hineingespäht und Liam allein vorgefunden hatte, huschte sie hinein und schloss die Tür hinter sich.

Liams matter Blick landete auf ihr, und er runzelte die Stirn. „Sind Sie noch eine Schwester?"

Carly stieß ein nervöses Lachen aus. „Nein. Sie erinnern sich nicht an mich?"

Er kniff die Augen zusammen und musterte sie, als wolle er sie irgendwo einordnen. „Sie sehen irgendwie vertraut aus, aber nein. Sie sind nicht meine Mutter oder so was, oder?"

Das ließ sie laut loslachen. „Nein. Auf keinen Fall. Wissen Sie noch, weshalb Sie im Krankenhaus sind?"

Er schüttelte den Kopf. „Nein. Aber sie haben mir gesagt, ich wurde vor dem Haus einer Schauspielerin angeschossen." Er kniff die Augenbrauen zusammen. „Warum sollte ich vor dem Haus einer Schauspielerin sein?"

Carly ging herüber an seine Bettseite. Liams Haut war ziemlich blass, er schien noch dünner als vorher. Aber sein Blick war wach, obwohl er skeptisch wirkte. „Ich bin diese Schauspielerin. Carly Preston. Klingelt was bei diesem Namen?"

„Nein." Er starrte zu ihr hinauf und schüttelte wieder den Kopf. „Keine Ahnung, wer Sie sein könnten. Kennen wir einander?"

„Tun wir nicht. Zumindest nicht bis zu dieser Nacht."

„Sind Sie deswegen jetzt hier? Aus irgendeiner moralischen Verpflichtung heraus, um sicherzustellen, dass ich nicht sterbe?" Skepsis und Misstrauen strömten von ihm aus. Und weshalb auch nicht? Carly hatte das Gefühl, was immer für ein Leben er im Lauf der Jahre geführt hatte, hatte ihn darauf trainiert, niemandem zu vertrauen.

„Keine moralische Verpflichtung. Eine persönliche." Sie zog

das Foto aus der Tasche, dass er Jeremiah gegeben hatte. Dasjenige mit ihnen vieren vom Fotoautomaten. „Erkennen Sie das?"

Seine Augen wurden groß, und er flüsterte: „Lazer."

Carlys Herz explodierte fast in ihrer Brust. Auch wenn er sich an sonst nichts erinnerte, kannte er Zane. „Sein echter Name ist Zane. Wussten Sie das?"

„Zane?" Das sagte er, als würde er es ausprobieren. Dann fuhr er fort: „Nein. Lazer."

„Erinnern Sie sich, dass Sie Jeremiah gebeten haben, Ihnen zu helfen, ihn zu finden?"

Liam kniff die Augen zusammen. „Wer ist Jeremiah?"

Sie tippte auf sein Bild auf dem Foto: „Zanes Bruder."

Er sagte erst nichts, während sein Gesicht konzentriert verkniffen war. Dann stieß er einen Atemzug aus. „Ich weiß es nicht. Alles ist so verworren. Als würde ich aus einem verrückten, zusammenhanglosen Traum aufwachen."

„Ich verstehe." Carly warf einen Blick zur Tür, fragte sich, wie viel Zeit ihnen genau blieb. Vermutlich nicht viel. Sie drängte weiter, musste so viele Informationen aus ihm herauskriegen wie möglich. „Haben Sie einen Bruder?"

„Nicht, dass ich wüsste. Warum?" Er begann, sich im Bett zu erheben, sodass er saß. Bei der Bewegung fuhr er zusammen, aber er ließ sich vom Schmerz nicht aufhalten. Bis er ganz aufrecht saß, keuchte er und wirkte außer Atem, als hätte er gerade ein Workout hinter sich.

„Ein Mann kam ins Krankenhaus und behauptete, Ihr Bruder zu sein. Er sagt, Sie heißen Liam."

„Nein, ich bin nicht wir…" Seine Augen wurden groß, und sein Atem stockte, als er hinzufügte: „So hat Lazer mich genannt." Tränen glänzten in seinen dunklen Augen, als ihn die Gefühle überwältigten.

„Ach, mein Lieber." Carly nahm instinktiv seine Hand in ihre. „Ich weiß. Ich liebe Zane – ich meine Lazer, auch. Wir waren sehr lange beste Freunde. Das ist der Grund, weshalb ich hier bin, und Jeremiah, weil ich Ihnen unbedingt helfen möchte, ihn zu finden."

Liams Blick richtete sich auf sie. „Meinen Sie das ernst?"

„Ganz ernst. Wir dachten, er sei vor vielen Jahren bei einem Unfall gestorben, sonst hätten wir die ganze Zeit nach ihm gesucht." Sie setzte sich auf die Bettkante. „Wenn es irgendwas gibt, woran Sie sich erinnern, darüber, wo er ist, wäre das echt hilfreich."

Er zog seine Hand aus ihrem Griff und drehte sich um, um an die Wand zu starren. Als er sich zurückwandte, schüttelte er nur den Kopf. „Ich erinnere mich an gar nichts. Ich habe mich nicht mal an ihn erinnert, bis Sie mir dieses Bild gezeigt haben." Er strich mit dem Finger über Zanes Gesicht.

„Schon in Ordnung. Ich bin sicher, wir können daran arbeiten." Sie hielt inne, denn es gab etwas, das sie sagen musste, aber sie wusste nicht, wie, wenn man bedachte, dass sie sich gerade erst getroffen hatten und sie ihn kaum kannte. „Ich glaube, Sie sind immer noch in Gefahr. Der Mann, der behauptet, Ihr Bruder zu sein … Nun, ich glaube, er arbeitet vielleicht für die Leute, die auf Sie geschossen haben."

Liam nickte einmal, dann ließ er den Kopf ins Kissen sinken. Dann warf er die Decke von sich und schwang die Beine über die Seite des Bettes. „Dann ist es wohl Zeit zu gehen."

„Was?", fragte Carly, die eine Hand hob, um ihn aufzuhalten. „Sie können noch nicht gehen. Sie hatten gerade erst eine Operation. Sie brauchen …"

„Ich brauche einen Ort, wo dieser Mann, der sich mein

Bruder nennt, mich nicht kriegen kann. Glauben Sie, das hier ist dieser Ort?"

Carly schüttelte den Kopf. Teufel, sie hatte es geschafft, mit sehr wenig Anstrengung hier hereinzukommen.

„Genau. Schusswunde oder nicht, ich muss raus aus diesem Höllenloch." Er kippte fast um, als er sich vom Bett schob.

„Moment. Ich hab Sie!", rief Carly, die herum kam, um ihm zu helfen.

„Danke", sagte er durch seine kurzen Atemzüge. „Irgendeine Ahnung, wo meine Kleidung sein könnte?"

„Kleidung?", fragte Carly dümmlich. Dann erholte sie sich. „Ich bezweifle, dass irgendwas davon übrig ist. An diesem Abend war alles mit Blut durchtränkt, und die Sanitäter haben sie wahrscheinlich weggeschnitten."

„Also gut." Er schob sich eine Hand durch die dunklen, zottigen Haare. „Na ja, das wird unangenehm, in einem Krankenhauskittel rauszugehen, aber ich scheine ja keine Wahl zu haben."

Carly wollte schon anbieten, dass sie rauslief und ein paar Dinge für ihn holte, doch die Tür schwang auf, und Nurse Ratched stürmte herein.

„Carly Preston!" Sie hob den Zeigefinger in Carlys Richtung, während sie den Telefonhörer an der Wand abnahm. „Ich habe Ihnen gesagt, ich würde den Sicherheitsdienst rufen müssen, wenn Sie in Liams Zimmer kommen."

„Ich will sie hier", behauptete Liam. „Wissen Sie nicht, dass Filmstars die Kranken aufmuntern?"

Carly hob vor ihm eine Augenbraue. Er war auf jeden Fall schnell von Begriff für jemanden, der sich kaum an Einzelheiten aus seinem eigenen Leben erinnern konnte.

Er zuckte mit den Schultern. „Es ist wahr." Dann wandte er

seine Aufmerksamkeit zurück zu der Schwester. „Außerdem spielt es keine Rolle. Ich gehe sowieso."

„Sie können nicht gehen!", rief sie, ihre Augen vor Unglauben aufgerissen. „Sie hängen immer noch am Tropf, um der Göttin willen!"

Er griff hinüber und zog die Nadel aus einem Handgelenk. „Nicht mehr. Jetzt bin ich einfach nur der mittellose Bastard, der das Krankenhaus entgegen der ärztlichen Empfehlung verlässt."

„Aber …" Sie starrte wieder hin. „Wohin gehen Sie?"

Er zuckte mit den Schultern. „Ich finde was. Das tue ich immer."

Carly spürte die Lüge, als sie ihm über die Lippen kam. Der Mann hatte keinen Ort, wo er hinkonnte, aber im Krankenhaus zu bleiben, könnte sich als tödlich erweisen. „Er bleibt bei mir", stieß Carly hervor, bevor sie sich das ausreden konnte. Teufel, sie kannte diesen Mann kaum. Er könnte irgendein Krimineller sein. Er könnte Informationen über sie an die Presse verkaufen, oder er konnte über alles lügen, nur um sie um Geld zu betrügen.

Es war dumm, ihn mit sich nach Hause zu nehmen, nicht, ohne ihn von Jake mal mit einem Hintergrund-Check zumindest überprüfen zu lassen. Aber andererseits würde er dort sicherer sein als irgendwo sonst. Und wenn sie Zane finden wollten, brauchten sie Liam lebend. Ganz zu schweigen davon, sie hatte nicht den Wunsch, dass dieser Mann noch einmal verletzt wurde.

„Wirklich?", fragte Liam, seine Augenbrauen gingen nach oben.

„Ja. Da haben wir doch drüber geredet, bevor Nurse Ra… ich meine Schwester Francine hereinkam. Wissen Sie noch?"

Er schüttelte den Kopf.

„Das liegt daran, dass Sie ein Gedächtnisproblem haben." Carly lächelte ihn milde an. „Jetzt ziehen Sie diese Pantoffeln an, und wir gehen. Je eher wir Sie nach Hause bringen, desto eher können Sie richtige Klamotten tragen."

Nurse Ratched sah sie beide mit zusammengekniffenen Augen an. „Was genau ist hier los? Ich glaube nicht, dass jemand von Ihnen irgendwohin sollte, bis …"

Die Tür flog auf, und alle erstarrten, als der Mann, der behauptete, Liams Bruder zu sein, eine Waffe zückte und direkt auf ihn richtete.

12

„CHARLES! WAS ZUR HÖLLE MACHEN SIE DENN DA?", RIEF Nurse Ratched, die vor Liams Bett sprang und dem Mann den Weg verstellte, der behauptete, Liams Bruder zu sein, damit er nicht auf ihn schießen konnte.

„Sie wollen doch sicher aus dem Weg gehen, Francine", sagte Charles, seine Miene so eiskalt, dass sie Carly tatsächlich erbeben ließ.

„Im Leben nicht", zischte sie ihn an.

Carly hatte einen neuen Respekt vor Nurse Ratched. So, wie sie sich für ihren Patienten opfern wollte, war sie eine richtige Heldin.

Er zuckte mit den Schultern. „Auch gut. Ich kann sowieso keine Zeugen hinterlassen."

Francines Augen wurden groß, als sie nach dem Rufknopf an der Seite von Liams Bett tastete.

„Ich habe den Behörden bereits alles gesagt", erklärte Liam, der sich drehte, um der Schwester über die Schulter zu schauen. „Du kommst nicht weit, bevor sie dich für jedes Verbrechen drankriegen, das du je begangen hast."

Liams Aussage war so vage, dass Carly sicher war, Charles musste sich bewusst sein, dass er bluffte. Aber trotzdem zögerte der Mann lang genug, um Carly eine Gelegenheit zu verschaffen. Sie wünschte sich verzweifelt, sie hätte diesen Kampfkunstunterricht genommen, der ihr in den letzten sechs Monaten im Fitnessstudio angepriesen worden war, aber zumindest hatte sie grundlegende Erfahrungen mit Selbstverteidigung. Es war genug, um ihr die Zuversicht zu geben, nicht zu zögern und auf den bösen Mann einzuschlagen. Sie trat vor, erwischte ihn hinterrücks und fegte seine Beine unter ihm weg. Mit einem wütenden Brüllen ging er zu Boden.

Carly sprang, stürzte sich auf ihn und packte sein Handgelenk, versuchte, ihn zu zwingen, die Waffe fallen zu lassen. Ihr Herz hämmerte und ihr Adrenalin schoss hoch.

„Du Schlampe", spie er aus und bäumte sich auf, warf sie mühelos von sich.

Ihre einzige Rettung war, dass sie sein Handgelenk nicht losließ, und während sie von ihm purzelte, rammte sie das Handgelenk in den harten Boden.

Er knurrte und griff nach ihr, erwischte sie an den Haaren. Er riss fest daran, sodass in ihren Augen Tränen brannten. Schmerz strahlte von jedem Quadratzentimeter ihrer Kopfhaut aus, aber auf keinen Fall gab sie auf.

„Lassen Sie los", knurrte er.

„Lassen Sie sie fallen", entgegnete sie, starrte in seine blassen eisblauen Augen. Dort waren keine Gefühle, keine Emotionen. Nur Entschlossenheit. Sie wusste, dass er nicht aufhören würde, bis sie alle tot waren.

Sein Griff um ihr Haar wurde fester, und Carly fragte sich, ob er es ihr ganz ausreißen würde. „Du wirst noch bedauern …" Seine Augen wurden groß, während er erstarrte, und dann plötzlich wurde sein ganzer Körper schlaff.

Carly befreite sich aus seinem Griff und schaute auf, nur um Nurse Ratched zu sehen, die sich eine Hand aufs Herz gelegt hatte, in der anderen hielt sie eine Nadel.

Mit bebenden Fingern legte Francine die Nadel auf ein Tablett und sank dann auf die Knie.

„Verdammt, das war heftig", sagte Liam von seinem Platz an der Seite des Bettes. Er hatte es geschafft, sich aufzurichten, hielt aber die Bettkante fest, damit er nicht umkippte.

„Vielen Dank, Francine", sagte Carly, die einen langen Atemzug ausstieß. „Sie haben uns gerettet."

„Nein. Ich glaube, das waren Sie", sagte sie und hielt ihr eine Hand hin, um Carly auf die Füße zu helfen. „Hätten Sie nicht angegriffen, hätte ich auf keinen Fall diese Nadel vorbereiten können. Und er hätte gewiss sein Wort gehalten und uns alle umgebracht." Sie schnappte nach Luft und fügte an: „Tut mir leid, wie ich Sie behandelt habe. Ich habe echt gedacht, ich würde das Beste für den Patienten tun."

„Verstehe ich", sagte Carly. „Verstehe ich wirklich. Seien wir doch einfach froh, dass wir alle hier rauskommen."

Die Schwester nickte, und bevor sie noch ein Wort herausbrachte, flog die Tür auf und ein Arzt und ein Pfleger rannten herein.

Der hochgewachsene, schlaksige Arzt blieb abrupt stehen und starrte den Mann am Boden an, dann richteten sich seine dunklen Augen auf die Waffe. Er wandte sich an den Pfleger direkt hinter ihm. „Holen Sie den Sicherheitsdienst. Jetzt."

Der Pfleger nickte und eilte aus dem Raum.

Der Arzt kniete sich neben Charles und drückte ihm die Fingerspitzen am Hals auf den Puls. „Nehmen Sie den Blutdruck", befahl er Francine.

Carly fiel auf, dass Nurse Ratched mit den Zähnen mahlte, während sie tat, wie geheißen.

„Er hatte eine Waffe und hat gedroht, uns alle zu erschießen", erklärte sie dem Arzt.

„Was haben Sie ihm gegeben?", fragte der Arzt.

Francine ratterte den Namen eines Medikaments herunter, von dem Carly nie gehört hatte, und sobald sie seinen Blutdruck genommen hatte, blaffte sie den Arzt mit der Zahl an und stand wieder auf. „Ich bin hier fertig."

„Die Polizei wird eine Aussage wollen", sagte er.

„Gut. Ich warte im Pausenraum." Sie schaute rüber zu Carly und Liam. „Bleiben Sie sicher."

Carly nickte ihr zu und führte Liam dann zurück zum Bett.

„Ich bleibe nicht hier", beharrte Liam.

„Weiß ich. Aber wir müssen eine Aussage bei der Polizei machen", sagte Carly. „Auf den Füßen halten Sie nicht lange durch."

Er murmelte etwas, tat aber, was sie sagte. Carly setzte sich direkt neben ihn, und sie beide beobachteten, wie die Pfleger Charles auf eine fahrende Trage packten, während der Sicherheitsdienst des Krankenhauses ihn mit Handschellen daran befestigte. Charles stöhnte, als würde er wieder zu Bewusstsein kommen. Carly stand auf, um an seine Seite zu gehen. Als seine Augen sich flatternd öffneten, starrte sie auf ihn hinab und sagte: „Ich werde es zu meiner Mission machen, sicherzustellen, dass man Sie einsperrt und den Schlüssel wegwirft."

Er leckte sich über die trockenen Lippen und krächzte mit kaum hörbarer Stimme: „Wenn Sie das tun, sehen Sie Zane niemals wieder."

„Zane?", wiederholte sie, ihr Körper vibrierte fast vor dem Verlangen, Charles zu schütteln. „Wo ist er?", beharrte sie.

Doch Charles schloss die Augen und wurde schlaff, als er wieder bewusstlos wurde.

„Wachen Sie auf!", rief sie. „Sie müssen mir sagen, wo Zane ist!"

„Ma'am, Sie müssen von dem Patienten wegtreten", sagte der Arzt.

„Er ist nicht der Patient", behauptete Carly. „Das ist Liam. Dieser Haufen Scheiße ist ein Verbrecher."

„In diesem Fall ist der Verbrecher auch ein Patient", sagte der Arzt in der ruhigsten Stimme, die Carly je gehört hatte.

Vernünftig gesehen wusste Carly, dass der Mann nur seine Aufgabe erledigte, aber das hielt sie nicht davon ab, ihn anbrüllen zu wollen. Charles war bereit gewesen, sie alle umzubringen. Er hatte nicht verdient, dass ihm ein Arzt half. Wäre Francine nicht gewesen, bestand die große Chance, dass sie es nie aus dem Krankenhaus raus geschafft hätten, und diese Erkenntnis war mehr als ein bisschen überwältigend. Ihr Körper begann zu beben, und ihr Inneres war angespannt vor Nervosität.

„Carly", sagte Liam leise. „Kommen Sie rüber." Er klopfte auf eine Seite des Bettes, legte nahe, dass sie sich neben ihn setzen sollte.

Sie ging nur zu gerne, und als er ihre Hand in seine nahm, drückte sie sie, dankbar um den menschlichen Kontakt. „Sobald wir unsere Aussagen gemacht haben, bringe ich Sie hier raus", flüsterte sie ihm zu. „Nach diesem Vorfall ist klar, dass es für Sie hier nicht sicher ist."

„Okay", sagte er und klang erschöpft.

Der Arzt schaute von dort auf, wo er sich über Charles gebeugt hatte, und kniff vor ihnen die Augen zusammen. „Mr. Jones ist nicht bereit, entlassen zu werden."

Carly hob die Augenbrauen. „Mr. Jones?" Dann schaute sie zu Liam. „Ist das Ihr Nachname?"

Liam schloss die Augen und schüttelte leicht den Kopf. „Ich habe keine Ahnung."

„Das steht auf seiner Karteikarte", sagte der Arzt, der ungeduldig klang. „Trotzdem schlage ich absolut vor, dass der Patient mindestens noch vierundzwanzig Stunden länger bleibt. Er muss beobachtet werden, und wir müssen seine intravenösen Antibiotika beenden."

Carly schaute Liam in die Augen. „Das gefällt mir nicht. Aber wenn Sie bleiben wollen, kann ich Security direkt vor Ihrer Tür aufstellen. Oder wenn Sie mit mir nach Hause kommen, kann ich eine Privatpflege anheuern, die sich um Sie kümmert."

„Wer sind Sie, meine gute Fee?", fragte er und schüttelte den Kopf. „Muss toll sein, reicher als Gott zu sein."

„Ich bin nicht reicher als – wissen Sie was? Spielt keine Rolle. Was ist denn der Sinn, wenn man Geld hat, es aber nicht für was Gutes einsetzen kann?", fragte sie.

„Klar. Okay. Ich komme mit Ihnen", sagte er, seine Augen schlossen sich flatternd. „Überall ist besser als hier."

Nicht lange danach nickte Liam ein, und Carly wartete an seiner Seite, bis die Polizei gekommen war, um ihre Aussagen aufzunehmen.

„Ich werde Ihnen Kleidung suchen, dann können wir los", sagte Carly zu Liam, sobald die Polizisten den Raum verließen. „Warten Sie mal, okay?"

Er nickte und drehte sich, um aus dem Fenster zu starren.

Carly drückte ihm noch einmal die Hand und eilte dann aus dem Raum. Sie sah als erstes ihren Security-Mann Jake und ging direkt zu ihm. Nachdem sie ein paar Augenblicke mit ihm gesprochen hatte, brach er auf, um für ihren neuen

Hausgast ein paar Kleider zusammenzusuchen, und Carly ging rüber zu Jeremiah, der bei Marion saß.

Sie waren in den Plastikstühlen von ihr abgewandt, und Marion hatte die Hand auf Jeremiahs Arm gelegt, während sie sagte: „Eines Tages wirst du bereit sein, weiterzuziehen. Sei einfach offen dafür, und du wirst wissen, wenn die Zeit richtig ist."

„Bereit, um von was weiterzuziehen?", fragte Carly, deren Herz wild an die Rippen hämmerte. Marion war eine äußerst erfolgreiche Partnervermittlerin. Bereitete sie ihn ernsthaft darauf vor, irgendeine Art Vermittlung anzugehen? Eifersucht blühte in Carlys Brust auf, und sie wollte verlangen, dass sich Marion von ihm fernhielt. Jetzt war nicht die Zeit für so einen Unsinn. Sie waren damit beschäftigt, Zane zu finden.

Aber die Wahrheit, die weithin in ihren Gedanken flüsterte, sagte, dass das Timing nicht das Problem war. Es war die Tatsache, dass Carly sogar nach all den Jahren immer noch von sich an Jeremiahs Seite dachte. Und der Gedanke, dass er bei irgendjemand anderem war, war unvorstellbar.

„Du weißt schon … Leben, Liebe, die Suche nach Glück." Marion winkte Carly zu, erhob sich und reichte Jeremiah ihre Karte. „Ruf mich an, falls du … irgendwas brauchst." Dann schnappte sie sich Carly und zog sie fest in die Arme. „Wir haben von dem Aufruhr gehört, aber niemand wollte uns wissen lassen, wie es dir geht. Ich freue mich, dass du okay bist."

Carly erwiderte die Umarmung und spürte, wie ihre Nervosität wegen Jeremiah verschwand. Nach dem, was sie durchgemacht hatte, war sie einfach nur dankbar, sicher und gesund zu sein. „Danke."

Marion löste sich und hielt sie auf einer Armeslänge Abstand, während sie fortfuhr: „Ich werde in der Stadt sein, während ich mich um meine Tante kümmere. Wenn die Dinge sich beruhigt haben, müssen wir uns zum Essen treffen. Versprochen?"

„Versprochen", sagte Carly mit einem Nicken.

Sobald die Frau weg war, zog Jeremiah Carly auch in eine feste Umarmung. „Verdammt, Carly. Tu mir das bloß nicht wieder an. Ich war völlig aufgelöst, als ich darauf gewartet habe, rauszufinden, ob mit dir alles in Ordnung ist."

Sie klammerte sich an ihn, drückte die Wange an seine Brust. Sein Herz donnerte in ihren Ohren. Offensichtlich hatte er von dem Schützen gehört. „Tut mir leid. Ich hätte dich wissen lassen sollen, dass es uns beiden gut geht. Aber dann mussten wir warten, um Aussagen zu machen, und na ja, wir waren beide ziemlich durch den Wind."

Seine Arme spannten sich um sie an, und er murmelte: „Du musst dich nicht entschuldigen. Es war nur echt schwer, nicht zu wissen, ob du in Ordnung bist. Ich glaube nicht, dass ich es überleben würde, wenn ich dich auch noch verliere." Seine Stimme brach bei dem Wort *dich*, sodass Carly sich noch fester an ihn klammerte.

„Ich gehe nirgendwohin", stieß sie erstickt hervor, überwältigt von Gefühlen. Carly zog sich zurück und schaute zu ihm auf, sah die gleiche Qual, die sie spürte, auch von ihm ausströmen. Sie schluckte schwer. „Ich verspreche es."

„Niemand kann ein solches Versprechen geben, Carly. Das wissen wir beide", sagte er, schob ihr eine Haarsträhne hinters Ohr. „Versprich nur, dass du aufpasst."

Carly wollte ihn fragen, warum jetzt. Nachdem all die Jahre vergangen waren, warum war es ihm jetzt so wichtig? Aber sie kannte die Antwort. Das ganze Trauma von vor über dreißig Jahren war zurückgekehrt. Er konnte nicht mehr länger alles zur Seite schieben und so tun, als würde es sie nicht geben. Das hatte ein Ende gehabt, als ihm klar geworden war, dass er Hilfe brauchte, um seinen Bruder zu finden. Sie wusste nur nicht, ob die ganzen Gefühle, die er hatte, sich aufrichtig auf sie richteten, oder ob es nur eine Manifestation der Tatsache war, dass er jemanden brauchte, auf den er sich stützen konnte, während er versuchte, Zane zu finden.

„Carly", sagte er dringlicher. „Versprich es mir."

„Ich verspreche es", erwiderte sie leise, ließ sich von ihm einmal mehr in die Arme ziehen.

13

„Bist du sicher, dass das eine gute Idee ist?", fragte Jeremiah Carly, während sie beobachteten, wie Jake und Phil Liam in ihr Haus halfen.

„Nein", sagte sie aufrichtig. Keiner von ihnen kannte Liam. Sie war sich völlig bewusst, dass er ein Betrüger sein konnte, der sie hereinlegen wollte. Aber etwas in ihrem Bauch sagte ihr, dass sie ihm vertrauen musste. Dass er wirklich glaubte, Zane wäre am Leben, und dass er ihn finden wollte. Es war nichts, was sie ignorieren konnte, und sie war bereit, zu tun, was nötig war, damit er sicher war. „Ich glaube aber nicht, dass es eine andere Wahl gibt. Außerdem sind Phil und Jake hier."

„Ja, draußen", murmelte er, doch er führte die Unterhaltung nicht weiter.

Carly folgte den Männern in ihr Haus, und nachdem Liam in einem Gästezimmer untergebracht war, ging sie zurück ins Wohnzimmer, wo Harlow und Lex unter einer Decke zusammengekuschelt dalagen. Sie sahen sich zusammen eine Rom-Com an, in der ein schwules Paar damit klarkam, von New York in eine Kleinstadt in Tennessee zu ziehen.

„Hey", sagte Carly, die sie anlächelte. Sie liebte es, dass ihre Nichte und Lex sich gut verstanden. Harlow hatte gute Freundschaften verdient. „Was ist los?"

„Nichts." Harlow rückte von Lex weg, ließ ihr die Decke und legte die Arme um die Knie, eine Art Abwehrhaltung. „Wir sehen nur einen Film."

Carly beäugte sie argwöhnisch. Weshalb war sie so schnell von Lex abgerückt, wenn sie nicht falsch gemacht hatte?

„Hör auf, mich so anzusehen", beharrte Harlow. „Es ist doch nichts falsch daran, eine queere Schnulze zu schauen."

„Natürlich nicht", sagte Carly, die sie überrascht anblinzelte. „Du weißt doch, dass ich Schnulzen liebe. Aber warum sollte denn was falsch damit sein?"

„Ist es nicht." Harlow stand auf und machte sich auf den Weg in die Küche. „Lex? Willst du was? Ich hole mir einen Cupcake."

„Noch einen?", fragte Lex überrascht. „Ich schwöre, wir haben schon alles gegessen, was nicht festgenagelt ist."

„Ach, komm schon. Was soll denn so eine Übernachtungsparty, wenn wir uns nicht mit Zucker vollstopfen?", sagte Harlow.

Lex lachte und winkte ab. „Mir reicht mein Wasser."

„Selbst schuld." Harlow eilte in die Küche, sodass Carly sich nur wundern konnte, was gerade passiert war. Sie wandte sich an Jeremiah, der hinter ihr stand. „Ich bin gleich zurück. Ich muss nur mal kurz mit Harlow reden."

„Klar." Er schaute auf den Gang. „Ich werde mit Liam reden und sehen, ob ich seinem Gedächtnis irgendwie auf die Sprünge helfen kann."

Carly hatte den irren Wunsch, sich auf die Zehenspitzen zu stellen und ihn auf die Wange zu küssen, aber sie sah davon ab. Der Augenblick, den sie im Krankenhaus geteilt hatten, war vorüber. Es hatte keinen Sinn, die Sache seltsam zu gestalten. Sie lächelte ihn matt an. „Viel Glück."

Er hielt inne, die Stirn in Falten gelegt. „Alles in Ordnung? Nach dem, was im Krankenhaus passiert ist, würde doch jeder durch den Wind sein. Brauchst du irgendwas? Gibt es was, was ich tun kann?"

Diesmal konnte sie nicht widerstehen, und Carly drückte ihm einen Kuss auf die Wange. „Vielen Dank. Ich weiß die Sorge zu schätzen, aber vorerst bin ich okay. Ich breche wahrscheinlich bald zusammen, aber erst muss ich kurz mit Harlow reden. Ich muss ihr erzählen, was passiert ist, bevor sie es von jemand anderem hört."

Er nickte, dann beugte er sich herab, um ihr einen Kuss auf den Kopf zu geben. „Okay. Ich bin hier, falls du mich brauchst."

Gah. Der Mann war viel zu freundlich, und sie wusste einfach, dass sie sich darauf einstellen sollte, sich das Herz brechen zu lassen, aber sie konnte nicht verhindern, dass sie sich wieder neu in ihn verliebte. „Danke", sagte sie mit belegter Stimme, während sie sah, wie er im Gang in Richtung Gästezimmer verschwand.

„Du magst ihn", sagte Lex von ihrem Platz auf dem Sofa aus. „Sehr."

Carly wandte ihre Aufmerksamkeit Graces Nichte zu. „Ist das so offensichtlich?" Natürlich war es das. Sie lief vermutlich mit Herzchen in den Augen herum, seit sie diese Interaktion im Krankenhaus gehabt hatten.

„Noch offensichtlicher könntest du es nur machen, wenn du ein blitzendes Neonschild über dem Kopf hättest." Lex grinste sie an. „Das erinnert mich daran, wie ich war, kurz bevor ich mit Bronwyn zusammengekommen bin. Grace hat ein Foto von mir gemacht, und ehrlich, Carly, der Ausdruck auf meinem Gesicht auf diesem Foto ist richtiggehend peinlich. Bronwyn zieht mich damit immer noch auf."

„Du sagst also, ich sehe aus wie eine Närrin?", fragte Carly, ihre Lippen zuckten erheitert.

„Ja, aber du schaffst es, dabei strahlend zu wirken, es sieht also viel besser aus als bei mir." Sie lachte, und dann drehte sie sich um, beäugte die Küche. „Glaubst du, Harlow hat sich da drin verirrt?"

Carly zuckte mit den Schultern. „Ich wollte sowieso mal kurz mit ihr reden." Sie winkte Lex zu und ging dann in die Küche, wo sie Harlow am Tresen sitzen sah, den Kopf in den Händen. „Hey, was ist los?", fragte sie und legte ihr leicht eine Hand auf die Schulter.

Harlow riss den Kopf hoch und blinzelte Tränen weg. „Nichts."

„Sieht nicht nach nichts aus." Carly setzte sich neben sie und nahm eine Hand ihrer Nichte in ihre beiden. „Du weißt, dass du mir alles erzählen kannst, oder? Selbst wenn es um dich und Lex geht. Ich verurteile hier nichts."

„Ich und Lex? Wovon redest du da?" Harlow fuhr zurück, sie wirkte beleidigt.

Carly verzog das Gesicht. Hatte sie da was falsch interpretiert? Sie war reingeplatzt, als sie gekuschelt hatten, und als Harlow Carly bemerkt hatte, hatte sie rasch Abstand zwischen sie gebracht. Und jetzt saß sie in der Küche, den Kopf in den Händen, als würde ihr irgendetwas Stress machen. Carly nahm an, das läge vielleicht daran, dass Lex mit ihrer Freundin Bronwyn zusammenlebte, und wenn Harlow Gefühle für sie entwickelte, ergab es schon Sinn, dass sie durch den Wind war. „Tut mir leid. Vielleicht bin ich zum falschen Schluss gesprungen."

„Würde ich so sagen." Harlow stand auf und verschränkte

die Arme vor der Brust. „Und ich habe nie gesagt, dass ich Frauen mag … auf diese Art, oder?"

„Nein." Carly musterte ihre Nichte verwirrt. Die beiden waren einander immer nahe gestanden und hatten nie Schwierigkeiten gehabt, miteinander zu kommunizieren. Carly erzählte ihrer Nichte alles. Sie war ihre beste Freundin. Aber die Frau, die vor ihr stand, war so verschlossen und abwehrend, sie benahm sich überhaupt nicht wie sie selbst. „Ich wollte dich nicht beleidigen, Harlow. Ich wollte nur sicherstellen, dass du weißt, wenn du über irgendwas reden willst, bin ich hier. Immer."

Harlow schloss die Augen, und kurz danach nickte sie. „Ich weiß. Es geht nichts vor mit Lex und mir. Wir sind nur Freunde."

„Aber *etwas* geht vor", drängte Carly. „Oder?"

„Ja." Sie stieß Luft aus. „Ich bin nur noch nicht bereit, darüber zu reden."

Carly drückte ihre Hand. „Okay. Das musst du nicht; das weißt du doch. Ich bin hier, wenn du mich brauchst."

Harlow zog ihre Tante näher an sich heran und umarmte sie. „Ich hab dich lieb. Tut mir leid, dass ich in dieser Stimmung bin. Es liegt nicht an dir."

„Du brauchst dich nicht entschuldigen." Carly hielt ihre Nichte lange fest, bevor sie tief Luft holte und sagte: „Du bist vielleicht nicht bereit zum Reden, aber es gibt etwas, das ich dir sagen muss."

Sie setzten sich beide auf die Hocker, und Carly erzählte ihr von dem Vorfall im Krankenhaus. Als sie schließlich fertig war, starrte Harlow sie mit offenem Mund an.

„Du hast ernsthaft einen Schützen im Krankenhaus ausgeschaltet? Und dann hast du einen Fremden mitgebracht, der bei uns wohnt?" Sie riss die Augen auf und sagte in schockiertem Tonfall: „Wer bist du, Wonder Woman?"

Carly stieß ein bellendes Lachen aus. „Ich glaube nicht, dass ich in diesem rot-blauen Anzug gut aussehen würde. Ich würde außerdem ungefähr zehn Kilo abnehmen müssen, bevor ich diesen alten Körper in so was Hautenges stopfe."

„Ach bitte. Du bist umwerfend", sagte Harlow, die die Augen verdrehte. „Und wenn du mir nicht glaubst, frag Mr. Attraktiv, der dich anschaut, als wäre er ein Wolf, der wochenlang nicht gefressen hat."

„Tut er nicht", behauptete Carly.

„Doch, tut er. Nur nicht, wenn du hinsiehst." Sie grinste. „Du musst mich auch nicht beim Wort nehmen. Sehen wir doch einfach, wo er heute Nacht schläft."

Carly verdrehte die Augen. „In einem Gästezimmer, wo er hingehört."

„Klar, Tante. Wir sehen es schon." Carly griff rüber und schnappte sich einen Cupcake, dann winkte sie, während sie aus der Küche ging, um zu Lex und ihrer Pyjamaparty zurückzukehren.

Nachdem sie eine besondere Tasse Kräutertee für Liam gemacht hatte, ging Carly los, um ihren neuesten Gast zu finden. Sie sah ihn aufgestützt im Bett, wo er ins Mondlicht hinausschaute, das auf dem Meer glitzerte. Sein Kinn war angespannt, und seine Schultern vor Spannung gekrümmt.

„Was ist hier drin los?", fragte sie zögerlich, während sie den Tee auf ein Nachtkästchen stellte und hindeutete. „Das ist ein Kräutertee. Er sollte Ihnen beim Heilen helfen."

Jeremiah stand mit vor der Brust verschränkten Armen da und funkelte Liam an. „Er weiß etwas, das er uns nicht sagt."

Carly ließ den Blick zwischen Jeremiah und Liam hin und her gehen. „Erklärt es mir."

„Er weiß Dinge über Zane, wie das Muttermal an seinem Hals und die gezackte Narbe auf seinem Fuß. Und wie sein Lachen klingt." Jeremiahs Stimme war erstickt vor Gefühlen. „Aber er will mir nicht sagen, woher er ihn kennt, oder wo er ihn zum letzten Mal gesehen hat. Er hält etwas zurück."

Reiner Frust strömte von Liam aus, sodass Carlys Haut zu jucken anfing. Sie warf ihm noch einem Blick zu und konnte den Kampf in seinen Augen sehen. „Stimmt das?", fragte Carly, die versuchte, jegliche Spur von Vorwurf aus ihrem Tonfall fernzuhalten.

„Nein", knurrte Liam mehr oder weniger. „Ich habe Ihrem Freund bereits erzählt, dass ich nicht weiß, wo er ist oder wo wir waren, oder warum. Ich weiß nur, dass ich ihn finden muss, und ich habe niemanden, an den ich mich sonst wenden kann. Zumindest glaube ich das nicht."

Carly legte ihre Hand auf Jeremiahs Arm und beugte sich zu ihm, während sie sagte: „Ich glaube nicht, dass er lügt. Von ihm geht keinerlei Täuschung aus."

„Woher weißt du das?", fragte Jeremiah, seine Muskeln spannten sich genauso wie bei Liam an. „Hast du mal daran gedacht, dass er vielleicht einfach ein guter Schauspieler ist?"

Ein Lachen kam ganz hinten in ihrer Kehle auf. „Jeremiah. Denk mal darüber nach, mit wem du redest", sagte sie spielerisch. „Glaubst du nicht, dass ich Schauspielerei erkennen kann, wenn ich sie sehe?"

Er blinzelte auf sie hinab, sein Kinn angespannt. Aber dann entspannte sich sein Gesicht, und er stieß Luft aus. „Gut. Okay. Aber nichts davon ergibt einen Sinn. Er kann mir nicht mal sagen, wo er herkommt oder ob er irgendwie Familie hat."

Carly ging, um sich neben Liam zu setzen. Sie hatten nicht viel geredet, während sie auf die Polizei gewartet hatten, damit sie im Krankenhaus ihre Aussagen aufnahm. Sie waren beide in einem Zustand des Schocks gewesen. Außerdem hatte sie nicht seine Geschichte erfahren wollen, während ein Haufen Leute um sie herum waren. „Liam. Lass uns per du sein, ja? Und können wir ganz am Anfang beginnen? Wie bist du überhaupt darauf gekommen, nach Jeremiah zu suchen?"

Liam schluckte sichtlich und stieß ein tiefes Seufzen aus. „Das frage ich mich auch immer wieder, und ich bin mir einfach nicht sicher. Es ist, als wäre mein Gedächtnis Rührei oder so was."

„Eine Folge der Schießerei vielleicht?", fragte sie.

Er zuckte mit einer Schulter. „Das weiß ich nicht. Das Einzige, an das ich mich klar erinnere, ist, dass Lazer mir ein Foto gegeben und mir gesagt hat, ich soll diese Leute suchen. Dass sie mir helfen würden. Ihr beiden seid diese Leute."

Carly und Jeremiah wechselten einen langen Blick. Seine Aussage war so vage, dass es ihnen nichts brachte, mit dem sie helfen konnten, Zane zu finden. Wenn es überhaupt stimmte, dass er noch lebte. Aber Liam hatte das Automatenfoto von diesem Tag, und es war immer noch zum Großteil intakt, obwohl es leicht aufgerollt war, was nach Wasserschaden aussah.

Carly fragte: „Kannst du die Umgebung des Tages beschreiben, als er dir das Foto gab? An was erinnerst du dich noch, außer dem, was er dir erzählt hat?"

In seinen Augen blitzte nur ganz kurz pure Qual auf. Dann öffnete er den Mund, um zu sprechen, bevor er entschlossen den Kopf schüttelte. „Ich weiß es nicht."

Das glaubte Carly keine Sekunde lang. Der Ansturm der Gefühle, der im Raum wirbelte, reichte aus, dass sie kurz davor stand, in Tränen auszubrechen. „Du musst ehrlich mit uns sein, wenn wir zusammenarbeiten sollen, um Zane zu suchen. Wir können nicht helfen, wenn du uns entscheidende Informationen vorenthältst."

„Ich enthalte euch gar nichts vor", sagte er kühl und schaute wieder aus dem Fenster.

„Wusstest du, dass Carly eine Empathin ist?", fragte Jeremiah von seinem Platz auf der anderen Seite des Zimmers aus.

„Was?" Sowohl Carly als auch Liam sagten es gleichzeitig. Es stimmte, dass sie eine Empathin war, aber es war nichts, womit Carly prahlte, oder was ihr auch nur klar gewesen war, als sie jünger gewesen war. Und gewiss war es nichts, über das sie schon je zuvor gesprochen hatten.

Jeremiah warf ihr einen genervten Blick zu. „Du warst doch schon immer auf die Emotionen anderer eingestellt. Jetzt bist du es nur noch mehr. Glaub ja nicht, das wäre mir nicht aufgefallen." Er wandte seine Aufmerksamkeit Liam zu. „Sie hat so ein unheimliches Gefühl, dass sie immer weiß, wie andere Leute empfinden. Ich wette, das bedeutet, sie kann auch sagen, ob jemand ehrlich ist."

Liam schaute hinüber zu Carly. „Hat er recht? Ist das so eine Art mystischer Lügendetektor oder so was?"

So, wie er es ausdrückte, musste sie lachen. „So würde ich es nicht sagen, aber normalerweise kann ich erkennen, wenn Leute nicht ganz ehrlich sind. Es sind die Schuldgefühle und der innere Aufruhr, die sie verraten."

„Verdammt", murmelte er und fuhr sich mit der Hand durch sein zottiges sandblondes Haar. Um seine Augen gab es leichte Sorgenfalten, aber zum ersten Mal versuchte sie, sein Alter zu erraten. Vielleicht Anfang vierzig? Es war schwer zu sagen, mit den heilenden Abschürfungen auf einer Seite seines Gesichts. Endlich schaute er Carly direkt in die Augen und sagte: „Es ist nur, dass ich nicht weiß, was wahr ist und was nicht. Ich vertraue meinen Erinnerungen nicht."

Es ließ sich nicht leugnen, dass diese Aussage hundertprozentig wahr war. Sie konnte die von Herzen kommende Emotion hinter den Worten hören. Sie lächelte ihn mitfühlend an und sagte: „Ich glaube dir."

Liams Augen wurden feucht, bevor er die Hand darüber legte und sagte: „Danke."

Carly wollte ihn in die Arme nehmen und trösten. Die ungeheure Erleichterung, die er spürte, war selbst für sie leicht überwältigend. Anstatt ihn aber zu überfahren, griff sie nach dem Tee auf dem Nachtkästchen und reichte ihn ihm. „Trink das, und wir lassen dich etwas ausruhen. Wir können morgen weiter reden."

Er nickte, und dann tat er, worum sie gebeten hatte, und trank den Tee aus.

Carly konnte die Missbilligung spüren, die von Jeremiah ausging. Sie verstand seinen Frust. Er wollte unbedingt seinen Bruder finden. Aber es gab eigentlich nichts, was sie an diesem Abend tun konnten, und sie würden ihren Plan am Morgen fassen, sobald sie ein wenig ausgeruht waren. Sie nahm Liam die Tasse ab, sagte ihm, wo er zusätzliche Bad-Artikel finden konnte, und dann zog sie Jeremiah aus dem Zimmer.

„Morgen?", fragte Jeremiah, sobald sie im Gang waren.

„Ja, morgen." Carly gähnte und führte ihn rüber zu ihrem Kräuterstudio. Sobald sie drin waren, stellte sie die Tasse sorgsam auf die Arbeitsfläche und zog dann ihr Handy heraus.

Einen Augenblick später ging Gigi ran. „Hey, Carly. Hast du es?"

„Ja. Wie bald kannst du herkommen?"

„Ich bin unterwegs."

Carly beendete den Anruf und grinste Jeremiah an. „Wenn alles gut läuft, werden wir Liams echte Identität in etwa einer Stunde kennen."

14

JEREMIAH SPÄHTE AUF DEN BODEN DER TEETASSE UND DAS Kräuterbündel. „Du willst mir ernsthaft erzählen, dass Gigi irgendeinen Zauber hat, der Liam identifizieren kann?"

„Ja. Das hat sie in ihrer Nachricht gesagt." Carly lehnte sich in ihrem Stuhl im Studio zurück und schloss die Augen, versuchte, die Erschöpfung abzuwehren. Der Tag fühlte sich bereits an, als würde er schon eine Woche gehen, und es war kein Ende in Sicht. „Gigi hat die Kräuter vorbeigebracht, während wir im Krankenhaus waren, und mir die Anleitung geschrieben. Nach allem, was heute Abend passiert ist, hatte ich die Kräuter fast vergessen, aber als ich ihm den Tee gemacht habe, habe ich sie auf dem Tresen gefunden und beschlossen, je eher wir es versuchen, umso besser."

Seine Augenbrauen gingen hoch, und er lehnte sich vor, stützte die Ellbogen auf die Knie. „Gerissen."

„Genial", sagte sie, immer noch von ihren neuen Freundinnen verblüfft. In der Nachricht hatte Gigi Carly gesagt, dass es ein neuer Zauber war, an dem sie gearbeitet hatte, aber sie war ziemlich sicher, dass er funktionieren würde. Es würde weniger Zeit brauchen, als einen Privatermittler anzuheuern. Außerdem, wenn Liams Fingerabdrücke nirgendwo in den Akten waren, könnten sie seine wahre Identität vielleicht nie herausfinden.

„Das auch", sagte er, lehnte sich an die Werkbank. „Du weißt schon, nachdem ich davon gelesen habe, wie der Zirkel dir geholfen hat, Harlow zu finden, als sie vermisst wurde, wusste ich, dass ich hierherkommen musste, um Hilfe mit Zane zu kriegen. Ich hatte nur keine Ahnung, wie richtig diese Entscheidung sein würde."

Carly saß schweigend da, während sie versuchte, den plötzlichen Schmerz zu ignorieren, der ihre Brust durchdrang. War er wirklich nur wegen des Zirkels gekommen? Aber natürlich. Ihn mit einzubeziehen, war eines der ersten Dinge gewesen, um die er sie gebeten hatte. Weshalb hatte sie dann diese Vorstellung bekommen, dass er gekommen war, weil er *ihre* Hilfe wollte? Dass er wusste, dass sie Zane geliebt hatte, und vor nichts Halt machen würde, um ihn nach Hause zu bringen? Rational wusste sie, dass das vermutlich Teil von allem war, aber es tat einfach weh, die unverblümte Wahrheit zu hören, dass der Zirkel seine eigentliche Absicht gewesen war, und sie ins Gesicht geworfen zu bekommen. „Ja. Sie sind ziemlich toll", stimmte Carly zu, ihre Stimme ein bisschen rau.

„Alle von euch sind toll", sagte er, beäugte sie mit plötzlicher Sorge, als wisse er, was sie dachte. Er rückte näher an sie, griff nach ihr, aber bevor er die Verbindung aufnehmen konnte, klingelte es an der Tür.

„Das ist Gigi", sagte Carly, die aus ihrem Stuhl sprang und aus dem Zimmer raste. Das Haus war dunkel und still. Harlow und Lex waren wohl in Harlows Zimmer gegangen, und aus Liams Raum kam kein Geräusch.

Sobald sie am Eingang war, schaltete sie das Licht an und

riss die Tür auf. Gigi stand auf der Schwelle, in grauer Jogginghose und einem pinken Sweatshirt. Ihre blonden Haare waren schlampig zusammengesteckt, und es war auf ihrem hübschen Gesicht kein Hauch von Make-up.

„Warst du bereits im Bett, als ich angerufen habe?", fragte Carly, die das Gesicht verzog. „Es tut mir so leid. Ich hätte bis zum Morgen warten sollen."

„Auf keinen Fall", sagte Gigi, die ins Haus fegte. Sie hatte eine Jutetasche über der Schulter und ging entschlossen zu Carlys Kräuterstudio. „Ich war noch nicht im Bett", rief sie über die Schulter. „Aber beeil dich, denn Sebastian hat was davon gesagt, dass wir uns in einer halben Stunde in der Badewanne treffen."

Carly spürte, wie ihre Wangen heiß wurden, als sie sich ein Schaumbad vorstellte, nur dass sie und Jeremiah dort drin waren, nicht Gigi und Sebastian. „Krieg dich wieder ein, Carly", sagte sie sich und eilte ihrer Freundin nach.

Gigi stand bereits an Carlys Werkbank, als Carly sich ihr im Kräuterstudio anschloss. Jeremiah stand ihr gegenüber und beobachtete, wie sie Mörser und Stößel herausholte, eine weiße Säulenkerze und noch ein Kräuterpäckchen.

„Was soll ich tun?", fragte sie Gigi.

„Nimm die und bereite noch eine Tasse Tee zu, genau wie du es für diesen Identifikationstrank gemacht hast." Gigi blätterte durch ein kleines Notizbuch und blieb bei einem handgeschriebenen Zauber hängen. Sie schaute auf, sah, wie Carly sie anstarrte, und hob eine Augenbraue. „Wir können das nicht abschließen, bevor der Tee gemacht ist."

„Stimmt. Ja." Carly schnappte sich den Wasserkocher und füllte ihn. Es war ein besonders schnelles Modell, und bevor Gigi wieder von ihren Notizen aufschaute, hatte Carly den Tee bereit. „Da hast du ihn." Sie stellte die Tasse vor Gigi, machte einen Schritt zurück und wartete, um zu sehen, ob der Zauber funktionierte.

Gigi nahm sich die Tasse, füllte den Inhalt in Liams benutzte Tasse und trank dann alles aus. Ohne auch nur eine Beschwörung zu murmeln, begann ihre Haut zu glühen und ihr Blick wurde verschwommen, als wäre sie in einer Trance.

„Gigi?", flüsterte Carly zögerlich.

Aber die Hexe reagierte nicht, selbst als die Lichter im Studio flackerten, bevor sie ganz ausgingen und sie in völlige Dunkelheit stürzten.

Carly spürte, wie Jeremiah näher an sie rückte, und als er ihr eine Hand auf den Rücken legte, war sie dankbar um den Kontakt. Obwohl sie Gigi kannte und darauf vertraute, dass sie wusste, was sie tat, machte es sie immer noch nervös, was in ihrem Studio genau los war. Sie hatte sich nie an einem Zauber beteiligt, der jemanden in eine Trance versetzte. Was, wenn etwas schiefging? Carly hatte keine Ahnung, was sie tun sollte. Im Geiste ging sie ihre Kräutervorräte durch und fragte sich, ob etwas davon als Neutralisator dienen würde.

Die Kerze, die Gigi vor sich gestellt hatte, ging flackernd an, beleuchtete sie. Die tranceartige Miene war verschwunden und von einem laserartigen Fokus ersetzt wurden. Nur dass Gigi nichts auf irgendetwas oder jemand Konkreten konzentriert war. Nur auf die Stelle vor ihr.

Carly kniff die Augen zusammen, versuchte, zu erkennen, was Gigi ansah. Dann begann ein silberner Umriss im trüben Kerzenlicht zu erscheinen.

Der silberne Umriss leuchtete heller, als eine Gestalt sich zu einer jungen Frau mit langen, geraden Haaren bildete. Sie trug einen langen Rock und eine Rüschenbluse und hatte eine Gänseblümchenkrone im Haar. „Wo ist er?", fragte sie, ihre Stimme voller Drängen und Hoffnung.

Gigi wandte sich an Carly. „Wo ist Liam?"

„Sein Name ist William", sagte die Gestalt mit zusammengekniffenen Augen. „Nur sein nutzloser Vater nannte ihn Liam."

„Okay, William", sagte Gigi geduldig, dann wandte sie sich an Carly. „Kannst du uns zu ihm bringen?"

„Schon, aber er wird wohl schon schlafen."

„Schon gut", sagte Gigi nickend. „Sie muss ihn nur sehen."

Carly ging voraus durch den Gang zum Gästezimmer und klopfte sanft. Als sie keine Antwort erhielt, spähte sie hinein, um festzustellen, dass ihr Gast schlief, genau, wie sie es erwartet hatte.

Die silbrige Frau fegte an ihr vorbei und blieb an Liams Seite stehen. Sie lächelte ihn an, während Tränen ihre Wangen hinabliefen. „Ich vermisse dich, Kleiner. Es ist so lange her, nicht?"

Liams Augen gingen flatternd auf. Er blinzelte heftig und sagte dann krächzend: „Mom?"

Sie nickte. „Ich bin hier. Endlich bin ich hier."

Liams Blick war auf sie gerichtet, während seine Miene wütend wurde. „Du hast versprochen, du würdest mich nicht verlassen. Hast du eine Vorstellung, was mir passiert ist, nachdem du weg warst?"

Sie fuhr zusammen. „Tut mir leid, Baby. Ich war zu schwach. Die Drogen, die haben …" Sie schüttelte den Kopf traurig. „Die hatten mich im Griff, und ich konnte die Sucht einfach nicht abschütteln."

Liam drehte den Kopf, schaute sie nicht an, und da erkannte Carly, dass seine Augen auch mit Tränen gefüllt waren. „Du hast keine Ahnung, was passiert ist, nachdem du gegangen bist. Dad war …" Er schloss den Satz nicht ab, schüttelte nur traurig den Kopf. „Warum bist du hier?"

„Ich wurde gerufen." Die Frau schaute hinüber zu Gigi. „Du willst etwas von mir."

„Wir müssen nur die Identität Ihres Sohnes erfahren. Er hatte einen Unfall und erinnert sich nicht."

„William?", fragte sie, wandte sich zu ihm zurück. „Was ist mit dir passiert?"

Er legte sich eine Hand auf die verletzte Schulter. „Jemand hat auf mich geschossen. Ich weiß nicht, warum."

„Du erinnerst dich nicht, wer du bist, aber du erinnerst dich an mich … Und deinen Bastard von einem Vater?"

„Ja." Er kniff die Augenbrauen zusammen und versuchte, sich zu konzentrieren. „Alles ist undeutlich, aber ich kenne dich und Dad. Oder zumindest kann ich mir ihn vorstellen, in einem kleinen weißen Haus mit zwei Zimmern, irgendwo in der Wüste."

„Twentynine Palms", sagte sie. „Außerhalb von Palm Springs. Dort haben wir gewohnt, als du ein Junge warst."

„Dort haben wir gewohnt, als du die Überdosis genommen hast", sagte er, durchbohrte sie mit seinem anklagenden Blick.

„Ja", sagte sie leise. „Das ist der letzte Ort, an dem ich dich gesehen habe." Ihr Blick wanderte über ihn. „Du bist zu so einem gut aussehenden Mann herangewachsen."

Er schnaubte. „Weil mir das so viel geholfen hat. Vor ein paar Tagen wurde auf mich geschossen, und im Augenblick bin ich ein Fall für die Wohlfahrt, der keine Ahnung hat, wer er ist, oder wie er in diese kleine Stadt gelangt ist."

Seine Mutter straffte die Schultern und sagte in einem rechtschaffenen Tonfall: „Du bist William Scott McSloan IV. Deine Urgroßeltern haben die McSloan Old-fashioned Molkerei gegründet. Du bist im Südwesten mehr oder weniger Adel."

Carly zog die Augenbrauen hoch. Die McSloan Old-fashioned Molkerei? Liams Mutter benahm sich, als wäre diese Firma landauf, landab bekannt, aber Carly hatte nie davon gehört.

„Adel?", schnaubte Liam. „Ich erinnere mich nicht an viel, aber ich weiß noch, dass wir in einem echten Scheißloch gewohnt haben. Ich glaube wohl kaum, dass wir Adel waren."

„Die Eltern deines Vaters wurden ausgenutzt und haben alles verloren", sagte sie mit einem empörten Schnauben. „Aber sie waren immer noch sehr respektiert. Dein Großvater wurde mit einer Parade geehrt, als er starb."

Liam starrte sie an, als hätte sie zwei Köpfe. „Glaubst du, irgendwas davon spielt eine Rolle, wenn ich ohne Mutter mit einem wütenden Vater aufgewachsen bin, der mir genauso schnell eine Ohrfeige verpasst hat, wie er mich begrüßt hat?"

Sie stieß ein verblüfftes Keuchen aus und nahm griff nach seiner Hand. „Es tut mir so leid, William. Ich dachte, als mein Sohn würdest du deine Bitterkeit fallen lassen. Nachdem das Geld weg war, sank er nur noch tiefer und tiefer in die Verzweiflung. Ich wünschte, ich wäre für dich stärker gewesen."

„Genau wie ich", sagte er. Dann starrte er sie direkt an und sagte: „Ich habe genug gehört. Es ist Zeit, dass du gehst."

Carly musste zustimmen. Seine Mutter war keine Hilfe für ihn. Aber zumindest hatte sie Hintergrundinformationen über Liam mitgeteilt, die vielleicht helfen würden, ihn und das, was ihm zugestoßen war, aufzudecken.

Der silberne Umriss seiner Mutter begann zu verblassen. Sie flehte ihren Sohn ein letztes Mal an, aber als den Kopf schüttelte, verschwand sie aus dem Dasein, ließ nichts zurück außer das blasse Mondlicht, das sein Zimmer erleuchtete.

„Liam, alles in Ordnung?", fragte Carly, die neben ihn ans Bett trat.

„Schon gut. Ich bin nur müde. Ich schlafe jetzt wieder." Er schloss die Augen fest, als würde er alle verbleibenden Gefühle ausschließen.

„Komm schon", sagte Gigi leise. „Gehen wir, damit Liam sich etwas ausruhen kann."

Carly und Jeremiah folgten ihr aus dem Raum, und Carly schloss die Tür hinter ihnen.

„Das lief gut", sagte Gigi glücklich.

„Gut?", entgegnete Carly. „Wir haben gerade erfahren, dass seine Großeltern um jedweden Erfolg gebracht wurden, den sie hatten, dass seine Mutter an einer Überdosis gestorben ist, und sein Vater ihn misshandelt hat. Für mich klingt das mehr, als wäre es ein Albtraum für ihn."

Gigi wurde sofort nüchtern. „Natürlich hast du recht. So habe ich es nicht gemeint. Nur dass der Zauber funktioniert hat, und wir jetzt die Information haben, die wir gebraucht haben, oder?"

Carly nickte. „Ja. Kannst du Sebastian bitten, jemanden darauf anzusetzen, seine Geschichte zusammenzusuchen? Irgendwas in seinem Hintergrund, was ungewöhnlich sein könnte?"

„Ich bin dabei." Gigi tippte etwas in ihr Handy. „Ich schreibe nur auf, was der Geist gesagt hat, damit ich es nicht vergesse. Ich ruf an, sobald Sebastian etwas hat." Sie umarmte Carly rasch und eilte dann zurück nach Hause und ihren Plänen mit ihrem Verlobten.

„Das war ... irgendwie heftig", sagte Carly, während sie zurück voraus in ihr Studio ging.

„Irgendwie?", fragte Jeremiah. „Ich glaube, an *irgendwie* sind wir längst vorbei. Kommt ja nicht jeden Tag vor, dass ein Geist auftaucht."

Nicht jeden Tag, nein, dachte Carly. Aber das war nicht das erste Mal, dass sie einem begegnete. „Es kommt nicht jeden Tag vor, dass jemand einen Geist beschwört." Kurz fragte sie sich, ob sie Gigi um einen Trank bitten konnte, der ihr helfen würde, ihre Schwester zu beschwören. Der bloße Gedanke an diese Möglichkeit ließ es in Carlys Herz ziehen. Sie hätte alles getan, um mehr Zeit mit ihrem Zwilling zu verbringen.

Jeremiah legte ihr einen Arm über die Schulter und holte sie in eine halbe Umarmung. „Du vermisst sie", sagte er, schien ihre Gedanken zu lesen.

„Jeden Tag, die ganze Zeit", sagte Carly, die sich an ihn lehnte. Tränen prickelten in ihren Augen, wie so oft, wenn sie an die kurze Zeit dachte, die sie zusammen verbracht hatten. Anstatt zu versuchen, stark zu erscheinen und sie wegzublinzeln, tat sie nichts, um zu verhindern, dass die Tränen über ihre Wangen liefen.

„Komm schon", murmelte Jeremiah. „Bringen wir dich ins Bett. Es war ein verdammt langer Tag."

Carly hatte keine Einwände. Sie führte ihn nur aus ihrem Studio und die Stufen hinauf. Sobald sie auf dem Absatz waren, nickte sie zu dem Raum am Ende des Ganges hin. „Das ist es."

Er ging mit ihr und öffnete die Tür zum großen Schlafzimmer. Als sie eintrat, blieb er an der Tür stehen und sagte: „Schlaf ein bisschen. Wir sehen uns am Morgen."

„Warte", sagte Carly. „Könntest ein paar Minuten bleiben? Dann zeige ich dir das zusätzliche Gästezimmer."

„Du hast noch ein Gästezimmer?", fragte er mit einem Grinsen. „Ich habe angenommen, ich würde auf der Couch schlafen."

Carly verdrehte die Augen. „Bitte. Für was für eine Gastgeberin hältst du mich denn?"

„Eine anmutige", sagte er und betrat das Zimmer.

Die stille Ehrerbietung in seinem Tonfall ließ ihr Herz vor Zuneigung fliegen. Das war der Jeremiah, an den sie sich erinnerte, als sie noch jung gewesen waren. Er hatte es immer geschafft, ihr mit den winzigsten Dingen ein besonderes Gefühl zu geben. „Setz dich", sagte sie, wies zu dem Zweisitzersofa, das vor einem Erkerfenster stand, das über das Meer hinausblickte. „Ich ziehe mich um, und dann bin ich gleich wieder da."

Er nickte und tat, was sie gesagt hatte, schlug einen Fuß über das Knie und machte es sich bequem.

Carly schnappte sich Kleider zum Wechseln und verschwand in ihr Bad. Als sie in ihr Zimmer zurückkehrte, war ihr Gesicht gewaschen und trug kein Make-up mehr, ihre Haare waren hochgesteckt, und sie hatte ihren liebsten Flanellschlafanzug an.

„Du siehst keinen Tag älter aus als achtzehn", sagte Jeremiah.

Sie setzte sich neben ihn auf das Sofa und schüttelte den Kopf. „Ach, bitte. Man wird nicht über fünfzig und hat keine Falten, die das beweisen."

Er zuckte mit einer Schulter. „Vielleicht ein paar, aber du siehst genauso strahlend aus wie damals."

Carly spürte, wie sie rot wurde, und stieß ihn mit der Schulter an, versuchte spielerisch zu sein, aber sein Arm legte sich um sie, und er zog sie seitlich an sich. Sie lehnte sich in die Geste hinein, liebte die Wärme, die von ihm ausstrahlte. „Danke, dass du heute für mich da warst."

„Du brauchst mir nicht zu danken", sagte er. „Es gäbe keinen Ort, an dem ich lieber wäre."

Sie schaute zu ihm auf, und ihre Blicke begegneten sich einen langen Moment, bis sich sein Blick auf ihren Mund senkte. Carly schnappte schwach nach Luft, wartete.

Jeremiah leckte sich die Lippen, dann löste er seinen Blick, ließ sie aber nicht los. Er seufzte nur und lehnte sich zurück an das Sofa. „Ich sollte vermutlich dieses Gästezimmer suchen."

Sie schüttelte den Kopf. „Noch nicht. Es ist nur … nach allem, was heute passiert ist, will ich nicht wirklich allein sein. Macht es dir was aus, noch zu bleiben?"

„Natürlich nicht", sagte er und verfestigte den Griff um sie. „Ich bleibe, solange du es von mir willst."

Ein Teil der Anspannung des Tages begann aus Carly heraus zu strömen. Dann ließ sich die Erschöpfung wieder vernehmen, und als sie gähnte, liefen ihr die Augen über.

Jeremiah stand auf und hielt ihr eine Hand hin. „Du bist fertig. Es ist vermutlich Zeit, dass du dich hinlegt, bevor du noch umkippst."

Carly hatte nichts einzuwenden. Ihre Glieder taten allmählich weh, und ihre Lider waren schwer. Sie nahm seine Hand und ließ sich von ihm hinüber zum Bett führen. Als er die Decke aufklappte, schlüpfte sie hinein und schaute zu ihm auf. „Wäre es seltsam, wenn ich fragen würde, ob du heute Nacht hierbleibst?"

Er schüttelte langsam den Kopf. „Wäre doch nicht das erste Mal, dass wir im selben Zimmer übernachten."

Nein. Wäre es nicht. Sie hatten schon mal ein Bett geteilt. Es war die Nacht vor dem Unfall gewesen, als sie Caydence und Zane verloren hatten. Obwohl nichts passiert war, war sie in seinen Armen erwacht. Und wäre Zane nicht hereingeplatzt, war sie sicher, Jeremiah wäre bereit gewesen, sie zu küssen. Die Erinnerung an diesen ganzen Tag ließ einfach nur ihr Herz wehtun, und ihre Augen wurden wieder trüb. „Verdammt, ich weine nie so viel, außer ich bin bei der Arbeit und werde dafür bezahlt, es laufen zu lassen."

Jeremiah setzte sich neben sie, streifte die Tränen ab und

sagte: „Es ist für mich auch immer noch schwer, an diesen Tag zu denken."

Sie lächelte ihn bebend an. „Ich vermisse sie beide so sehr ... und dich auch."

Seine Miene wurde weich. „Es war nicht einfach, zu versuchen, all die Jahre auf dich wütend zu bleiben. Ganz zu schweigen davon, dass es nicht fair war. Ich glaube, es ist ziemlich offensichtlich, dass ich nur jemanden gebraucht habe, dem ich es vorwerfen konnte, und du warst das einzige Ziel. Es tut mir so leid, Carly. Das hast du nicht verdient."

Sie nickte und wandte sich ab, konnte den ganzen Schmerz, der von ihm ausstrahlte, nicht verarbeiten. Sie hatte selbst zu viel, mit dem sie sich herumschlagen musste. Und als das Bett sich senkte und seine Arme sich um sie legten, während er sie von hinten nahm, rückte sie nicht ab. Sie konnte nicht, denn durch seinen Schmerz gab es Liebe und Mitgefühl, die direkt in ihre Seele gingen, sie auf eine Art beruhigten, wie es seine Worte nicht konnten.

Carly legte eine Hand über seine, die auf ihrem Bauch lag und sagte: „Gute Nacht, Jeremiah."

Er küsste sie auf die Wange und flüsterte: „Gute Nacht, Liebling."

15

CARLY SCHMIEGTE SICH AN DIE WÄRME, DIE SICH AN SIE PRESSTE, und stieß ein zufriedenes Seufzen aus. Ihre Augen waren noch geschlossen, und sie war kaum wach, als Jeremiahs raue Stimme ihr Ohr füllte.

„Guten Morgen, Schöne." Er drückte ihr einen sanften Kuss auf den Hals gleich unter das Ohr, sodass ihr ganzer Körper durch den Kontakt leicht bebte.

Ein schwaches Lächeln spielte um ihre Lippen. Jeremiah hatte sie die ganze Nacht festgehalten. Kein Wunder, dass sie so fest geschlafen hatte. „Morgen." Sie rollte sich herum und drückte ihm eine Hand an die Wange. „Vielen Dank."

„Wofür? Dass ich dich Schöne genannt habe? Das ist doch nicht Neues, oder?", scherzte er und schob ihr eine Haarsträhne aus den Augen, dann ließ er die Finger kurz auf ihrer Wange.

„Das nicht." Sie lachte. „Aber danke für das Kompliment. Ich meine, dass du die ganze Nacht da geblieben bist. Ich weiß, das war eine große Bitte. Ich weiß es zu schätzen."

„Es ist keine große Bitte. Eigentlich sollte ich dir danken. Weißt du, wie lange es her ist, dass ich mit einer schönen Frau in den Armen aufgewacht bin?" Der neckende Tonfall von vor ein paar Augenblicken war weg, durch eine Ernsthaftigkeit ersetzt, die dafür sorgte, dass sie den Blick auf ihn richtete.

Carly schüttelte den Kopf.

„Viel, viel zu lang", sagte er und beugte sich vor, berührte kaum mit seinen Lippen ihre.

Kurzzeitig verblüfft, reagierte Carly erst nicht. Aber als er den Kuss löste, schoss ihre Hand hoch, und sie vergrub die Finger in seinen Haaren, zog ihn sanft zu sich zurück. Diesmal küsste *sie* ihn. Er zögerte nicht wie sie, als es um eine Reaktion ging. Sein Mund bewegte sich auf ihrem, warm und weich und unnachgiebig. Carly erwiderte es genauso und öffnete sich ihm, als seine Zunge um Einlass bat. Sie schmeckten und leckten und erkundeten einander, bis Carly atemlos war.

Carly wollte sich gerade um ihn schlingen, als er sich zurückzog und auf sie hinab schaute, sein Gesicht gerötet und seine Haare zerrauft. Er hatte nie so sexy ausgesehen wie in diesem Moment, mit den leicht angeschwollenen Lippen und vor Lust glasigen Augen. Irgendwann während der Nacht hatte er sein T-Shirt ausgezogen und war nur in Jeans gekleidet. Sie konnte nicht verhindern, dass ihr Blick auf seinen gut ausgebildeten Brustmuskeln landete. „Warum hast du aufgehört?", fragte sie mit belegter Stimme.

Er stieß ein leises Lachen aus. „Weil du, wenn ich das nicht mache, inzwischen nackt wärst, und ich schon tief in dir."

„Hölle aber auch", hauchte sie, bereit, ihre Kleider von sich zu reißen und aus dieser Ansage Realität werden zu lassen. „Das ist ein Problem, weil …?"

Jeremiah legte sich auf den Rücken und schaute an die

Decke, während er ein Stöhnen ausstieß. „Vielleicht, weil unten William Scott McSloan IV. ist, und wir sollten uns darauf fokussieren, Zane zu finden?"

Carly richtete sich auf und vergrub das Gesicht in den Händen. Was war nur mit ihr los? Sie benahm sich wie ein hormondurchtränkter Teenager, während Zane noch immer vermisst wurde. „Tut mir leid. Wir stehen lieber mal auf und kümmern uns darum."

Jeremiah nahm ihre Hand, hielt sie auf. „Moment."

Sie schaute zu ihm zurück und schmolz fast dahin, als er sich die Lippen leckte.

„Noch ein Kuss?"

Auf gar keinen Fall konnte sie ihm widerstehen. Sie nickte, ihr Atem ging bereits schneller vor Vorfreude.

Er richtete sich auf, nahm ihr Gesicht in beide Hände und küsste sie so heftig, dass sich in ihrem Kopf alles drehte, als er sie schließlich losließ. „Den Rest machen wir dann später", sagte er, während er aufstand und sich sein Shirt wieder über den Kopf zog.

Carly war immer noch sprachlos, als er ein paar Augenblicke später aus dem Schlafzimmer ging. Sie schüttelte den Kopf, versuchte die Lust aus ihrem Gehirn zu vertreiben. Was war gerade passiert? Hatte Jeremiah gerade versprochen, dass das, was immer es war, nicht vorbei war? Sie presste sich eine Hand auf die Brust, versuchte ihr rasch schlagendes Herz zu beruhigen, und dann schleppte sie sich unter die Dusche.

Als Carly die Stufen hinabging, trieb Gelächter von der Küche heran.

Gelächter?

Was gab es denn da zu lachen? Zane wurde irgendwo gefangen gehalten, Liam war fast gestorben, und Jeremiah … Na ja, sie hatte keine Ahnung, was bei ihm los war. Vor fünfundvierzig Minuten war sie bereit gewesen, alles andere zu vergessen und endlich dem lang unterdrückten Verlangen nachzugeben, das sie für ihn hegte. Es war nicht mal annähernd angemessen, wenn man bedachte, was alles los war.

Als sie in die Küche kam, sah sie Harlow und Liam am Tisch. Liam hatte den Arm in einer Schlinge, um die Schulter zu stützen, aber ansonsten sah er hundert Mal besser aus als am Vorabend. Seine Abschürfungen und blauen Flecken ließen allmählich nach, obwohl er immer noch etwas blass war.

„Morgen", sagte Harlow, die sich eine Tasse schnappte und sie mit Kaffee füllte. „Lex hat gesagt, ich soll dir ausrichten, es war schön, dich gestern Abend wieder zu sehen."

„Es war auch schön, sie zu sehen", sagte Carly, die sich umschaute. „Wo ist Jeremiah?"

„Hier", sagte er vom Kücheneingang. Seine dunklen Haare waren nass, und seine Wangen rot, weil er aus der Dusche kam.

Harlow reichte Carly die Tasse Kaffee, dann hielt sie den Pott Jeremiah hin. „Kaffee?"

„Ja, bitte." Er lächelte sie an.

Carly wedelte mit der Hand, bedeutete ihm, dass er sich an den Tisch setzen sollte, und dann fiel ihr endlich auf, dass der Tisch voller Pfannkuchen, Eier und Speck stand. Sie schaute zu Harlow. „Hast das alles du gemacht?"

Harlow nickte. „So oft haben wir keine Gäste. Ich dachte, das wäre eine schöne Art, den Tag zu beginnen."

„Das war sehr nett von dir", sagte Carly, die ihre Nichte umarmte und ihre Hand drückte. Sie war dankbar, dass

Harlows schlechte Laune vom Vorabend offenbar verschwunden war, egal, welche Laus ihr da über die Leber gelaufen war. „Vielen Dank."

„Gern geschehen." Sie stellte ein wenig Essen vor Liam und setzte sich dann neben ihn. „Lass mich wissen, falls du noch was brauchst."

Er nickte dankbar und nahm sich ein Stück Speck.

„Hast du gut geschlafen?", fragte ihn Carly, während sie Platz nahm.

„Schätze schon", murmelte Liam.

Weitere Versuche, ihn in ein Gespräch einzubeziehen, hatten keinen Erfolg, und schließlich gab sie den Small Talk auf und ging ans Eingemachte. Nachdem sie sich aus ihrem Büro ihren Laptop geholt hatte, setzte sie sich wieder hin und schaltete ihn ein. Mit ihrem Kaffee in einer Hand tippte sie William Scott McSloan IV. in den Browser. Sofort kamen ein paar Artikel von vor zehn Jahren zum Vorschein, die nahelegten, dass er vermisst wurde.

„Jackpot", flüsterte Carly.

Alle Blicke waren auf sie gerichtet, während sie darauf warten, dass sie fortfuhr. Carly musterte rasch den Artikel und stieß ein leises Keuchen aus. Sie deutete auf eine Zeile und sagte laut: „Liam ist auf demselben See verschollen wie Zane. Hier steht, dass er eine Hütte gemietet hat, und als er verloren ging, fand man seine ganzen Habseligkeiten in dieser Hütte, darunter seine Brieftasche und seinen Ausweis. Sogar sein Auto war noch da. Eine Woche lang wurde nach ihm gesucht, und als sie nichts fanden, schlossen die Behörden den Fall, weil sie annahmen, dass er bei einem mitternächtlichen Schwimmausflug ertrunken war, obwohl es keine Zeugen oder Spuren seines Verschwindens gab."

„Ich bin auf demselben See verschwunden wie Lazer?",

fragte Liam, sein Gesicht konzentriert verkniffen. „Wie ist das möglich?"

„Klingt, als würde, wer immer Leute entführt, es gern so aussehen lassen, als wären die Opfer gestorben, und dieser See ist perfekt für Unfälle geeignet", sagte Jeremiah. Er wandte sich an Carly. „Sieh mal nach Ertrunkenen am Picture Lake und sag, was rauskommt."

Carly tippte eine Suche ein. „Sieht so aus, als würden jedes Jahr zwischen zwei und sechs Leute ertrinken." Sie las sich die Informationen auf dem Bildschirm durch, dann schaute sie zu der Gruppe auf. „Aber interessanter ist, ob man die Leichen findet. In den letzten vierzig Jahren gab es alle fünf Jahre einen dieser Vorfälle, wo man keinen Leichnam bergen konnte."

„Schreib diese Namen auf", sagte Jeremiah. „Wir setzen einen Privatdetektiv an, der das durchgeht und nachsieht, was für ein Hintergrund da überall vorlag."

„Klar. Klingt nach einer angemessenen Idee." Sie beäugte Liam. „Ich werde Sebastian bitten, auch bei dir so was zu machen. Sehen, ob er irgendwelche Informationen rauskriegt. Ist das in Ordnung?"

„Schätze schon", sagte er, schob das Ei auf seinem Teller herum. „Es ist richtig nervig, wenn man sich an nichts erinnern kann. Warum war ich an dem See? Was ist passiert, dass ich nie zurückgekehrt bin? Wo wurde ich hingebracht?"

„Das sind die Dinge, die wir herausfinden wollen", versicherte ihm Carly. „Hoffentlich wird uns die Information zu denen führen, die dich mitgenommen haben, und dorthin, wo man Zane festhält."

„Zane", sagte er leise, als würde er den Namen ausprobieren. „Ich stelle ihn immer noch als Lazer vor."

Carly und Jeremiah schauten sich an. Jeremiah räusperte

sich. „Ich weiß. Es ist okay, wenn du diesen Namen benutzt. Wir wissen, wen du meinst."

„Ja. Okay." Er seufzte und schubste den Teller von sich weg. „Ich hasse dieses Gefühl. Ich weiß, dass die Information, die wir brauchen, hier drin ist." Er tippte sich an die Schläfe. „Aber ich kann nicht darauf zugreifen."

„Das erinnert mich an was", sagte Jeremiah. „Ich habe mich gefragt, wie du mich gefunden hast, nur durch das Bild, das Zane dir gegeben hat. Wenn du keine Einzelheiten hattest, wie hast du mich dann aufgespürt?"

Liam deutete auf Carly. „Das war sie. Ich hab sie auf irgend so einem alten Werbeposter in Hollywood gesehen. Als ich über sie nachgeforscht habe, habe ich den alten Artikel gefunden, als Lazer … ich meine, Zane, vermisst wurde. Von da an war es leicht, dich zu finden. Ich dachte, es wäre schwieriger, an einen Filmstar ranzukommen."

„Das war Glück", sagte Carly. „Ein Werbeposter zu sehen, meine ich."

„Schätze schon." Er schloss die Augen, und Carly konnte sehen, wie die Erschöpfung über ihn hinwegströmte. „Du bist aber auch echt überall. Es war nur eine Frage der Zeit."

„Bin ich das?" Carly schaute zur Bestätigung zu Harlow.

„Ich fürchte schon", sagte Harlow, die sie sanft anlächelte. „Es gibt einen Grund, warum wir dich von den sozialen Medien fernhalten."

Carly stöhnte. „Wann werden sie es denn leid sein, irgendwelche unsinnigen Artikel über mich zu schreiben?"

„Vermutlich nie", sagte Harlow. „Aber zumindest kampieren keine Fans vor der Tür … meistens."

„Der Göttin sei gedankt für die kleinen Gefallen." Carly stand auf und fing an, den Tisch abzuräumen.

„Ich glaube, wir sollten zum See gehen", sagte Liam.

Carly drehte sich um und stellte fest, dass er sich vorbeugte, seine Miene dringlich.

„Ich habe so ein Gefühl, dass das was auslösen wird. Mir beim Erinnern helfen", behauptete Liam.

„Das ist vermutlich mit deiner Schulter keine gute Idee …", setzte Jeremiah an.

Liam schnitt ihm das Wort ab. „Mit einigen Schmerztränken wird es meiner Schulter gut gehen." Er beäugte Carly. „Die kannst du für mich machen, oder? Ich habe heute Vormittag dein Kräuterstudio gesehen."

„Na, klar", sagte Carly. „Aber ich will nicht in deine medizinische Versorgung eingreifen. Wenn deine Ärzte glauben, du solltest Schmerzmittel bekommen, ist es besser, das von ihnen zu nehmen."

„Ich nehme keine Opioide", sagte Liam heftig und runzelte dann die Stirn. „Ich weiß nicht, warum, aber alles in mir schreit dagegen an."

„Aber ein Schmerztank ist in Ordnung?", fragte Carly mit einer gehobenen Augenbraue.

„Äh, ja. Schätze ich." Liam rieb sich mit der Hand über die Augen. „Was zum Teufel? Bin ich irgendwie ein Abhängiger? Bin ich deswegen so heftig gegen Opioide?"

„Könnte sein", sagte Jeremiah. „Oder es könnte daran liegen, dass du allergisch bist. Oder vielleicht, weil deine Mom eine Überdosis hatte. Was immer es ist, ein Schmerztrank ist sowieso besser. Die haben weniger Nebenwirkungen und können genau auf deine Bedürfnisse zugeschnitten werden. Stimmt's, Carly?"

„Das stimmt", pflichtete sie bei. „Aber ich muss genug machen, dass es für die Reise da rauf und wieder zurück reicht."

„Kann ich irgendwas tun, um zu helfen?", fragte Harlow.

Carly lächelte sie dankbar an. „Hast du doch schon. Das Frühstück war toll. Vielen Dank."

„Klar, aber ich meinte, beim Finden von Zane. Habt ihr je rausgebracht, was *Bannwerk* bedeutet?", fragte ihre Nichte.

„Nein." Carly schüttelte den Kopf. „Wir haben ein paar Hinweise gefunden, aber davon ergibt nichts Sinn. Wir werden Sebastian fragen, ob er irgendwas ausgraben kann. Ich schätze, alles, was mit dem See und der Umgebung zu tun hat."

„Bannwerk?", fragte Liam und runzelte dann frustriert die Stirn. „Das Wort sagt mir was, aber ich kann es nicht ganz einordnen."

„Wirklich?", fragten Carly und Jeremiah gleichzeitig.

Er nickte langsam. „Ich kann es aber nicht einordnen. Bannwerk ist …" Er stieß ein frustriertes Knurren aus. „Ich kann Lazer da stehen sehen und hören, wie er das Wort sagt. Aber warum, weiß ich nicht." Er kniff die Augen zu und fluchte tonlos. „Warum kann ich mich nicht erinnern?"

„Es muss ein Erinnerungszauber sein", sagte Carly.

„Kann der Zirkel helfen?", fragte Harlow. „Gigi oder Iris vielleicht? Irgendein Trank, um den Zauber zu brechen, oder Hypnose, um zu versuchen, seine Erinnerungen zu befreien?"

„Ich bin bereit, alles zu versuchen", sagte Liam, der wieder hoffnungsvoll klang. „Wenn dein Zirkel helfen kann, bin ich voll dabei."

„Ich kann fragen", sagte Carly, die auch Hoffnung spürte. Wenn es eines gab, was sie gelernt hatte, dann, dass der Zirkel total krass war und viel mehr konnte, als sie sich vorstellte, was Zauber anging. Sie schnappte sich ihr Handy und schickte einen Gruppentext, um zu fragen, ob irgendjemand verfügbar war, um ein Brainstorming zu machen.

Gigi schrieb fast sofort zurück. *Ich treffe mich mit Grace in einer Stunde im Pointe of View Café. Funktioniert das?*

Carly tippte rasch eine Antwort. *Ich bin dann da.* Sie schaute von ihrem Handy auf. „Ich werde diese Schmerztränke machen und dann ausgehen, um mich mit einem Teil des Zirkels zu treffen."

Liam nickte einmal. „Klingt nach einem Plan. Ich lege mich wieder hin. Weckt mich, falls irgendwas Wichtiges geschieht."

„Wir brechen zum See auf, wenn Carly zurückkommt", sagte Jeremiah.

„Gut." Liam hielt den Kopf gesenkt, während er zurück zum Gästezimmer auf dem Erdgeschoss schlurfte.

Carly sah ihm nach und konnte nicht verhindern, dass es in ihrer Brust zog. Der Mann schien so gebrochen. Und weshalb auch nicht? Der Mensch, der ihm am allerwichtigsten auf der Welt war, wurde irgendwo gefangen gehalten, an einem Ort, an dem Liam eindeutig gewesen war, an den er sich aber wegen seines zersplitterten Gedächtnisses nicht erinnern konnte. Carly konnte sich nichts vorstellen, was desorientierender war, als nicht zu wissen, wer man war, oder irgendetwas aus der Vergangenheit zu ahnen. Der Gedanke ließ es ihr eiskalt den Rücken hinablaufen und verstärkte ihre Entschlossenheit, Zane zu finden und Liam die Antworten zu beschaffen, was für ein Leben er in den letzten zehn Jahren geführt hatte.

„Wir werden eine Möglichkeit finden, sein Gedächtnis wiederherzustellen", sagte Jeremiah leise hinter ihr. „Wir werden Zane finden. Wir geben nicht auf, bis wir das geschafft haben."

Sie schaute über die Schulter zu ihm, sah Entschlossenheit in seinem Blick, und das stärkte ihre eigene Zuversicht. „Verdammt richtig. Wir verlieren Zane kein zweites Mal."

Jeremiah legte ihr beruhigend eine Hand auf die Schulter und trat dann einen Schritt zurück. „Ich sehe, was ich an Recherche über den Picture Lake durchführen kann, und werde bereit zum Aufbruch sein, wenn du zurückkommst."

„Danke." Sie drückte ihm einen Kuss auf die Wange und verschwand in ihrem Kräuterstudio, bereit, sich an die Arbeit zu machen.

16

CARLY BETRAT DAS POINTE OF VIEW CAFÉ UND MUSTERTE DEN Essbereich auf der Suche nach ihren Freundinnen. Anfangs dachte sie, sie hätte sie verpasst und spürte eine Woge der Enttäuschung. Diese alten Gefühle des Verlassenwerdens setzten wieder ein, doch sie schüttelte sie ab, entschlossen, nicht von ihren vergangenen Traumata runtergezogen zu werden. Stattdessen bestellte sie einen Eiskaffee und beschloss dann, durch den Essbereich zu gehen, nur um sicherzustellen, dass sie sie nicht übersehen hatte.

Sobald sie um eine Ecke kam, sah sie nicht nur Gigi und Grace, sondern auch Iris. Sie waren alle drei in einer Nische zusammengekauert, die Köpfe gesenkt, und musterten ein paar Papiere.

„Er ist einfach nicht vernünftig", sagte Iris, die etwas auf die Papiere kritzelte. „Erst war er ein angenehmer Mann mit einem Traum, und nun ist er ein Tyrann, für den alles gestern fertig sein muss, mit null Geduld für Zulassungen von der Stadt und öffentlichem Feedback wegen des Problems mit der Flächennutzung. Ich schwöre, hätten wir nicht diesen blöden

Vertrag, den er mich unterschreiben hat lassen, würde ich ihn in unter einer Sekunde feuern."

Carly räusperte sich, um ihre Anwesenheit bei der Gruppe bekanntzumachen. Als sie alle aufschauten, winkte sie ihnen zu. „Hi. Ich habe euch fast übersehen, weil ihr so in der Ecke sitzt."

Grace rückte sofort zur Seite und machte ihr Platz. „Tut mir leid. Ich hätte schreiben sollen, dass wir hinten sind."

„Was ist los?", fragte Carly, die in die Nische schlüpfte.

„Weißt du noch dieses Anwesen auf der Klippe, das übers Meer hinausblickt, das ich vor ein paar Monaten verkauft habe? Das südlich von hier?", fragte Grace.

„Klar." Carly nippte an ihrem Kaffee. „Das hast du doch deinem Ex weggeschnappt. Zusätzlich zu einer wunderbaren Kommission hast du ihm auch noch eins auswischen können. Oder?"

„Genau das", sagte Grace mit einem selbstzufriedenen Grinsen. Das Lächeln verblasste dann, als sie fortfuhr: „Der Käufer besitzt eine Reihe von hochwertigen Restaurants in ganz Kalifornien. Offensichtlich ist er ziemlich wichtig in der Geschäftswelt, aber jetzt macht er Iris Stress. Er hat sie angeheuert, um zu helfen, hier in Premonition Pointe ein Bed-and-Breakfast-Geschäft aufzuziehen, und er ruft sie ständig an. Er lässt sich von mir sogar noch weitere Immobilien zeigen, weil er hofft, eine zu finden, die bereits für geschäftliche Nutzung zugelassen ist."

„Anstelle der am Meer?", fragte Carly, die überlegte, ob er das Anwesen wohl verkaufen würde.

„Zusätzlich zu denen, die er bereits hat. Offensichtlich will er eine kleine Kette aufziehen." Grace zuckte mit den Schultern. „Das mache ich gerne, aber er scheint ein bisschen angespannt."

„Ein bisschen?", fragte Iris, die Augenbrauen gehoben. „Der Mann treibt mich in den Wahnsinn."

Gigi tätschelte ihre Hand. „Wenn irgendwer mit ihm und der Bürokratie fertig wird, dann du. Ich schwöre, ich habe noch niemanden getroffen, außer dir, der so effizient mit dem Zeug ist."

„Sehe ich auch so", sagte Grace. „Niemand kennt sich da besser aus als du."

Iris war die ehemalige Bürgermeisterin von Premonition Pointe und hatte einen sechsten Sinn, wenn es ums Geschäft ging. Wenn jemand mit einer Idee zu ihr kam, wusste sie immer, ob sie Erfolg haben würde. Kürzlich hatte sie ein erfolgreiches Beratungsgeschäft eröffnet, damit Premonition Pointe weiter wachsen konnte. Zusätzlich richteten sie und ihr Freund Kade eine wohltätige Stiftung ein, um neuen Start-up-Geschäften auf die Beine zu helfen.

„Danke", sagte Iris, die ihre Akte schloss. „Genug davon. Das wird schon irgendwie werden." Sie konzentrierte sich auf Carly. „Hat Grace nicht gesagt, du könntest Hilfe vom Zirkel gebrauchen? Was ist denn nötig?"

Carly legte die Hände auf den Tisch und sagte: „Es geht um Liam. Den Mann, auf den vor meinem Haus geschossen wurde. Seine Erinnerungen sind total durch den Wind, fast als wäre er verzaubert worden, und ich frage mich, ob es irgendwas gibt, was wir deswegen ausrichten können. Wenn es ein Zauber ist, können wir ihn umkehren?"

Alle wandten sich an Gigi, die auf ihrer Unterlippe kaute, bevor sie Carly in die Augen schaute. „Wir könnten einen Erinnerungszauber versuchen."

Carly konnte nicht verhindern, dass ein Beben ihr Rückgrat hinablief. „Als ich letztes Mal so einen versucht habe, bin ich so schnell gealtert, dass ich dachte, ich wäre direkt zum Sarg unterwegs."

„Das wird nicht passieren, wenn du die Macht des Zirkels hinter dir hast", sagte Grace. „Aber ich bin mir sowieso nicht sicher, ob ein Erinnerungszauber die richtige Möglichkeit ist, das in den Griff zu kriegen. Alle, von denen ich gelesen habe, funktionieren eher wie ein Verstärker. Sie dienen dazu, kürzliche Erinnerungen detaillierter nachzuvollziehen. Aber ich bezweifle ernsthaft, dass das gegen die Magie eines anderen ankämpft."

Gigi nickte. „Sehe ich auch so. Es wäre ein echt starker Zauber nötig, um jemandem das Gedächtnis zu löschen. Sehr stark. Wir müssten ihn umkehren. Und das würde vermutlich uns alle benötigen." Sie schürzte die Lippen, während sie nachdachte. „Ich würde gerne erfahren, ob Hope irgendwas von seinen Gedanken hören kann. Sehen, was in seinem Kopf wirklich los ist, bevor wir irgendwas unternehmen."

„Hope ist heute in Lucas' Laden und arbeitet bei seinem monatlichen Tag der offenen Tür mit", sagte Grace. „Ich kann sie mal anrufen und sehen, ob sie Zeit hat, uns zu helfen."

„Weiß irgendwer, wo Joy ist?", fragte Iris.

Alle schüttelten die Köpfe.

„Ich habe sie gerade drüben beim Liminal Space Spa gesehen", sagte Skyler, Gigis Nachbar und Besitzer der Boutique Sky's the Limit, der mit einem Grinsen auf dem Gesicht zu ihnen kam. Er legte Gigi eine Hand auf die Schulter. „Ihr Ladys seht heute fabelhaft aus."

„Danke, Sky", sagte Gigi, die zu ihm auflächelte. „Du hast Joy im Spa gesehen?"

Er nickte. „Sie hat sich gerade die Haare fertigmachen lassen." Er streckte die Hände zur Inspektion aus, führte seine glitzernd blauen Fingernägel vor. „Ich habe eine längst überfällige Massage und eine Maniküre bekommen. Ist die Farbe nicht toll?"

Gigi seufzte. „Wie kommt es, dass deine Nägel schöner sind als meine?"

„Das liegt daran, dass du deine ganze Zeit damit verbringst, fabelhafte Hautpflegeprodukte und Tränke zu herzustellen. Das ist die Hölle für die Hände." Er wandte seine Aufmerksamkeit Carly zu. „Da fällt mir ein, ich werde bald eine weitere Lieferung von deiner Wunder-Cellulitis-Creme brauchen. Du weißt, wie schwer es ist, die auf Vorrat zu halten."

Carly stöhnte. „Tut mir leid. Mein Leben war in letzter Zeit überwältigend. Kann ich dich nächste Woche beliefern?"

Skyler runzelte die Stirn. „Bis dahin ist sie mir ausgegangen, aber wenn das das Beste ist, was du hinkriegst ... Dann ist es das Beste, was du hinkriegst."

„Carly hat diese Woche ein paar unerwartete Gäste im Haus", sagte Gigi, die seinen Arm tätschelte, um ihn zu beruhigen.

„Vielleicht sollten wir, wenn das vorbei ist, wieder über diese Produktionsstätte nachdenken", sagte Carly zu Gigi. Kurz nachdem Skyler seinen Laden eröffnet hatte, hatten sie über eine Produktionsstätte für ihre Produkte nachgedacht, aber dann war Premonition Pointe verflucht worden, und alles war zum Stillstand gekommen, während der Zirkel Iris geholfen hatte, die Stadt zu retten. Und jetzt war Carly damit beschäftigt, Zane zu finden. Sie hatte seit dem Tag nicht an die Creme oder die Idee dieser Produktionsstätte gedacht, als Jeremiah wieder zurück in ihr Leben gekommen war.

„Mir gefällt die Idee", sagte Gigi. „Mein Haus quillt über vor Gesichtsprodukten. Aber wir können später darüber reden. Gerade jetzt müssen wir daran arbeiten, dass Liam sein

Gedächtnis zurückbekommt. Kann jemand Hope und Joy anrufen? Vielleicht können wir uns alle bei Carly treffen und sehen, was wir tun können."

„Wer ist Liam?", fragte Skyler, der sich umschaute, als würde der fragliche Mann gleich aus dem Nichts erscheinen.

„Der Mann, der vor Carlys Haus vor ein paar Tagen angeschossen wurde", erklärte Grace. „Wir glauben, sein Gedächtnis wurde magisch gelöscht, also versuchen wir zu helfen."

„Oh, wow." Skylers Augen wurden groß. „Faszinierend. Gibt es irgendwas, womit ich helfen kann?"

„Ja", sagte Carly. „Er hat keine Kleidung. Kannst du ihm was aus deinem Laden bringen? Neu oder gebraucht. Spielt keine Rolle. Ich bezahle es."

„Klar. Aber ich brauche seine Maße."

„Kannst du am Haus vorbeikommen?", fragte Carly, obwohl sie innerlich zusammenfuhr. Sie lud praktisch jeden, den sie kannte, zum Haus ein, obwohl sie eigentlich zum Picture Lake hatten aufbrechen wollen. Aber wenn der Zirkel Liams Erinnerung wiederherstellen konnte, wäre das besser, als am See herumzuschnüffeln. Sie mussten es versuchen. Und Skyler einzuladen, war einfach nur praktisch. Liam hatte keine eigenen Klamotten, und er hatte dieselbe Jogginghose getragen, seit sie das Krankenhaus verlassen hatten. „Er erholt sich immer noch von der Schussverletzung, und wir wissen nicht, ob es für ihn sicher ist, gerade jetzt in der Öffentlichkeit aufzutreten. Wir haben keine Ahnung, ob noch jemand nach ihm sucht."

„Ich schnappe mir ein bisschen Zeug aus dem Laden, und er kann es anprobieren. Kannst du mir eine mündliche Beschreibung geben? Die ungefähre Größe und das Gewicht würden gehen", sagte Skyler, der bereits ein Handy zückte, damit er sich Notizen machen konnte.

„Äh, hochgewachsen und schlaksig", erwiderte Carly. „Vielleicht ein Meter achtzig. Ich schätze, nicht mehr als neunzig."

Skyler nickte. „Das reicht. Außer du hast eine Ahnung von seiner Schuhgröße."

Das wusste sie, aber nur, weil ihr Sicherheitsmann gesagt hatte, seine Ersatzschuhe würden Liam perfekt passen. „Fünfundvierzig."

„Bin dabei." Er schob sich sein Handy wieder in die Tasche. „Ich ziehe jetzt los und treffe mich dann mit euch an deinem Haus."

„Vielen Dank", sagte sie, mehr als nur dankbar. Wie hatte sie so ein Glück gehabt, Freunde wie die in Premonition Pointe zu finden, die sich ins Zeug legten, um ihr zu helfen?

Skyler drückte ihr kurz die Hand. „Für dich doch alles, Püppchen." Er zwinkerte und marschierte aus dem Café.

„Sowohl Hope als auch Joy sind unterwegs zu dir nach Hause", sagte Grace, die ihr Handy hochhielt, um den Nachrichtenverlauf zu zeigen. „Wir sollten losgehen, wenn wir sie dort treffen wollen."

„Okay", sagte Carly, gewissermaßen überrascht, dass alle gleich zur Tat geschritten waren. Sie war daran gewöhnt, dass die Typen in Hollywood versuchten, ihr alles recht zu machen, aber das war immer eine Transaktion. Sie konnte sicher sein, dass sie letztlich etwas von ihr wollen würden. An dieser Gruppe war so erstaunlich, dass sie wusste, sie taten es, weil sie ihr wichtig war, nicht, weil sie im Gegenzug etwas wollten. Sie fragte sich, ob sie je aufhören würde, von ihrer entschlossenen Freundschaft überrascht zu sein. Sie hoffte es, aber sie betete, dass sie sie nie als gegeben nehmen würde.

Während sie aus dem Café gingen, blieb Carly stehen und sagte: „Falls ich es vergesse, es später zu sagen, vielen Dank. Einfach nur danke."

„Wir haben noch gar nichts getan", sagte Gigi, die ihr die Hand drückte, während sie ihre Freundin anlächelte. „Warte erst mal, was wir für Ergebnisse bekommen, bevor du uns dankst."

Carly schüttelte den Kopf. „Nein. Sogar wenn nichts funktioniert, will ich, dass ihr wisst, dass ich euch alle zu schätzen weiß. Mehr, als ihr ahnt."

Grace kam rüber und umarmte sie fest. „Wir haben dich lieb, Carly, und das liegt nicht daran, dass du schicke Partys mit berühmten Leuten schmeißt."

„Ja, das ist nur noch ein Bonus", scherzte Gigi.

Iris verdrehte die Augen. „Promis sind überbewertet."

Carly schlüpfte aus Graces Umarmung und schnaubte lachend. „Eine größere Wahrheit wurde nie ausgesprochen. Vielen Dank, euch allen." Sie alle winkten bei ihrer Dankbarkeit ab, legten nahe, dass es kein großes Ding war, und dann folgen sie ihr zurück an ihr Haus am Meer.

17

„Ich dachte, wir wären unterwegs zum Picture Lake", sagte Jeremiah in Carlys Ohr, während er die ganzen Frauen anstarrte, die sich in ihrem Wohnzimmer versammelten. Hope und Joy waren bereits eingetroffen, als sie und der Rest des Zirkels noch ankamen.

„Wollten wir, aber das können wir immer noch, falls das nicht funktioniert", sagte Carly. „Doch der Zirkel hatte jetzt Zeit, darum dachte ich, wir würden versuchen, den Zauber zu brechen, der Liam seine Vergangenheit vergessen lässt. Wenn es funktioniert, müssen wir doch gar nicht zum See, oder? Und falls nicht, wird Gigi andere Möglichkeiten recherchieren, auf seine Erinnerungen zuzugreifen."

Jeremiah schob sich die Hände in die Taschen und nickte. „Ergibt schon Sinn. Was kann ich tun?"

„Ich weiß es noch nicht." Carly wandte sich an ihn und legte ihm beide Hände auf die Brust, während sie zu ihm aufschaute. „Ich glaube wirklich, dass das vielleicht funktionieren könnte. Und es fühlt sich an, als kämen wir näher daran, Zane zu finden."

Er streifte mit dem Daumen über ihre Wange, warf ihr ein halbherziges Lächeln zu. „So sehr ich das glauben möchte, eilen wir noch nicht zu sehr voraus. Ein Schritt nach dem anderen."

Carly wusste, dass er nur seine eigenen Erwartungen herabstufte. Ehrlicherweise hätte sie das auch tun sollen, aber sie hatte so ein Gefühl, dass sie echt nahe dran waren. Dass die Aktion heute ihnen vielleicht die Hinweise verschaffen würde, die sie brauchten, um Zane zu finden. Sie legte eine Hand an seine Wange und nickte. „Du hast recht, ein Schritt nach dem anderen."

Jeremiah nahm ihre Hand in seine und ging mit hinüber, wo die Zirkelmitglieder sich versammelt hatten und besprachen, welchen Zauber sie ausprobieren wollten.

„Ich dachte, ich wäre hier, um seinen Gedanken zu lauschen", sagte Hope. Sie lehnte am Geländer des Treppenhauses, und in ihrer engen Jeans, dem übergroßen Sweatshirt und den kniehohen schwarzen Stiefeln sah sie schick aus. Ihre dunklen Locken rahmten perfekt ihr Gesicht, sodass Carly auf ihr natürlich gutes Aussehen leicht eifersüchtig wurde. Sie wirkte wie eine Art Frau, die sich auf dem Bett schälen und in fünf Minuten fertig sein konnte, und trotzdem noch fabelhaft aussah. Carly musste sehr viel härter als das arbeiten, und das schon immer. Ihre klassischen Züge brachten sie nur bis zu einem bestimmten Punkt.

„Ja, natürlich", sagte Carly, als Jeremiah sie anstieß, weil sie nicht reagiert hatte. „Sehen wir mal, ob er wach ist." Sie bedeutete Hope, ihr zu folgen, und sagte den anderen, sie sollten Skyler schicken, wenn er eintraf.

Mit Hope direkt hinter ihr klopfte Carly an Liams Tür.

„Komm rein", rief er.

Carly schlug die Tür auf, um festzustellen, dass auf einem

der Stühle in der Nähe des Fensters saß und auf das Meer hinaus starrte. „Hey, ich wollte dir eine meiner Freundinnen vorstellen, Hope. Sie gehört zu meinem Zirkel."

Hope ging direkt zu ihm hinüber und setzte sich in den Stuhl neben ihm. Sie hielt ihre Hand hin. „Es ist schön, dich zu treffen, Liam."

Er zögerte, aber dann schüttelte er den Kopf, bevor er ihre Hand nahm. „Bist du hier, um so eine Art Gedächtniszauber zu wirken?"

„Tatsächlich bin ich hier, um zu versuchen, deine Gedanken zu lesen." Sie grinste ihn an.

Er blinzelte und stieß dann Luft aus, während er sich in den Stuhl zurücklehnte. „Ehrlich? Das kannst du?"

„Manchmal", sagte sie mit einem Schulterzucken. „Ich versuche es nicht zu tun, denn ehrlich gesagt will ich nicht wissen, was die Leute tatsächlich denken. Besonders, wenn es um mich geht." Sie hielt inne und beäugte ihn. Dann kicherte sie los. „Witzig."

Er lachte mit ihr mit. Es war das erste Mal, dass Carly ihn lachen hörte. Sie legte sich eine Hand aufs Herz, weil sie hoffte, es bald wieder zu hören. Sie verabscheute es, so viel von seinem Schmerz zu sehen und zu spüren.

„Was hast du gedacht?", fragte ihn Carly.

„Nichts. Ich wollte nur sehen, ob sie echt ist." Liams Lachen war verklungen, aber das Lächeln war noch da.

„Er dachte, wenn ich blauen Lidschatten und rote Haarfarbe nehme, würde ich genau wie in Endora von *Bewitched* aussehen. Weißt du was? Ich kann mir das schon irgendwie vorstellen", sagte sie und kicherte noch mal.

„Du erinnerst dich an die Fernsehserie *Bewitched*?", fragte ihn Carly.

Er zuckte mit den Schultern. „Komisch, oder? Ich erinnere

mich an eine ganze Reihe von Serien, die ich aus meiner Kindheit kenne, aber ich habe keine Erinnerung, dass ich sie tatsächlich gesehen habe."

„Das ist sehr interessant", sagte Hope. „Echt interessant."

„Warum?", fragten Carly und Liam gleichzeitig.

„Ich glaube, das legt nahe, dass deine Erinnerungen tatsächlich von irgendeinem Zauber unterdrückt werden, und nicht einfach nur gelöscht wurden", sagte sie. „Das sind gute Neuigkeiten, denn wir können normalerweise Zauber umkehren. Was wir nicht können, ist, Erinnerungen aus dem Nichts erschaffen."

„Es sind auf jeden Fall Erinnerungen da drin weggesperrt", sagte Liam, der den Blick abwandte. „Ich spüre es. Ich kann sie nur einfach nicht festhalten."

Hope musterte ihn einen langen Augenblick, bevor sie sagte: „An ihn erinnerst du dich aber, oder?"

„Ihn?", fragte Carly, aber sie ignorierten sie beide.

Liam nickte. „Ich sehe ihn die ganze Zeit in Gedanken. Ich kann ihn nur einfach nicht einordnen. Der Hintergrund ist völlig verschwommen. Es ist nur er, der in meinen Gedanken dort steht und mich bittet, ihn zu finden."

Carlys Herz zerbrach beinahe. Sie musste sich abwenden, damit sie die Tränen nicht sahen, die wieder in ihre Augen traten. Normalerweise war sie nicht so übermäßig emotional, aber in letzter Zeit konnte sie die Tränen offensichtlich einfach nicht unter Kontrolle halten. Sie räusperte sich und zwang sich, sich zurück zu ihnen zu wenden, als sie sagte: „Darum ist der Zirkel da. Wir werden ihn finden. Ich verspreche dir, dass wir nicht aufgeben, bis wir ihn zu Hause haben."

Nun war es an ihm, sie zu mustern. Carly blieb genau dort

stehen, wo sie war, das Kinn hoch erhoben, ließ ihre Entschlossenheit durchscheinen und sich davon stärken.

„Weißt du, hätte das irgendwer sonst gesagt, hätte ich vermutlich einfach die Augen verdreht und gesagt: ‚Klar, Jan'", sagte Liam mit einem schiefen Grinsen. „Aber von dir? Dir glaube ich."

„Sie könnte schauspielern", sagte Hope. „Ich habe gehört, sie ist irgend so eine abgehobene Schauspielerin."

Liam lachte zum zweiten Mal an diesem Tag. „Sie ist gut, aber so gut ist sie nicht."

Carly lachte, sie liebte es, dass er ihren Beruf nicht zu ernst nahm. Viel zu viele Leute taten das.

„Hallo, hallo", rief Skyler, der den Kopf um die offene Tür steckte. „Seht her, denn jetzt schneit jedermanns liebste gute Fee rein."

„Wer?", fragte Liam verwirrt. „Gute Fee?"

„Ganz genau." Skyler trug verschiedene Klamottentaschen, während er ins Zimmer fegte. „Ich bin der Typ, der dich in was Besseres kleidet als diese graue Jogginghose."

„Was stimmt nicht mit grauen Jogginghosen?", fragte Liam, der auf seine untere Hälfte schaute.

„Nichts", sagte Skyler grinsend. „Außer, du willst eine Versuchung auf zwei Beinen werden."

„Was soll denn das sein?", fragte Liam, während Hope lachte.

„Ach du liebe Güte", sagte Skyler, seine Augen blitzten vor Erheiterung. „Du bist ein echt süßer Baby-Schwuler, oder?"

„Äh …" Liam schaute weg, während seine Wangen rosa leuchteten. „Ich bin nicht sicher, was das bedeutet, ich bezweifle, dass ich ein *Baby*-Schwuler bin."

„Wie du meinst." Skyler kicherte. „Auf jeden Fall süß." Dann wurde er nüchtern. „Okay, sehen wir mal, was passt." Er scheuchte Hope und Carly aus dem Zimmer. „Hier dürfen jetzt nur Jungs rein, Mädels. Liam wurde schon genug angegafft."

Carly führte Hope aus dem Raum und schloss die Tür hinter ihr. „Hast du irgendwas Nützliches gehört?"

„Nicht wirklich." Hope runzelte die Stirn. „Seine Gedanken sind voller Bilder von Zane. Er hat Angst um ihn und ist frustriert, weil er sich an nichts über ihr gemeinsames Leben erinnern kann, nur, dass sie es hatten."

„Kann ich mir vorstellen. Zumindest wissen wir, dass seine Erinnerungen auf jeden Fall da sind, oder?", fragte Carly.

„Ja", sagte Hope. „Ich weiß nur nicht, wie wir durch diesen Zauber brechen können, ohne Schaden zu verursachen."

Carly erstarrte. Es war offensichtlich, dass Liam Zane liebte, und sie musste annehmen, dass das erwidert wurde, wenn Zane Liam geholfen hatte, aus ihrer Lage zu fliehen. Das Letzte, was sie tun wollte, war, Schaden anzurichten, besonders an dem Mann, den Zane liebte. „Das können wir nicht zulassen", sagte sie fest. „Auf gar keinen Fall können wir Liam weiteren Schaden zustoßen lassen."

„Sehe ich auch so." Hope ließ den Arm durch den von Carly gleiten. „Der Mann hat genug durchgemacht. Aber ich weiß nicht, wie wir das kontrollieren können, falls noch jemand hinter ihm her ist."

„Wir werden einfach zuerst die schlimmen Jungs erwischen müssen", sagte Carly mit grimmiger Entschlossenheit. „Komm schon. Reden wir mit dem Rest des Zirkels und sehen, ob sie irgendwelche Vorschläge haben, wie man diesen Zauber durchbricht."

Hope nickte, und zusammen schlossen sie sich dem Rest des Zirkels an, der nach draußen auf die Veranda gegangen war.

„Ich glaube, unser bester Schuss ist ein Umkehrzauber",

sagte Gigi. „So wird er nicht mit dem Zauber reagieren, mit dem er bereits verflucht ist."

„Wir wissen nicht, was für ein Zauber zum Einsatz kam", sagte Iris. „Müssen wir nicht genau wissen, was gewirkt wurde, um es zu entfernen?"

„Nicht unbedingt." Joy schob sich eine lange blonde Haarsträhne aus den Augen. „Wir könnten einen allgemeinen Umkehrzauber benutzen."

Grace schüttelte den Kopf. „Es ist stärker als das. Spürt ihr nicht, wie klebrig es ist? Wir brauchen mehr als einen allgemeinen Umkehrzauber, glaube ich."

„Ich könnte meine Geister rufen und fragen, ob sie irgendwelche Einsichten haben", bot Gigi an. „Manchmal wissen sie Zeug oder können etwas rausfinden. So eine Art Geisternetzwerk."

„Das ist vermutlich die beste Idee", sagte Carly, die näher kam. „Es ist der am wenigsten invasive Weg für den Anfang."

„Carly und ich machen uns Sorgen, dass es Liam schaden wird, den Zauber zu brechen. Wenn man seine derzeitige gesundheitliche Lage betrachtet, ist es vermutlich am besten, so vorsichtig wie möglich zu sein", sagte Hope.

Grace nickte. „Dann ist es abgemacht. Wir rufen erst Gigis Geister, um zu sehen, was sie an Einsichten zu bieten haben, dann machen wir von dort aus weiter."

Da alle zustimmten, zogen sie sich zurück ins Haus, gerade rechtzeitig, um einen Schrei zu hören, der einem das Blut gefrieren ließ, gefolgt von einer Reihe von Schüssen.

Carly wurde zu Boden geworfen und wollte sich wehren, bis sie Jeremiahs Stimme im Ohr hörte.

„Ich bin's, Carly", sagte er. „Halt dich einfach nur still, bis die Security was anderes sagt."

Sie tat, worum er gebeten hatte, während sie panisch ihr

Haus musterte, weil sie verzweifelt herausfinden wollte, ob ihren Freundinnen etwas zugestoßen war. Sie waren alle auf dem Boden, die Hände über dem Kopf.

„Bleibt unten. Keiner bewegt sich, bis ich es sage", hörte sie Jake ihnen zurufen.

Schritte hämmerten auf ihren Holzböden, gefolgt von einem weiteren Schuss und einem lauten, dumpfen Geräusch, als jemand auf den Boden traf.

Carlys ganzer Körper prickelte vor Magie, als ihre Kampfinstinkte sich bemerkbar machten.

„Jake ist zu Boden gegangen", rief Hope, während Carly sah, wie sowohl Gigi als auch Grace aufstanden. Magie funkelte an ihren Fingerspitzen. Carly wehrte sich gegen Jeremiah, wollte unbedingt zu Jake, dem Mann, der sie jahrelang beschützt hatte. „Lass mich rauf. Ich muss ihnen helfen."

„Nein", sagte er, hielt ihre Hand fest in seiner. „Das ist nicht sicher."

Der Rest des Zirkels war aufgestanden und bewegte sich weiter, alle mit entschlossener Miene auf dem Gesicht.

„Ist. Mir. Egal." Carly drehte sich rasch und rollte sie unter ihm heraus. Nachdem sie auf die Beine gekommen war, schaute sie sich um, suchte nach Jake. Er lag mit dem Gesicht nach unten auf dem Boden, bewegte sich nicht. Ihre Kehle wurde eng, und sie unterdrückte einen Schrei. Er musste in Ordnung sein. Musste er einfach.

Sie lief auf ihn zu und erstarrte dann. Als sie sah, wen der Zirkel umkreiste, konnte sie ihren Augen nicht trauen. „Zane?", flüsterte sie, Entsetzen füllte jeden Quadratzentimeter ihres Körpers an. „Was machst du da?"

Er hielt Liam, deckte sich mit ihm, während er ihm eine Waffe an die Seite presste. „Ich bin Lazer", knurrte er. „Zane ist tot."

Aber Zane war unverwechselbar. Carly hätte ihn überall erkannt. Er hatte dieselben Augen mit der Narbe gleich über der linken Augenbraue. Das Muttermal auf dem Hals. Das Drachentattoo auf seinem Unterarm, das ihm ein Freund gemacht hatte, als er gerade mal sechzehn Jahre alt gewesen war. „Nein. Bist du nicht", sagte Carly ruhig. „Du bist wie durch ein Wunder am Leben. Nach all den Jahren haben wir dich endlich gefunden. Oder du hast uns gefunden."

Zanes Blick bohrte sich in ihren. Seine Miene war kalt, frei von jedem Gefühl. „Ich bin nur wegen Liam hier. Es ist Zeit für ihn, nach Hause zu kommen."

Carlys Blick wanderte zu Liam. In seinen Augen standen Tränen, aber er wirkte nicht gebrochen. Seine Miene war voller Entschlossenheit.

„Ich gehe mit ihm", sagte Liam fest. „Es hat keinen Sinn, zu versuchen, uns aufzuhalten."

„Keiner von euch muss irgendwohin", sagte Carly, überrascht durch die Kraft in ihrer Stimme. Im Inneren war sie entsetzt, und ihr Herz brach wegen der Szene, die sich vor ihr abspielte. Aber das war nicht der richtige Zeitpunkt, um sich aufzulösen. Sie konnte später um ihren Freund trauern. Gerade jetzt war ihre Priorität, Liam zu retten. Sie würde ihm keinen weiteren Schaden mehr zustoßen lassen. „Warum legst du nicht die Waffe ab", sagte sie zu Zane. „Niemand will hier jemanden verletzen. Liam hat sogar gesagt, er würde freiwillig mitgehen."

„Ich weiß, dass er das macht", sagte Zane, der kurz die Augen schloss, als er Liam einen Kuss auf die Schläfe drückte. „Das soll euch alle in Schach halten."

„Zane", sagte Jeremiah mit ruhiger, gleichmütiger Stimme. „Ich weiß nicht, was los ist, oder wo du all die Jahre warst, aber ich kenne dich. Das, was du hier machst, das bist nicht du. Ich weiß das. Warum legst du nicht die Waffe ab, und wir kriegen das alles hin? Du kommst nach Hause, und wir fangen neu an. Lassen all die Jahre hinter uns."

Carly musste Jeremiahs Anstrengung bewundern, aber sie konnte sehen, dass nichts, was sie sagten, irgendetwas ändern würde.

Zanes Griff festigte sich um Liam, während er die Augen vor seinem Bruder zusammenkniff. „Du hast recht. Du weißt nichts von dem, was ich durchgemacht habe. Und die Vorstellung, dass ich einfach nach Hause kommen könnte, ist lächerlich. Sag den Hexen, sie sollen zurücktreten, sonst wird noch jemand verletzt." Sein Blick huschte zurück zu Carly, als er sagte, *sonst wird noch jemand verletzt*, um klarzumachen, dass er sie meinte.

„Zane", sagte Carly, die versuchte, den Schmerz zu wegzuschieben, der in ihr Herz eindrang. „Wir lieben dich. Mach das nicht."

„Ihr versteht nicht", sagte er. „Ich habe keine Wahl." Seine Stimme brach bei dem Wort *Wahl*, sodass Carly sicher war, was immer hier in ihrem Wohnzimmer geschah, Zane wurde dazu gezwungen. Sie wusste, dass sie sich vielleicht etwas vormachte, wenn sie glaubte, dass ihr alter Freund nicht zu einem so schrecklichen Verbrechen fähig war, aber sie glaubte es wirklich nicht. Die Kälte in seinem Blick war verschwunden und durch Verzweiflung ersetzt.

„Wenn du Carly wehtust, ist das das Letzte, was du hier machst", drohte Jeremiah und machte einen Schritt vor.

Zane zerrte an Liam und drückte die Waffe fester an ihn, sodass Liam vor Schmerz schrie, während Carly Jeremiahs Arm packte und ihn davon abhielt, weiterzugehen.

Der Zirkel war erstarrt, beobachtete und wartete auf ein Signal. Aber da die Waffe auf Liam gerichtet war, hatte Carly keine Ahnung, was sie tun konnten, um das Entsetzen vor ihnen aufzuhalten.

„Die Hände hoch, wo ich sie sehen kann", befahl Zane.

Niemand regte sich.

„Macht es jetzt!" Zanes Stimme hallte durch das Haus, als er die Waffe zu Liams Schläfe hob. Es waren Tränen in Zanes Augen, und Carly spürte, dass er kurz davor stand, die Kontrolle zu verlieren. Die Mischung aus Entsetzen und Schrecken, die von ihm ausströmte, war so stark, dass sie fast auf die Knie ging.

Carly hob langsam die Hände und sagte leise: „Macht, was er sagt."

Alle beäugten sie, wollten eindeutig nicht ohne einen Kampf aufgeben.

„Bitte", flehte sie.

Erleichterung blitzte in Zanes Augen auf, bevor er auf die alte Standuhr an ihrer Wand schaute. Mit einem Klicken begann die Mittagsstunde, und die Glocken begannen zu läuten. Zane flüsterte Liam etwas ins Ohr.

Der Mann nickte einmal und begann dann, etwas aufzusagen. „Lass die Zeit uns dorthin bringen, wo wir hingehören." Als er weiter die Worte aufsagte, strömte Magie aus Carlys Uhr, die Glocken läuteten lauter, und plötzlich verschwanden die beiden ins Nichts, ließen nur leeren Raum zurück, wo sie gestanden hatten, und eine schwarze Visitenkarte, die lautlos in der Luft schwebte.

Carly schnappte sie sich. Nachdem sie beide Seiten umgedreht hatte, schaute sie auf, um feststellen, dass sie alle anstarrten.

„Was steht da?", fragte Jeremiah.

Sie hielt sie hoch. „Nur ein Wort. *Bannwerk.*"

18

NACHDEM SIE JEREMIAH DIE VISITENKARTE IN DIE HAND
geschoben hatte, lief Carly hinüber zu Jake und ging auf die
Knie, um ihren Leibwächter zu untersuchen. „Jake?", rief sie,
strich mit den Händen über ihn, suchte nach der Verletzung.
„Wo hat man dich angeschossen?"

Er bewegte sich nicht und gab kein Geräusch von sich. Sie
musterte seinen Körper auf der Suche nach Blutspuren, fand
aber keine. Was zum Teufel war los? Sie presste die
Fingerspitzen auf seinen Puls und war erleichtert, als sie
feststelle, dass sein Herz auf jeden Fall noch schlug.

„Sieh mal", sagte Hope, die über ihr stand. „Da, in der
Schulter. Sieht aus wie ein Pfeil."

Carly musterte ihn wieder, ihre Aufmerksamkeit richtete
sich auf den schmalen blauen Pfeil. „Betäubung?", fragte sie.

„Sieht so aus." Grace kniete sich hin und musterte den Pfeil.
„Wir sollten aufpassen, dass wir keine Fingerabdrücke
verwischen."

„Ich rufe Sebastian an", sagte Gigi.

Carly holte ihr Handy heraus und rief bei der Security-

Firma an, um zu erklären, was passiert war. Nachdem sie versichert hatten, dass Verstärkung unterwegs war, lief sie ins Gästezimmer und stellte fest, dass Skyler auch von einem Betäubungspfeil getroffen worden war. Er war auf dem Boden zusammengebrochen, einen Blazer in der Hand.

„Wo zum Teufel sind Phil und Mikey?", murmelte sie vor sich hin.

„Phil ist draußen im Wagen, auch bewusstlos durch einen Pfeil", sagte Jeremiah. „Mikey haben sie im selben Zustand draußen auf der Veranda gefunden."

Carly stand da und ging direkt in seine Arme, vergrub das Gesicht an seiner Brust. Er zog sie heran und murmelte, dass alles in Ordnung kommen würde.

Sie neigte den Kopf, um wieder zu ihm zu schauen. „Dir ist klar, dass Zane nicht wollte, dass er irgendwas davon tut, oder?"

Er schnaubte. „Ich glaube, da versteigst du dich. Mein Bruder ist nicht der Mann, den wir beide in Erinnerung haben."

„Doch, ist er", beharrte Carly und machte einen Schritt zurück. „Sieh dir doch nur die Hinweise an. Er hatte eine Waffe. Eine echte. Das war auf jeden Fall eine Glock, die er auf Liam gerichtet hat. Und er hat sie mindestens zweimal abgefeuert, doch soweit ich sagen kann, hatte er nicht die Absicht, tatsächlich auf jemanden zu schießen. Ich habe diese Schüsse gehört. Du nicht?"

„Natürlich habe ich sie gehört. Was ich nicht verstehe, ist, auf wen er geschossen hat, oder warum es nötig war, dass er bei Menschen Betäubungspfeile einsetzt."

„Genau", sagte Carly. „Für mich scheint offensichtlich, dass er niemanden erschießen wollte, und die Glock war nur eine Show."

Jeremiah schnaubte. „Du glaubst nicht, dass er Liam erschossen hätte?"

„Nein. Glaube ich nicht", sagte Carly ganz sicher. „Aber er musste es gut aussehen lassen. Was nahelegt, dass jemand zugesehen oder zumindest zugehört hat."

„Du glaubst, jemand hat beobachtet, was los ist?" Jeremiah wirbelte herum und marschierte aus dem Raum, vermutlich, um nachzusehen, ob immer noch jemand das Haus beobachtete.

Carly wollte ihm schon folgen, aber dann hörte sie Skylers Stöhnen. Sie lief hinüber an seine Seite und drückte ihm eine Hand auf die Brust, damit er sich nicht bewegte, während seine Augen sich flatternd öffneten.

„Was zum Teufel ist passiert? Ich fühle mich, als wäre ich nach einem totalen Filmriss aufgewacht", stieß er krächzend aus.

„Man hat mit einem Betäubungspfeil auf dich geschossen." Sie beäugte den Pfeil, der noch in seiner Schulter steckte. Er musste raus, bevor er sich vom Boden erhob. Sie schaute sich im Zimmer um und sah dann das, was sie brauchte, auf dem Nachtkästchen. Nachdem sie sich ein Kleenex genommen hatte, zog sie damit den Pfeil aus seiner Schulter und legte ihn vorsichtig auf die Kommode.

„Heiliger Hexenbastard", sagte Skyler, der sich den Bereich rieb, der getroffen worden war. „Das tut höllisch weh."

„Es tut mir so leid." Sie drückte ihm die Hand. „Ich habe keine Ahnung, wie er an der Security vorbei und ins Haus gekommen ist, ohne dass jemandem was auffällt."

Skyler rieb sich den Nacken und runzelte die Stirn. „Wo ist Liam? Und dieser Typ, den er reingelassen hat?"

Carlys Augen wurden groß. „Liam hat jemandem reingelassen?"

Er nickte. „Durch die Hintertür. Dunkelhaariger Typ. Ungefähr dein Alter. Er hatte eine schwarze Jeans und eine grüne Armeejacke an."

„Zane", hauchte sie. „Liam hat ihn reingelassen." Sie knirschte mit den Zähnen. War das alles nur irgendwie abgekartet? Aber das ergab keinen Sinn. Zane hatte nichts mitgenommen, nur Liam. Und er hatte sogar einen Hinweis hinterlassen. Sie stand zu ihrer Theorie, dass Zane niemanden verletzen wollte. Dass er eine Betäubungswaffe benutzt hatte, hatte das garantiert. Es war ja nicht so, als hätte er versucht, jemanden von der Straße zu drängen oder zu erschießen, wie damals, als vor ihrem Haus auf Liam geschossen worden war. Das war anders.

„Liam nannte ihn Lazer, glaube ich." Skyler rieb sich die Stirn. „Lieber Himmel, diese krassen Kopfschmerzen werden mich umbringen."

Carly half ihm auf und führte ihn in die Küche, wo sie ihm ein großes Glas Wasser und etwas Ibuprofen gab.

„Glaubst du, ich könnte auch ein paar von denen kriegen?", fragte Jake, der sich neben Skyler an ihren Tisch setzte.

„Natürlich." Carly reichte ihm das Fläschchen und beobachtete, wie er zwei davon mit einer Flasche Wasser nahm.

„Tut mir leid, Ms. Preston", sagte er, als er ihr das Arzneifläschchen zurückreichte. „Das Security-Versagen hier war völlig inakzeptabel. Wir werden uns alle Sicherheitsaufnahmen genau anschauen das Alarmsystem an jedem Eintrittspunkt testen, ob es ausgefallen ist. Wir sollten morgen einen Bericht für Sie haben. In der Zwischenzeit hat der Boss Verstärkung reingerufen, damit wir jemanden haben, der aus jedem Winkel aufpasst, bevor wir wissen, wo er durchgekommen ist."

„Ich weiß, wie er reingekommen ist", sagte Skyler.

Jake wandte sich an ihn. „Wirklich?"

Skyler nickte und erzählte ihm dann, wie Liam sich entschuldigt hatte, um aufs Klo zu gehen. Einen Augenblick später war Skyler ihm gefolgt, weil er sich etwas zu trinken holen wollte, aber dann hat er gesehen, wie Liam Zane durch eine Tür am Ende des Ganges hereinließ, die zur Veranda führte.

„Zane kam mit einer Waffe in beiden Händen rein. Ich bin zurück ins Gästezimmer geflohen, doch er folgte mir, und als nächstes weiß ich nur noch, dass ich mit der Mutter aller Kater aufgewacht bin."

„Wusste Liam, dass er kommt?", fragte Carly.

„Ich habe keine Ahnung", sagte Skyler. „Irgendwie sah es schon so aus, denn er hat den Raum zur genau richtigen Zeit verlassen, aber ich schätze, Zane hat vielleicht auch nur auf seine Chance gewartet."

„Es ist sehr wahrscheinlich, dass der Besuch geplant war, aber die Dinge sind schiefgelaufen, als das Haus voller Leute war", sagte Jake. „Das würde erklären, warum alles so abgelaufen ist. Er hat Phil und Mikey vorsichtig ausgeschaltet, bevor er das Haus betreten hat, also hat er offensichtlich seine Hausaufgaben erledigt. Es ist unklar, ob Liam davon wusste."

Etwas nagte an Carlys Gedanken, und in dem Augenblick wurde ihr klar, dass sie ihre Nichte nicht gesehen hatte, seit sie nach Hause gekommen war. Sie sprang auf und ging ins Wohnzimmer. „Hat jemand Harlow gesehen?"

Sie schüttelten alle den Kopf.

Carly lief nach oben, während sie gleichzeitig die Nummer ihrer Nichte auf dem Handy anrief. Der Anruf ging direkt auf die Mailbox. „Verdammt." Carly hinterließ eine rasche Nachricht, in der sie bat, sie so schnell wie möglich anzurufen.

Sie klopfte rasch an die Tür, bevor sie hineinplatzte. Das Zimmer war komplett leer.

Entsetzen wogte in Carlys Eingeweiden, und dann weiter nach oben, wirbelte um sie herum, und ließ ihr die Brust schmerzen. Etwas stimmte überhaupt nicht. Sie konnte es fast bis ganz hinab in die Knochen spüren. Carly verließ Harlows Zimmer und suchte den Rest des oberen Stockwerks ab.

Nichts.

Sie zog das Handy wieder heraus und versuchte es noch einmal bei Harlow. Es ging immer noch auf die Mailbox.

Erinnerungen an diese Nacht, in der Harlow entführt worden war, wirbelten durch ihre Gedanken. Ihre Atmung ging schneller, und ihre Haut wurde kalt, während sie begann, langsam zu beben.

Panikattacke.

Sie kannte die Anzeichen, obwohl sie jahrelang keine mehr gehabt hatte. Nicht einmal, nachdem Harlow zum ersten Mal entführt worden war. Später war Carly klar geworden, dass es daran lag, dass sie die ganze Zeit im Kampfmodus gewesen war. Es hatte keinen Platz für Panik gegeben. Sie konzentrierte sich auf ihr Handy, tat ihr Bestes, um ihre ganzen Sorgen abzuwehren.

Wenn Harlow nicht an ihr Handy ging, konnten vielleicht ihre Freundinnen helfen. Sie lief nach unten, um Grace zu finden, die auf dem Sofa saß und mit Hope, Joy und Gigi ein Brainstorming machte, wie man Liam und Zane durch die magische Signatur verfolgen konnte, die sie hinterlassen hatten. Iris war am Handy und redete mit jemandem von der Magie-Taskforce. Das war eine Regierungsbehörde, die in Verbrechen ermittelte, die das Paranormale umfassten. Sie ignorierte alles und ging direkt zu Grace.

„Ich brauche die Nummer von Lex. Es ist wichtig", sagte Carly.

Grace zögerte nicht und fragte nicht. Sie ratterte sie nur herunter, und Carly tippte sie in ihr Handy, betete, dass Lex rangehen würde.

„Hallo?", meldete sich Lex vorsichtig.

„Lex, hier ist Carly Preston. Ist Harlow bei dir, oder weißt du vielleicht, wo sie ist?"

„Äh, nein. Ich habe heute nichts von ihr gehört. Hast du es bei Sarah probiert?"

„Welche Sarah?", fragte Carly, die versuchte, sich das Gehirn zu zermartern, ob Harlow jemand mit diesem Namen kannte.

„Äh, Sarah Beckers? Ihre ... äh, eine Freundin?" Lex' Stimme wurde eine Oktave höher, sodass die Aussage wie eine Frage klang.

„Eine Freundin?", fragte Carly. „Du scheinst dir da nicht sicher zu sein."

„Na ja, sie sind auf jeden Fall Freundinnen. Ganz enge Freundinnen."

Carly runzelte die Stirn, frustriert von dieser Unterhaltung. „Hör mal, Lex. Etwas ist hier heute am Haus vorgefallen, und ich habe Angst um Harlows Sicherheit. Wenn es etwas gibt, das du nicht sagst, spuck es bitte einfach aus. Ich mache mir große Sorgen um sie."

„Was? O mein Gott. Okay, Sarah ist Harlows Freundin. Ich weiß, dass sie daran gearbeitet hat, dir das zu erzählen, aber ich schätze, sie hat sich noch nicht dazu aufgerafft."

„Freundin?" Carly schüttelte den Kopf. Sie hatte angenommen, dass Harlow vielleicht Lex mögen würde, nachdem sie sie kürzlich zusammen gesehen hatte, aber sie hatte nicht geargwöhnt, dass sie vielleicht mit jemand anderem zusammen war. Sie verstand außerdem nicht, weshalb Harlow es ihr nicht einfach gesagt hatte. Carly war es egal, wen jemand liebte, nur dass man Respekt hatte und einander gut behandelte, darauf kam es an.

„Sie war nervös. Ich habe ihr gesagt, wenn man deine öffentlichen Aussagen zu LGBTQ+ Themen bedenkt, muss sie sich um nichts Sorgen machen, aber jeder hat einen eigenen Weg beim Coming-out vor denen, die man liebt. Es tut mir leid, dass ich es war, die es dir sagt, nicht sie. Das würde ich normalerweise niemals bei jemandem machen, aber wenn sie in Gefahr ist, dann ist es einfach … Du musstest es wissen."

„Danke dir, Lex. Hast du Sarahs Nummer, oder irgendeine andere Möglichkeit, wie ich mich bei ihr melden kann?", fragte Carly.

„Ja. Gib mir mal kurz." Am anderen Ende der Verbindung gab es ein gedämpftes Geräusch, bevor sie zurückkam und die Nummer aufsagte. „Wenn du sie nicht drankriegst, ruf mich noch mal an. Sarah ist Bronwyns beste Freundin. Ich melde mich dann bei Bron. Sie weiß vielleicht, wie man sie findet."

„Du und Harlow seid mit besten Freundinnen zusammen?", fragte Carly dümmlich, als ob es darauf überhaupt ankam.

„Ja." Sie lachte leise. „Es war interessant. Darum sind Harlow und ich eine Menge zusammen rumgehangen. Wir treffen uns, wenn Sarah und Bron Freundinnen-Dinge unternehmen."

Na, das erklärte zumindest die enge Beziehung. Falls Carly sich nicht solche Sorgen um Harlow machen würde, wäre sie über die Nachricht überglücklich gewesen. Aber im Augenblick hatte sie Dringendes zu tun. „Danke, Lex. Ich weiß es zu schätzen."

Sobald sie den Anruf beendet hatte, rief sie sofort Sarah an.

„Hallo?", meldete sich eine Frau, ihre Begrüßung voller Wärme.

„Ist da Sarah?", fragte Carly.

„Aber klar doch. Wer ist da dran?"

Carly stellte sich vor, und nachdem Sarah kurz über ihre Worte gestolpert war und geschwärmt hatte, dass sie unbedingt Harlows Tante hatte treffen wollen, schnitt ihr Carly das Wort ab. „Hast du Harlow gesehen? Es ist ein Notfall."

„Nein. Wir wollten uns erst heute Abend treffen. Geht es ihr gut?", fragte Sarah, ihre Stimme plötzlich voller Sorge.

„Ich weiß es ehrlich gesagt nicht. Es gab einen Vorfall hier im Haus, und jetzt ist sie nicht mehr da. Sie könnte einfach ausgegangen sein, aber ich bezweifle es. Ihre Security war hier auf dem Grundstück. Falls du von ihr hörst, kannst du sie bitte bei mir anrufen lassen, so bald wie möglich? Es ist wichtig."

„Natürlich ... Und, Ms. Preston?", fragte sie.

„Ja?"

„Rufen Sie mich an, falls Sie was hören?" Ihre Stimme bebte bei der Frage.

„Klar, meine Liebe." Carly beendete den Anruf und starrte hilflos aufs Meer hinaus. Harlow ging niemals ohne Security weg. Es war nur reine Verzweiflung gewesen, zu glauben, dass sie vielleicht bei Lex oder Sarah war. Mikey hätte sie nie unbegleitet gehen lassen.

„Carly?", fragte Jeremiah direkt hinter ihr.

Sie straffte die Schultern, entschlossen, sich zusammenzunehmen, und drehte sich um, um sich ihm zu stellen. „Ja?"

Er marschierte zu ihr. „Draußen ist alles klar. Falls jemand das Haus beobachtet hat, ist er jetzt weg."

Sie nickte und bohrte sich die Fingernägel in die Handflächen, damit sie nicht das Universum anbrüllte.

„Hey", sagte er leise. „Was ist da gerade los? Du bist echt blass, als würdest du gleich umkippen."

„Hast du Harlow gesehen?", fragte sie, anstatt ihm zu antworten.

„Harlow? Nein." Er schüttelte den Kopf. „Nicht, seit du aufgebrochen bist, um dich mit den Zirkelmitgliedern im Café zu treffen. Ich dachte eigentlich, sie wäre oben."

„Ist sie nicht. Ich habe schon nachgesehen", sagte Carly, die wusste, dass ihre Stimme viel zu hoch und panisch war, um irgendjemandem vorzuspielen, dass sie sich keine Sorgen machte. „Sie ist nicht gegangen, als ich im Café war, oder?" Es war ein letzter Versuch, sich zu überzeugen, dass ihre Nichte nicht gegen ihren Willen weggebracht worden war.

„Falls sie das getan hat, hat sie mir nichts gesagt", sagte er. „Obwohl ich zum Großteil am Computer war und versucht habe, die seltsamen Vorfälle am Picture Lake zu recherchieren. Und Mikey war hier, richtig?"

„Ja", sagte sie leise. „Ich mache mir echte Sorgen, dass sie entführt wurde. Falls das so ist, haben wir keine Spuren und keine Ahnung, weshalb oder wohin sie gebracht wurde."

„Aber weshalb sollte jemand sie mitnehmen?", fragte Jeremiah. „Sie kannte Zane nicht und hat Liam gerade erst getroffen."

„Ich habe keine Ahnung, aber sie wird vermisst, und ihr Wächter wurde angegriffen. Was soll ich denn sonst denken?"

Er war kurz still, bevor er sie in eine Umarmung zog. Carly legte die Arme um ihn, dankbar für die kurze Unterstützung.

„Ich habe etwas recherchiert, während du aus warst", sagte er leise. „Ich habe herausgefunden, dass eine Handvoll Leute, die am See verschwunden sind, schließlich aufgetaucht sind.

Einer nur ein paar Monate, nachdem er vermisst wurde, aber die meisten ein oder zwei Jahre später. Interessant ist, dass keiner von ihnen sich an etwas erinnerte aus der Zeit, in der sie auf dem See verschollen waren, bis zu der Zeit, als sie gefunden wurden."

„Genau wie Liam? Überhaupt keine Erinnerungen?", fragte sie, ihr Herz hämmerte schnell, während sie zu ihm aufschaute. „Das kann doch kein Zufall sein, oder?"

„Genau wie Liam. Ich habe ihre Namen." Er holte ein kleines Notizbuch aus seiner hinteren Hosentasche. „Ich habe bereits Sebastian angerufen. Er wird sie alle überprüfen und sehen, ob sie sich jemals an irgendwas erinnert haben."

„Klingt nach einem Plan." Sie presste das Gesicht an seine Brust, brauchte einen weiteren Augenblick des Kontakts.

Er strich mit der Hand über ihren Rücken und küsste sie auf die Schläfe, bevor er sagte: „Es ist immer noch möglich, dass Harlow auftaucht. Vielleicht ist sie nur mal kurz raus, um am Stand spazieren zu gehen oder so was."

Da hatte er nicht unrecht. Harlow ging schon mal am Stand spazieren, ohne es Mikey zu sagen. Das war zwischen ihnen oft eine Streitsache. Leider brüllte alles in ihrem Inneren, dass ihrer Nichte etwas zugestoßen war. Und wenn Carly eines wusste, dann, dass sie so ein Gefühl niemals ignorieren sollte.

„Carly?", rief Joy, die zu ihnen hereinkam.

„Ja?" Sie drehte sich zu ihrem Zirkelmitglied um und spürte, wie ihr Herz schwer wurde, als sie Joys Gesicht sah. „Was ist los? Was habt ihr gefunden?"

Sie hielt ein iPhone mit einem glitzernden blauen Case hoch. Harlows Handy. „Das haben wir draußen auf der hinteren Veranda gefunden, und das darunter." Sie holte eine kleine schwarze Karte heraus. Eine, die genauso aussah wie diejenige, die Zane hinterlassen hatte, auf der das Wort *Bannwerk* geschrieben stand.

Carly konnte kaum atmen, als die Erkenntnis sich setzte. Sie packte Joys Hand. „Sie haben sie. Wer immer Zane und Liam hat, hat Harlow. Ich weiß es."

Joy schluckte schwer. „Das glaube ich auch."

Carly trat einen Schritt zurück, wollte ein gerahmtes Bild von ihr und Harlow von der Wand holen. „Kannst du versuchen, ob du irgendeine Vision kriegen kannst?" Das hatten sie schon mal gemacht, als Harlow vor ein paar Monaten entführt worden war. „Bitte?"

„Habe ich bereits probiert", sagte Joy, ihre Stimme geschlagen. „Tut mir leid, Carly. Ich versuche es weiter, aber es funktioniert einfach nicht."

Carly drückte die Augen zu und zwang sich dazu, nicht zu brüllen. Schließlich sagte sie nur: „Ich kann sie nicht verlieren."

„Wirst du nicht", sagte Jeremiah, der ihre Hand nahm. „Diese Karten bedeuten etwas. Auf die eine oder andere Art finden wir heraus, was, und dann bringen wir sie alle drei nach Hause."

Carly schaute zu ihm auf, wünschte sich mit allem, was sie hatte, dass er recht hatte. Denn wenn nicht, würde sie auf jeden Fall zerbrechen.

„Er hat recht, Carly. Wir geben nicht auf. Der ganze Zirkel ist für dich da", sagte Joy.

Carly schaute zwischen den beiden hin und her, erkannte ihre unnachgiebige Entschlossenheit. „In Ordnung." Sie nickte entschieden. „Dann machen wir uns an die Arbeit, denn wir haben keine Zeit zu verlieren."

19

CARLY STAND MITTEN IN IHREM WOHNZIMMER UND FÜHLTE SICH von all der Aktivität losgelöst. Ihr Haus hatte sich in eine wuselige Kommandozentrale mit Leuten verwandelt, die hart arbeiteten, nicht nur, um Harlow zu finden, sondern auch Zane und Liam. Sie hätte beflügelt sein sollen von allen, die ihr bestes taten, um ihre Nichte und die zwei Männer aufzuspüren, die aus ihrem Haus verschwunden waren. Stattdessen war sie ruhelos und nicht sicher, wie sie sich nützlich machen konnte.

Iris ging vor dem Kamin auf und ab, redete immer noch mit einem Agenten der Magie-Taskforce. Sie gab dem Agenten Carlys Adresse und begann, alles zu beschreiben, was in der letzten Stunde passiert war.

Joy stand in der Nähe der Kommode, die voller Fotografien war. Sie nahm unterschiedliche hoch und schloss die Augen, versuchte eindeutig, eine Vision zu erzwingen.

Jeremiah saß mit Skyler, Gigi und Sebastian am Tisch. Sebastian war ein Anwalt mit Zugriff auf Privatdetektive, und er machte sich Notizen über alles, das man ermitteln musste.

Hope und Grace waren auf der Couch zusammengekauert, besprachen den Zauber, den Liam aufgesagt hatte, bevor er und Zane verschwunden waren.

Dieser Zauber. Zane hatte Liam einen Zeitmesserzauber nutzen lassen. Eine Erinnerung aus ihrer Kindheit kam an die Oberfläche.

„Komm und sieh dir das an, Carly", sagte Zane, der auf eine Seite in dem Zauberbuch deutete, dass er in einem Gebrauchtbuchladen gefunden hatte.

Sie saß am Schreibtisch ihrer Großmutter und hatte gerade die Mietanzeigen für Los Angeles fertig durchgesehen, weil sie nach dem Abschluss umziehen wollte. „Du bist doch nicht mal eine Hexe", sagte sie grinsend.

„Ich könnte eine sein." Der gespielte Trotz in seinem Blick brachte sie zum Lachen. „Hör mal, wenn dieser alte Vogel, der das Buch geschrieben hat, Zauber unter Benutzung der Zeit geschehen lassen kann, dann kann ich es auch."

„Klar, Zane." Carly stand auf und ging, um sich neben ihn auf den Zweisitzer zu setzen, beäugte den Zauber. „Versuchen wir es."

Er hob eine Augenbraue. „Du bist dafür zu haben?"

„Klar. Warum nicht?" Sie stieß ihn mit der Schulter an. „Zeig mir, was du hast, Hexenjunge."

„Hexenjunge?" Er rümpfte die Nase. „Kann ich kein mysteriöser Zauberer sein oder so was?"

„Nur, wenn du einen Samtmantel trägst und dir einen Namen gibst wie Xanadu."

Er kicherte. „Muss ich auch Rollschuhe tragen?"

„Mit einem Turnanzug unter dem Umhang." Sie musterte seinen schlaksigen Körper. „In Strumpfhosen würdest du echt heiß aussehen."

„O Gott." Er schnaubte, als er lachend den Kopf in den Nacken legte. „Kannst du dir das vorstellen?"

„Ich versuche, es nicht zu tun", sagte sie, keuchte und schnappte nach Luft, weil sie selbst so viel lachte. „Aber ich kann mir dich schon in einem Stirnband und mit Stulpen vorstellen."

„Was für ein Bild." Er lachte immer noch, als er zurückging und den Zauber vorlas. Er schaute durch das Zimmer und kniff die Augen zusammen. „Geht diese alte Standuhr noch?"

„Nein." Carly stand auf und marschierte zu dem alten Teil hinüber. „Eines Tages ist das Pendel stehen geblieben, und niemand hat je etwas getan, um sie zu reparieren."

Zane erschien neben ihr und starrte die alte Uhr an. „Der Zauber funktioniert nur, wenn die Uhr tickt."

„Dann schätze ich, haben wir Pech. Denn ich habe keine Ahnung, wie man sie repariert", sagte Carly.

„Ach, komm schon. Gib doch nicht so leicht auf." Er öffnete die Glastür und fing an, im Inneren herumzutasten.

„Ich glaube nicht ..." Carly wollte ihm schon sagen, dass die Uhr für ihre Oma etwas Besonderes war, und dass sie nicht daran herumpfuschen sollten, aber bevor sie die Worte herausbrachte, begann das Innere der Uhr zu glühen. Magie wogte durch die Luft und klammerte sich an Zane, sodass seine Haut den gleichen goldenen Farbton annahm, der auch aus der Uhr kam.

Zanes Augen waren groß vor Überraschung, und dann entschlossen, als er anfing, den Zauber aus dem Buch vorzulesen. „Eins aus drei und drei aus eins, lass die Zeit mich tragen, bis ich meinen Platz gefunden habe. Durch deinen Willen soll es so geschehen."

Die Magie knisterte und funkte.

„Es funktioniert!", rief Zane aufgeregt, und sein ganzer Körper begann, vor Magie zu glühen.

Dann verschwand plötzlich das ganze Licht, und die Uhr fing an, wieder zu ticken.

„Hey! Du hast die Uhr repariert", sagte Carly, gewissermaßen

beeindruckt. Sie hatte nicht erwartet, dass er tatsächlich die Magie rufen können würde, ganz zu schweigen davon, etwas damit anzufangen. „Das ist beeindruckend."

„Es hat nicht funktioniert", sagte er mit gerunzelter Stirn.

„Was meinst du?" Carly deutete auf die Uhr. „Sie geht sogar richtig. Was immer du gerade getan hast, ich glaube, es ist brillant."

„Das habe ich nicht versucht, zu tun", sagte er. „Sieh mal, Car. Der Zauber hätte Leute durch den Raum transportieren sollen. Ich habe versucht, mich als Test vom Zauber nach draußen transportieren zu lassen."

„Du machst doch Scherze." Sie spähte wieder auf den Zauber, las die Beschreibung. „Heilige Scheiße, Dude. Ernsthaft, du dachtest, es wäre eine gute Idee, dich von einem Zauber durch den Raum transportieren zu lassen? Was, wenn ein Teil von dir zurückbleibt? Ich meine, wie würde es dir gehen, wenn du ein entscheidendes Anhängsel verlierst?"

Ihre beiden Blicke gingen direkt zu seiner Lende.

Zane rückte unbehaglich herum und sagte: „Hör auf, auf mein Gemächt zu starren."

„Ich habe nicht gestarrt", behauptete sie, obwohl sie das durchaus getan hatte. Wie hätte sie das nicht tun können, nach dieser Aussage?

„Doch, hast du." Er verdrehte die Augen. „Ach, egal. Es hat sowieso nicht funktioniert."

„Probieren wir es noch einmal." Carly war sehr viel mehr interessiert, da sie jetzt wusste, was der Zauber ausrichten sollte. Wenn es bedeutete, dass sie den Verkehr meiden und überall rein und raus schneien konnte, wenn sie nur die Finger schnippte, war sie tausendprozentig dabei.

„Ich schätze, zwei sind besser als einer", sagte er und nahm ihre Hand. „Wir müssen ins Innenleben der Uhr schauen und uns vorstellen, wo wir hin wollen."

„Du wolltest raus, oder? Wie wäre es mit der Verandaschaukel?",
fragte sie.

Er nickte. „Klingt gut. Jetzt denk an die Schaukel, und zusammen
sagen wir den Zauber auf."

In der nächsten Stunde versuchten sie den Zauber immer und
immer wieder, aber die Magie kehrte nicht zurück. Das Glühen war
verschwunden, und ganz gleich, wie oft sie den Zauber aufsagten, es
gab nicht mal einen Hauch Magie.

„Na, das war enttäuschend", sagte Carly.

Zane sank zurück auf den Zweisitzer. „Ich kann nicht glauben,
dass ich meine ganze Magie damit verschwendet habe, die Uhr zu
reparieren."

Carly tätschelte sein Knie. „Zumindest wird sich meine Oma
freuen."

Er lachte leise. „Glaub ja nicht, dass ich aufgebe. Ich werde es
jeden Tag versuchen, wenn ich muss. Aber eines Tages werde ich
diesen Zauber zum Funktionieren bringen."

„Glaubst du?", fragte sie und setzte sich neben ihn. „Das wäre
beeindruckend, und noch mehr, wenn du dabei einen Turnanzug
trägst."

„Carly?" Jeremiahs Stimme kam durch, zog sie aus ihren
Erinnerungen, an die sie über dreißig Jahre lang nicht gedacht
hatte.

Sie drehte sich zu ihm, ihr Herz hämmerte schnell an ihr
Brustbein. „Ich glaube, ich könnte wissen, wie man Zane
findet."

Seine Stirn legte sich verwirrt in Falten. „Was meinst du?
Wie?"

Sie deutete auf die Standuhr, dieselbe, die vor all den Jahren
im Haus ihrer Großmutter gewesen war. „Ich kenne den
Zauber, den er benutzt hat, und mit der Hilfe des Zirkels
glaube ich, dass er mich zu ihm bringen kann."

„Carly, ich glaube nicht …", setzte er an.

Doch Carly war bereits in die Mitte des Raums gelaufen und klatschte in die Hände, um die Aufmerksamkeit aller auf sich zu ziehen.

Alle Aktivitäten hörten auf, und alle drehten sich um, um zu ihr zu schauen. Sie räusperte sich. „Ich weiß, wie man Zane durch die Zeit folgt. Ich kenne den Zauber, aber damit er funktioniert, muss ich, glaube ich, sofort los. Ich muss eigentlich nur wissen, wer geht mit mir?"

Ein leises Murmeln lief durch den Raum, und dann hoben alle fünf anderen Zirkelmitglieder die Hände.

Carly spürte, wie ein langsames Lächeln um Ihre Lippen spielte. „Das ist es? Keine weiteren Fragen?"

„Was gibt es denn zu fragen?", sagte Gigi. „Wir sind ein Zirkel. Wenn eine Hilfe braucht, gehen wir alle." Die anderen nickten zustimmend, und bevor sie es sich versah, begann ihr Zirkel, die eine Gruppe von Leuten, auf die sie sich inzwischen absolut verlassen konnte, ihre Vorräte aus Säulenkerzen und Schutzkräutern auszupacken, und Wein, denn Wein ging immer als Opfer.

Carly ging hinüber zum Buchregal, wo sie dieses Zauberbuch von vor so vielen Jahren aufbewahrte, und bevor sie auch nur durch die Seiten blättern konnte, öffnete sich das Buch beim richtigen Zauber. Die Worte auf der Seite glühten bereits vor Magie.

Und da hörte sie Zane flüstern: „Du schaffst es, Car. Ich warte."

20

„Das sieht ziemlich vereinfacht aus", sagte Gigi, nachdem sie von dem Zauberbuch aufschaute. „Bist du sicher, dass das der Zauber ist?"

„Ich bin sicher." Carly erklärte die Erfahrung, die sie mit Zane vor all den Jahren gemacht hatte. „Ich weiß nicht, weshalb es das eine Mal fast funktioniert hat und dann niemals wieder, aber offensichtlich hat Zane herausgebracht, wie man den Zauber zum Laufen bringt. Wir müssen es versuchen. Meine Intuition sagt mir, dass das der richtige Weg ist."

Gigi schaute zu Sebastian. „Vielleicht sollten wir ein bisschen warten, bis Sebastian seine Privatdetektive auf den Job ansetzen kann. Sie könnten was Nützliches rausfinden, das uns hilft. Wollen wir nicht alle wissen, wo wir hingehen, bevor wir einfach ins Feuer springen?"

Carly schloss die Augen, versuchte, ihre Nerven zu beruhigen. Hatten sie sich nicht alle gerade freiwillig gemeldet, um Harlow, Zane und Liam zu folgen? Sie wollte schon etwas einwenden, als Jeremiah dazwischenging.

„Ich glaube nicht, dass wir warten können. Sie haben

Harlow und meinen Bruder. Und was ist mit Liam? Er muss sich von seinen Verletzungen erholen. Würde eine von euch warten, wenn es die eigene Familie wäre, die gegen den eigenen Willen festgehalten wird?"

„Nein", sagte Joy langsam. „Ich könnte nicht warten. Aber Gigi hat schon recht. Wir sind nicht mehr ganz sicher, auf welcher Seite Zane steht. Er hat Liam mitgenommen, und was ist mit Harlow? Hat er sie auch entführt? Das könnte eine Falle sein. Ich sage nicht, dass ich nicht gehe. Ich will nur sicherstellen, dass wir vorbereitet sind auf das, was immer wir auf der anderen Seite dieser Uhr finden."

„Zane spielt nicht für die andere Seite", sagte Carly. „Ich konnte seine Gefühle spüren. Zane wurde gequält von dem, was er tun musste, er war nicht überzeugt böse. Außerdem kenne ich ihn, auch wenn es über dreißig Jahre her ist. Ich meine, ich kenne ihn wirklich, und ich werde nie glauben, dass er irgendetwas davon freiwillig tut."

Stille füllte den Raum. Schließlich kam Jake, Carlys Bodyguard, näher. „Ich komme mit Ihnen."

„Ich auch", sagte Mikey, der die Arme vor der Brust verschränkte. Harlows Leibwächter konnte sich immer noch nicht an das erinnern, was draußen auf der hinteren Veranda passiert war, und er war wütend auf sich, weil er Harlow nicht beschützt hatte. Dieser Frust ging in Wogen von ihm aus.

„Ich bin dabei." Phil trat neben Mikey. „Wir tun alles in unserer Macht Stehende, um sie nach Hause zu bringen."

Carly war überwältigt vor Dank an die Männer, die vor ihr standen. Das ging weit über ihre Jobbeschreibung hinaus, und es war nichts, was sie von ihnen erwartet hätte. „Vielen Dank", sagte sie einfach. „Ihr habt keine Ahnung, wie dankbar ich bin."

Jake warf ihr ein geisterhaftes Lächeln zu. „Wir machen unseren Job, Ma'am."

„Ihr macht sehr viel mehr als nur euren Job, und ich will, dass ihr wisst, das werde ich nicht vergessen. Niemals", sagte sie.

„Sagen Sie uns einfach, wo Sie uns brauchen", sagte Mikey, der sich bereits zu der Uhr bewegte.

Carly schaute zum Zirkel. Die anderen fünf Frauen sahen einander alle an, und ohne ein Wort traten sie alle vor.

„Kein Mädchen bleibt zurück", sagte Iris, die die Hand auf Carlys Arm legte. „Versohlen wir ein paar Hintern."

Erleichterung raste durch Carly hindurch, während sie sich neben die Uhr stellte.

„Sorgen wir für etwas grundlegenden Schutz", sagte Joy. „Kann jemand die Uhr von der Wand wegbewegen."

Die drei Security-Männer taten, worum Joy gebeten hatte, und dann schnappte sich Grace Salz aus ihrer Tasche und fertigte einen Salzkreis an. Hope reichte weiße Säulenkerzen zu jedem Zirkelmitglied herum und wies Jeremiah und die drei Bodyguards an, sich in den Kreis zu stellen, neben die Uhr.

„Carly", sagte Gigi. „Ich glaube, du solltest die Nordseite des Kreises nehmen."

„Okay." Carly nahm die Position ein und wartete darauf, dass der Zirkel den Kreis füllte.

„Du führst uns", sagte Gigi, die Carly zunickte.

Sie nickte, las den Zauber noch einmal und hob die Hände zum Himmel. Die Zirkelhexen folgten ihr, und sofort gingen flackernd alle Flammen auf den weißen Säulenkerzen an. „Göttinnen der Zeit und der Jahreszeiten, hört unseren Ruf."

Magie erwachte in der Uhr zum Leben, und sie glühte, wie sie es vor all den Jahren getan hatte, als Zane den Zauber zum ersten Mal versucht hatte. Das Licht trieb Carlys Entschlossenheit an, und sie erhob die Stimme, als sie hinzufügte: „Bringt uns zu dem, den wir suchen. Helft uns, ihm durch Zeit und Raum zu folgen, um diejenigen heimzubringen, die wir lieben."

Ein grollendes Geräusch knisterte über ihnen, legte nahe, dass ihre gesammelten Kräfte arbeiteten, wie sie es vorgesehen hatten. Carly konnte die Magie in der Luft spüren. Sie war intensiv und stärker als alles, was sie je zuvor erlebt hatte. Es gab sogar eine Zugkraft zu der Uhr, die verlockend war, als würde sie sie rufen. Sie wollte direkt hineingehen und sich von der Magie mitnehmen lassen.

„Sprich den Zauber!", rief Gigi. „Sprich ihn jetzt."

Die Stimme holte Carly aus ihrer von der Magie verursachten Trance. Sie musste sich konzentrieren. Der Zauber verlangte danach, dass man sich auf das konzentrierte, wo man hingehen wollte. Da sie keinen Ort hatte, verlegte sie sich einfach auf Zane und goss ihre ganze Liebe und den Schmerz, den sie im Lauf der Jahre mit sich getragen hatte, in den Zauber, während sie die gleichen Worte aufsagte, die Zane vor all den Jahren benutzt hatte. „Eins aus drei und drei aus eins, lass die Zeit mich tragen, bis ich meinen Ort gefunden habe. Durch deinen Willen soll es so geschehen."

Alle wiederholten den Zauber.

Dann schaute Carly Jeremiah in die Augen, und sie sagten ihn einmal mehr zusammen auf.

Magie stieg um sie alle auf, wirbelte im Kreis. Sie war intensiv und berauschend und ließ ihr Inneres vor Vorfreude prickeln. Ihre Welt schrumpfte auf nichts zusammen, bis auf Jeremiah. Sie schauten einander weiter an, während das Licht aus der Uhr immer heller wurde, bis es sie schließlich mehr oder weniger blendete. Da geschah es.

Die Luft wurde ihr aus der Lunge getrieben, während sie in einen Wirbel der Magie gezogen wurde. Alles wurde schwarz, während sich ihr Kopf drehte. Sie war desorientiert und entsetzt, aber durch alles hindurch konzentrierte sie sich auf Zane und seine letzten Worte an sie: *Ich warte.*

Plötzlich landete Carly mit einem dumpfen Geräusch, als ihr die Erde entgegenkam und sie in eine kalte, harte Oberfläche knallen ließ. „Autsch!", rief sie, während der Schmerz von ihrem Ellbogen und der linken Hüfte ausstrahlte. „Teufel noch mal, das war eine heftige Landung", sagte sie und blinzelte, weil sie erwartete, ihren ganzen Zirkel und die drei Wächter zu sehen, die sie umgaben. Aber als ihre Sicht wieder klar wurde, war der Einzige, den sie sah, Jeremiah. Er lag flach auf dem Rücken, bewegte sich nicht, die Beine verdreht und ein Arm über der Brust. „Jeremiah?", fragte sie und kroch zu ihm hinüber, Panik übernahm das Ruder. Sie griff nach seiner Hand und war erleichtert, als seine Finger sich um ihre schlossen. Sie setzte sich auf und war über ihm. „Alles in Ordnung?"

Er stöhnte.

„Jeremiah?", fragte sie wieder.

„Er kommt in Ordnung. Aber braucht noch kurz."

Carly fuhr herum und sah Zane, der in einem verlassenen Marmorkorridor stand. „Zane!", rief sie und sprang auf. Sie lief zu ihm hinüber und warf die Arme um ihn. „Es hat funktioniert. Wir haben dich gefunden."

Es dauerte einen Augenblick, bis sie merkte, dass Zane ihre Umarmung nicht erwiderte. Er stand nur da, steif und unbeweglich. Carly zog sich zurück und schaute ihm in die Augen. „Zane?"

Er nahm ihren Arm und zerrte. „Komm schon. Du darfst nicht hier sein."

„Zane!" Sie stemmte die Füße in den Boden und schaute zurück zu Jeremiah. Zwei ganz in schwarz gekleidete Männer zogen ihn auf die Beine. „Wer sind sie?" Sie schaute sich um und bemerkte, dass ihr erster Eindruck richtig gewesen war, und weder ihre Leibwächter noch der Zirkel es durch die Uhr geschafft hatten. „Was ist los?"

„Sie bringen Jeremiah in sein Zimmer. Du kommst mit mir", sagte er und zerrte sie gewaltsam in die entgegengesetzte Richtung.

Sie riss ihren Arm aus seinem Griff. „Nein. Ohne Jeremiah gehe ich nirgendwohin." Sie wollte zu ihm zurücklaufen, aber bevor sie ihn erreichen konnte, waren die zwei Wachen und Jeremiah ins Nichts verschwunden. Carly kam abrupt zum Stillstand und starrte mit offenem Mund auf den leeren Raum. „Zane? Was. Ist. Los?"

„Ich bin Lazer", sagte er und drückte ihr eine Hand auf den unteren Rücken. „Komm schon. Ich bringe dich zu deiner Nichte."

„Harlow? Sie ist hier?"

Er nickte.

Mit einem letzten Blick dorthin, wo Jeremiah gewesen war, ging sie freiwillig mit Zane, betete, dass sie keinen riesigen Fehler machte.

Ihre Absätze klickten laut auf den Marmorböden, während sie durch den langen Gang schritten und an einem halben Dutzend Holztüren vorbeikamen. „Wo sind wir?"

„Hauptquartier." Er nickte zu einer Tür links. „Das ist es."

Carly wartete, während er die Tür probierte und feststellte, dass sie verschlossen war. Ihr Herz wurde schwer. Das war zu erwarten gewesen. Sie wusste, wenn sie Harlow hatten, würden sie sie gegen ihren Willen festhalten, aber zu sehen, dass sie eingesperrt war, erfüllte Carly mit Zorn. Sie trat zwischen ihn und die Tür. „Sag mir, was genau hier gerade vorgeht."

Seine traurigen braunen Augen blickten zu ihr. „Tut mir leid, Car. Ich hatte nicht vor, dass das passiert."

„Dass was passiert? Dass du in der Falle sitzt oder von jemandem gezwungen wirst? Wir können dich hier rausbringen, ich schwöre es. Ich habe ein ganzes Team aus Hexen hinter mir. Was immer das ist", sie wedelte zu dem unpersönlichen, viel zu kalten Anwesen hin, „es spielt keine Rolle. Du musst doch nur gehen."

Er schüttelte den Kopf. „Ich wünschte, so leicht wäre es." Bevor sie noch ein Wort herausbrachte, griff er um sie und drückte seine Hand auf ein elektronisches Display, und die Tür sprang auf. Er nahm ihr Handgelenk, drehte sie und zwang sie in das Zimmer. Die Tür knallte hinter ihnen zu, und Carly hörte in der Stille danach das Türschloss.

„Was zum Teufel geht hier vor?", tobte sie, betrachtete kaum das großzügige Schlafzimmer mit dem großen Doppelbett und das anschließende Wohnzimmer, das über das Meer hinausblickte.

Er ging hinüber zu einer zweiten Tür, öffnete sie und winkte Carly herüber. „Harlow ist hier drin."

Carly lief zu ihm hinüber und sah ihre Nichte in einem Sessel zusammengerollt, wo sie aus dem Fenster starrte. „Harlow?"

Ihre Nichte bewegte sich nicht und schien sie nicht zu hören.

„Harlow?", sagte mit erhobener Stimme und betrat das Zimmer.

Die junge Frau sah schließlich auf. „Wer ist Harlow?"

„Jemand, der genau wie du aussieht", erklärte ihr Zane. Er kam, um sich hinter sie zu stellen, und legte ihr eine Hand auf die Schulter. „Carly, ich möchte dir Dani vorstellen. Sie ist unsere neueste Angestellte."

„Angestellte?" Carlys Stimme ging ein paar Oktaven hoch. „Angestellte wofür?"

„Ich verzaubere Dinge", sagte Harlow freundlich. „Und ich mache Schönheitstränke. Es ist ein toller Job. Du wirst ihn lieben."

Carly starrte Zane an. „Was hast du ihr angetan?"

Er antwortete nicht. Stattdessen ging er rückwärts, bis er an der Tür stand. „Mach es dir bequem, Carly. Du wirst eine Weile hier sein."

Sie stürzte auf ihn zu, weil ihr klar wurde, dass er sie mit ihrer Nichte einsperren würde, ohne irgendwelche Antworten zu liefern. „Zane, wag es bloß nicht, diesen Raum zu verlassen. Ich verlange, dass du mir genau in diesem Ausblick erzählst, was los ist."

Sein Blick huschte kurz nach rechts oben, und er schüttelte ganz leicht den Kopf, bevor er sagte: „Wir unterhalten uns über die Bedingungen deines Aufenthalts, nachdem du dich beruhigt hast."

Zanes Miene war gequält, als er ins nächste Zimmer ging und dann in den Gang verschwand. Abermals wurde die Tür hinter ihm verriegelt.

21

CARLY STARRTE EINEN LANGEN AUGENBLICK DIE TÜR AN. SIE hatte sich diese subtile Warnung nicht eingebildet, oder? Er hatte sie vor einer versteckten Kamera gewarnt, nicht? Hieß das, dass er etwas vorspielte, bis sich die Gelegenheit ergab, sie freizubekommen? Sie konnte sich einfach nicht vorstellen, dass er sie zum Anwesen des Schreckens locken würde, weil er vorhatte, sie in eine Art magisches Arbeitslager zu zwingen.

Sie versuchte es an der Tür, obwohl sie bereits wusste, dass sie versperrt sein würde. Als sie nicht nachgab, eilte sie zurück in den Nebenraum.

Harlow saß vor dem Sessel auf dem Boden, las irgendein Buch.

Carly eilte zu ihr hinüber. „Harlow?"

Sie schaute auf, ihre blonden Locken wilder als üblich. Es sah aus, als wäre sie sich mit der Hand durch die Haare gefahren, etwas, das sie normalerweise machte, wenn sie nervös war. „Wer ist Harlow?", fragte sie mit unschuldiger Stimme, die überhaupt nicht zu ihrem alarmierten Gesichtsausdruck passte.

„Das bist du", sagte Carly, die völlig verwirrt war, bis Harlow neben ihr auf den Boden tippte und ihr nahelegte, sie solle sich setzen.

„Tut mir leid, du musst mich mit jemandem verwechseln. Ich heiße Dani."

Carly blinzelte sie an. „Dani?"

„Ganz genau. Dani. Ich mache Tränke und wirke Zauber. Das siehst du bald." Sie tippte auf das Buch, das sie gemustert hatte. „Siehst du, du wirst auch bald auf dem Laufenden sein."

Carly schaute auf das Buch. In großen Buchstaben stand dort mit Tintenstift eine Nachricht geschrieben. *Sie beobachten uns und hören zu. Wir können hier nicht reden.*

Harlow, sagte Carly tonlos. *Du bist nicht verzaubert?*

Ebenso tonlos erwiderte sie: *Nein.*

Carly zwang sich dazu, nicht in die Ecke zu schauen, wo Zane nahegelegt hat, dass vermutlich eine Kamera war. Obwohl sie das unbedingt wollte. Sie wollte genau dort hinein sprechen und demjenigen, der dahinter saß, sagen, dass sie keine Ruhe geben würde, bis sie ihn zu Fall gebracht hatte. Es war egal, was dazu nötig war. Sie würde persönlich sicherstellen, dass die Verantwortlichen niemals einen weiteren Tag erlebten, der nicht hinter Gittern war.

Harlow schob ihre Hand in die von Carly und drückte sie.

„Ich hole dich hier raus", sagte Carly, der die Kamera egal war. Was erwarteten sie denn, dass sie sagte?

„Warum?", fragte Harlow, die weiter schauspielerte. „Hier ist es schön. Weshalb sollte ich gehen wollen?" Sie deutete auf das Fenster, das einen sehr ähnlichen Ausblick hatte wie aus Carlys Haus.

Zum ersten Mal nahm sich Carly einen Augenblick, um sich zu fragen, wo genau sie waren. Sie waren auf jeden Fall direkt neben dem Meer, aber immer noch in Kalifornien? Und falls ja, wie vor weit waren sie von Premonition Pointe weg? Carly stand auf und ging zum Fenster. Sie sah nur das weite Meer vor sich. Links schien es eine abschirmende Wand aus Zement zu geben, und sie sah nur, dass rechts mehr von dem Haus war, in dem sie festgehalten wurden.

Carly wandte sich an Harlow. „Warst du schon draußen?"

Harlow schüttelte den Kopf. „Es ist normalerweise am Morgen und am Abend neblig. Während des Tages bin ich mit Arbeit beschäftigt."

Was hatten sie ihrer Nichte angetan? Erinnerungen installiert, die sie ganz bestimmt nicht haben konnte? So klang es nämlich. Carly spielte mit, versuchte ein klares Bild von dem zu kriegen, was genau in diesem Anwesen des Schreckens vor sich ging. „Woran arbeitest du genau? Du sagst, du wirkst Zauber auf Dinge und machst Schönheitsträke?" Bestimmt war, was immer das war, etwas Illegales. Weshalb sonst sollten sie diese Sache aufziehen, dass sie Leute zum Arbeiten entführten und sie zwangen, diese Produkte zu herzustellen?

Harlow tippte sich auf die Unterlippe, schien über ihre Antwort nachzudenken. „Heute habe ich eine Handvoll Dolche verzaubert."

„Sie verzaubert, um was zu tun?", fragte Carly.

Die Tür im anderen Raum öffnete sich krachend, und Liam marschierte herein. Er war in eine zerrissene Jeans und ein anliegendes weißes Shirt gekleidet, das eng an ihm klebte. Aber was sie wirklich verblüffte, war die Tatsache, dass alle Verletzungen auf seinem Gesicht geheilt waren, und er keine Bandage mehr auf der Schulter zu tragen schien. Tatsächlich bewegte er sich, es wäre nie auf ihn geschossen worden.

„Liam?" Carly traf ihn auf halbem Weg durch den Raum. „Alles in Ordnung?"

„Sicher", sagte er ungeduldig. „Komm schon. Der Boss will dich sehen."

„Warum sie?", fragte Harlow in einer weinerlichen Stimme, die Carly noch nie bei ihr gehört hatte. „Ich bin diejenige, die die ganzen Dolche verzaubert hat, und ich habe es geschafft, herauszufinden, was mit dem Aknetrank nicht stimmte. Er sagte, ich würde für meine Extraarbeit eine Belohnung kriegen." Harlow wedelte mit der Hand vor Carly. „Sie ist erst gekommen und hat noch überhaupt nicht getan."

„Er schickt nach dir, wenn er dazu bereit ist, Dani", sagte Liam ungeduldig. „Du bist nicht seine einzige Priorität."

Carly runzelte verwirrt die Stirn, versuchte rauszukriegen, was genau mit ihr los war. Versuchte sie, den Raum zu verlassen? Das schien die einzige Erklärung zu sein. Falls das der Fall war, dann konnte Carly auf jeden Fall helfen. Sie bohrte die Absätze in den Boden und verschränkte die Arme vor der Brust. „Ich verlasse diesen Raum nicht ohne meine Nichte. Wenn der Boss mich sehen will, wird er auch sie sehen müssen."

„Nichte?", fragte Liam, der verwirrt zwischen den beiden hin und her schaute. „Ihr seid verwandt?"

Carly seufzte. „Dein Gedächtnis wurde wieder gelöscht, was?"

„Von was zur Hölle redest du da?" Er nahm sie am Handgelenk und riss sie zur Tür. „Ich bin doch kein gedankenloses Schaf. Niemand hat meine Erinnerungen gelöscht."

Doch, das hatten sie. Er kannte sie oder Harlow nicht. Heiliger Hexenbastard! Wie mächtig war denn bitte derjenige, der sie alle gefangen hielt? Und wenn sie freiwillig mit ihm ging, würde sie am Ende auch verzaubert werden und sich niemals an irgendjemanden erinnern, den sie je geliebt hatte?

Ein Beben lief durch sie hindurch. Sie griff nach Harlow, aber ihre Nichte nahm ihre Hand nicht. Stattdessen ballte sie die Hände an der Seite und beobachtete, wie Liam Carly aus dem Zimmer zerrte.

Sobald sie wieder draußen in dem Marmorgang waren, versuchte es Carly mit einer neuen Taktik. Sie ging bereitwillig neben Liam her und fragte: „Kennst du den Namen dieses Ortes?"

„Du meinst das Anwesen?", fragte er und beäugte sie argwöhnisch.

„Ja. Es hat doch bestimmt einen Namen."

Er zuckte mit den Schultern. „Wir nennen es das Ende der Welt."

„Nicht Bannwerk?", fragte sie, nur um zu sehen, was er sagen würde.

„Nein. Das ist nur der Name der Firma für die Produkte, die wir hier herstellen."

„Was für Produkte denn?" Obwohl Harlow ihr bereits eine Vorstellung geliefert hatte, wollte sie mehr herausfinden.

„Zauber, Tränke, Flüche. Alles, was die Leute auf dem Schwarzmarkt kaufen wollen. Du weißt schon, Dinge, die nicht ganz … legal sind."

Nicht ganz legal? Das war eine Möglichkeit, Schmuggelware zu beschreiben. „Genau. Also verkauft ihr sie auf dem Schwarzmarkt?"

„Natürlich. Wo sonst sollte man einen Schlaftrank verkaufen, der dafür sorgt, dass jemand nie mehr aufwacht." Sobald er die Worte sagte, legte er sich einen Arm um den Magen, stieß ein Stöhnen aus und beugte sich mit offensichtlichen Bauchschmerzen vor.

Carlys erster Instinkt war es, ihm zu helfen, aber nach der nebensächlichen Art, wie er gerade von einem Mord mit einem Schlaftrank gesprochen hatte, war sie nicht wirklich in der Stimmung.

Eine Tür gleich vor ihnen öffnete sich, und eine Stimme von drinnen rief heraus: „Liam, bring unseren Gast herein."

Liams Gesicht war blass, als er sich aufrichtete, und ohne ein Wort zu sagen, winkte er Carly in ein luxuriöses Büro. Es war bestimmt doppelt so groß wie das Schlafzimmer, das ihr zugewiesen war. Eine Wand war mit Fenstern vom Boden bis zur Decke gefüllt, damit man die spektakuläre Aussicht genießen konnte. Die anderen waren mit eingebauten Bücherregalen gesäumt, die mit Reihen über Reihen alter Bücher gefüllt waren.

„Setzen Sie sich, Ms. Preston", sagte ein Mann mit sehr vertrauter Stimme von seinem Platz hinter dem Schreibtisch aus. Die Sonne schien auf ihn, sodass sein Gesicht in den Schatten lag.

Carly kniff die Augen zusammen, versuchte seine Züge zu erkennen, doch sie sah nur einen hochgewachsenen Mann in einem dunklen Anzug mit kurzen grauen Haaren.

„Liam, bitte schließ die Türen und komm hier herüber", sagte der Mann.

Liam tat, wie geheißen, bevor er sich direkt neben den Mann stellte. Der Mann fasste an seinen Nacken und drückte zu, bis Liam vor Schmerzen schrie.

„Wie oft habe ich dir schon gesagt, dass du nie über die Produkte von Bannwerk reden sollst?", sagte der Mann mit einem Knurren.

„Tut mir leid, Mr. Price. Ich dachte, sie würde unsere neueste Arbeiterin werden."

„Wird sie, aber nicht am Band. Stattdessen wird sie im Labor arbeiten … mit Lazer." Mr. Price drückte auf einen

Knopf, und ein großer Monitor auf seinem Schreibtisch ging an.

Liam stieß ein Keuchen aus. „Warum ist Lazer an ein Bett gekettet?"

Carly starrte entsetzt auf ihren alten Freund, der auf dem Bildschirm zu sehen war. Er trug einen Krankenhauskittel, und eine Hand war mit Handschellen am Bettgeländer befestigt. Neben dem Bett piepte ein Herzmonitor stetig, um nahezulegen, dass der Patient keine direkten Probleme hatte.

„Er wird unsere nächste Testperson. Es ist seine Bestrafung, weil er dir letzten Monat bei der Flucht half." Mr. Price grinste ihn böse an, etwas, das Carly bisher nur in Horrorfilmen gesehen hatte.

„Was?", Liams Augen wurden groß, sein Mund klappte auf. „Ich bin nicht geflohen, ich ..."

„Schweig!", befahl Mr. Price. „Keine Lügen mehr. Dein Freund hat viel zu vielen Leuten bei der Flucht geholfen. Ich verbringe Jahre damit, ihm diese Operation anzuvertrauen, und so zahlt er es mir zurück?" Der Mann trat aus den Schatten hinter seinem Schreibtisch vor. Liam stolperte und konnte sich kaum aufrichten, bevor Price die Tür öffnete und ihn hinauswarf. „Bringt ihn in Einzelhaft", befahl er den zwei Wächtern, die draußen warteten.

„Mr. Price! Nein. Ich werde doch nicht ..." Die Tür knallte zu, sodass Liams Protest abgeschnitten wurde.

Der Mann drehte sich um und stand vor Carly.

Sie stieß ein verblüfftes Keuchen aus, als sie den ersten guten Blick auf sein Gesicht bekam. Sie kannte ihn. Er war der Produzent eines der Filme, in denen sie vor ein paar Jahren aufgetreten war. „Jim? Jim Valens? Was zum Teufel geht hier vor?"

„Das Geld, um all diese Filme zu produzieren, muss doch

irgendwoher kommen, oder?", fragte er nebensächlich, während er hinüberging und sich auf die Kante seines Schreibtischs setzte. Er legte sich einen Arm übers Knie und beugte sich vor, um verschwörerisch zu Carly zu flüstern. „Sie sind eine verdammt gute Schauspielerin, Ms. Preston. Aber Sie sind nicht gut genug, mich hereinzulegen. Genauso wenig Ihre Nichte." Er tippte auf dem Keyboard, ließ das Video auf einen weiteren sterilen Raum wechseln. Der zeigte Harlow, wie sie auf und ab ging, vor sich hin murmelte, welchen Zauber sie wirken könnte, um aus ihrer Zelle auszubrechen.

In Carly brannte ein so heißer Zorn, dass sie dachte, sie würde direkt hier in Jim Valens' angeberischem Büro in Flammen aufgehen. „Warum haben Sie sich meine Nichte geschnappt?", fragte sie durch zusammengebissene Zähne.

„Um Sie bereitwillig herzubringen." Das böse Grinsen war wieder da. „Warum denn sonst?"

Sie ballte die Hände zu Fäusten und dachte darüber nach, anzugreifen, aber erst brauchte sie Antworten. Wie lange betrieb er diese Schwarzmarkt-Zauberfabrik schon? Als sie früher zusammengearbeitet hatten, hatte sie keine Ahnung gehabt, dass er so eine Art magischer Dr. Evil war, der überhaupt kein Gewissen besaß. „Ich weiß nicht, darum habe ich Sie gefragt. Was wollen Sie von mir?"

Er lachte leise. „Ach, Carly, Liebling. Was will ich denn nicht von Ihnen?"

Ihre Haut kribbelte, und sie hatte den starken Wunsch, rückwärts zu gehen, um Raum zwischen ihnen zu schaffen, aber sie blieb stehen, wollte ihm keine Schwäche zeigen. „Wenn Sie glauben, dass ich irgendwas für Sie tun werde, irren Sie sich sehr. Das Einzige, was ich tun werde, ist meine Nichte, Jeremiah, Zane und Liam holen, und dann von hier verschwinden. Und dann gehe ich direkt zur Magie-Taskforce und schicke sie an Ihre Eingangstür."

Es war vermutlich dumm, ihm zu drohen, mit der Magie-Taskforce zu kommen oder auch nur zu bestätigen, dass sie nicht nur Harlow und Jeremiah mitnehmen würde, sondern auch Zane und Liam, wenn sie das gottverdammte Gefängnis verließ, das Jim gebaut hatte. Aber sie wusste besser als sonst jemand, dass ihre Worte Macht hatten. Sie glaubte daran, dass sie mit den Leuten hier rausgehen würde, wegen derer sie gekommen war.

„Das denken Sie?", fragte er mit gehobener Augenbraue.

„Ja. Das denke ich."

„Hmm. Und da dachte ich noch, ich würde Ihnen die Möglichkeit geben, den Vertrag Ihres Lebens zu unterschreiben." Er griff in die oberste Schublade seines Schreibtischs und holte einen Aktenordner heraus. „Sie können in jedem Film, den wir produzieren, auftreten, mit einem großzügigen Anteil an den Einnahmen. Die Möglichkeit, sich auszusuchen, mit wem Sie auftreten, welchen Regisseur Sie wollen, und sogar, welche Autoren ihr Buch in ein Drehbuch verwandeln. Auf fast so gut wie jeder Ebene des Geschäfts werden Sie die Kontrolle haben. Sie werden zur mächtigsten Frau in Hollywood. Denken Sie an die Filme, die man über Sie drehen wird." Das gerissene Grinsen auf seinem Gesicht bestätigte, dass er überzeugt war, sie würde vom Geld und der Macht verführt werden.

Da hätte er sich nicht mehr irren können.

„Und wie genau kommen Sie auf den Gedanken, dass ich mit jemandem wie Ihnen ins Geschäft kommen würde?", fragte sie und wünschte sich, sie könnte Dolche aus dem Nichts erschaffen. Sie war kein gewalttätiger Mensch, aber hätte sie die Gelegenheit gehabt, hätte sie ihn hier und jetzt erstochen.

Wie konnte er es wagen, zu versuchen, sie mit so einem übertriebenen Hollywoodvertrag zu kaufen, als wäre sie eine herzlose Schlampe, der es nur um Geld und Ruhm ging?

„Denn wenn Sie es nicht machen, wird Ihr Freund Lazer … oder wie Sie ihn nennen, Zane, sich sehr bald in einer äußerst prekären Situation wiederfinden."

„Warum?", fragte Carly. „Warum es ist wichtig, dass ich einen Vertrag unterschreibe, für Ihre Firma zu arbeiten? Und warum versuchen Sie, mich dazu erpressen, es zu tun?"

„Ach, habe ich die wichtigen Teile ausgelassen?", fragte er und spielte eine Unschuld vor, an der er spektakulär scheiterte.

„Spucken Sie es aus, Jim. Warum bin ich hier, und was wollen Sie *wirklich* von mir? Ich bin sicher, ich soll keine Dolche verzaubern oder Tränke zusammenmischen." Ihr ganzer Körper vibrierte vor Frust.

„Sie werden das Gesicht von Bannwerk. Bringen eine echte Aura von Respekt für die Firma. Und Sie werden schon an einigen Tränken arbeiten. Liebestränke sind ganz groß, und genauso Anti-Liebestränke. Diejenigen nennen wir Witwenmacher. Sie können sich vorstellen, wie viele Dollars die einbringen." Er lehnte sich zurück, ein selbstzufriedenes Grinsen auf dem Gesicht.

„Warum ich?", fragte sie, konnte kaum verhindern, dass sie sich auf ihn stürzte. Er bat sie nicht nur darum, mit ihm ins Geschäft zu kommen, er bat darum, zur Mörderin und vollen Geschäftspartnerin in seinem illegalen Betrieb zu werden. „Haben Sie mich aus irgendeinem besonderen Grund aufs Korn genommen?"

Er stand auf. „Jetzt machen Sie sich nichts vor, Preston." Alles Vorspielen eines höflichen Geschäftstreffens war verschwunden. „Sie sind hier, weil dieser Verräter da drin Sie reingezogen hat." Er stach mit dem Finger auf den Bildschirm ein. „Ich habe ein ganzes Imperium mit Lazer als meinem Stellvertreter errichtet. Ich habe ihn darauf vorbereitet, zu übernehmen. Er war der Sohn, den ich nie hatte, und dann … dann", brodelte er. „Finde ich heraus, dass er derjenige ist, der meine Arbeiter freilässt. Das würde er vermutlich immer noch tun, aber mit Liam wurde er unvorsichtig. Der Narr hat sich in ihn verliebt, und anstatt den Kontakt abzubrechen, hat er sich über ihn auf dem Laufenden gehalten. Und als mein Mann auf Liam geschossen hat, hat Lazer die Nerven verloren und versucht, mich von innen mit einem meiner eigenen Tränke auszuschalten." Er schüttelte den Kopf. „Er weiß immer noch nicht, wie kurz ich davorstand, ihn an diesem Tag umzubringen."

„Warum haben Sie das nicht?", fragte Carly, nicht sicher, ob sie die Antwort wirklich hören wollte, aber wenn sie einen Weg hier raus finden wollte, musste sie verstehen, wie dieser Mann dachte. „Warum behalten Sie jemanden, dem Sie eindeutig nicht vertrauen, bei so einer Art Geschäft bei sich?"

„Er ist zu wertvoll." Sein Blick wanderte über Carly. „Er ist Ihnen wichtig. Als wir die Nachricht bekamen, dass Sie Liam hatten, und dass Sie eine besondere Verbindung zu unserem Problemkind haben, da kam der Plan zustande. Sehen Sie, Lazer hat so einen Retterkomplex, und der lässt sich leicht manipulieren, wenn die Menschen, die er liebt, bedroht werden."

„Also werden Sie ihn bei der Stange halten, indem Sie mich bedrohen?", fragte sie.

„Nein. *Sie* werden ihn bei der Stange halten, denn falls jemals jemand zu den Behörden geht, werden Sie das Gesicht der Firma sein und für jegliche illegale Aktivitäten drankommen. Nicht ich. Das wird Lazer nie zulassen."

Carly schnaubte. „Glauben Sie wirklich, dass jemand

annehmen wird, dass ich dieses Imperium aufgebaut habe? Es gibt keine Vorgeschichte, in der ich je involviert gewesen wäre. So funktioniert das nicht."

„Glauben Sie?" Er holte einen großen Stapel Papier heraus und klappte ihn auf. „Sehen Sie nach."

Sie wollte ihm den Gefallen nicht tun, aber sie musste wissen, wie seine Pläne aussahen. Carly musterte das erste Dokument. Es war eine Gründungsurkunde für Bannwerk. Da war ihr Name ganz oben. Es gab Geschäftsbriefe, Mietverträge, Rechnungen für Equipment und viele andere Geschäftsdokumente, alle mit ihrem Namen aufgelistet als Geschäftspartnerin zusammen mit Mr. Price. Der Name Jim Valens stand nirgendwo. „Davon ist nichts unterzeichnet."

„Wie schön, dass Sie das erwähnen." Er reichte ihr einen Füller. „Sobald Sie das oberste Dokument unterzeichnen, wird sich Ihre Unterschrift automatisch auf den Rest übertragen. Dann ist es alles offiziell."

Carly warf den Stift weg. „Ich unterzeichne niemals etwas davon. Die Antwort lautet Nein. Ich werde niemals eine Partnerschaft mit Ihnen eingehen. Niemals."

„Sind Sie da sicher?", fragte er mit einer gehobenen Augenbraue.

„Ich bin sicher. Sie verschwenden Ihre Zeit."

Er zuckte mit den Schultern, nahm das Telefon auf seinem Schreibtisch und drückte einen der Knöpfe. Nach einem Augenblick sagte er: „Es ist Zeit für Lazers Behandlung." Sein Blick blieb auf den Bildschirm gerichtet, der zurück zu Zane gewechselt hatte, während er das Telefon wieder auflegte. „Sehen Sie das?" Er deutete auf einen Mann in blauem Arztkittel, der angefangen hatte, Elektroden auf Zanes Körper anzubringen. „Ich nehme an, es dauert nicht lang, Sie dazu zu bringen, die Abmachung zu unterschreiben."

„Was haben Sie vor?" Carlys Herz begann zu rasen, als sie sah, wie Zane sich wand und drehte und auf dem Bett aufbäumte, um von dem Mann wegzukommen.

„Nur eine leichte Überzeugungsmethode, die ich im Lauf der Jahre perfektioniert habe." Er nahm den Füller und reichte in ihr wieder. „Ich glaube, den werden Sie brauchen."

Carly nahm den Füller in der Faust wie eine Waffe und wartete auf ihre Gelegenheit.

Ein lautes Knistern kam aus dem Monitor, gefolgt von Zanes Körper, der sich auf dem Bett bog, als Strom durch die Elektroden gepumpt wurde, die mit ihm verbunden waren.

„Stopp!", rief Carly, entsetzt von dem, was sie gerade gesehen hatte. „Stopp! Sie bringen ihn um!"

Jim Valens tippte auf den Stapel Papiere. „Unterzeichnen Sie einfach hier, und alles wird vorbei sein."

Carly warf einen Blick auf den Vertrag, dann auf Zanes leblosen Körper. Das knisternde Geräusch füllte wieder ihre Ohren, gefolgt von Zanes entsetzlichem Schrei. Carly packte den Füller in der Faust und machte einen Schritt vor, aber anstatt die Papiere zu unterzeichnen, stürzte sie sich auf Jim Valens und stach ihm mit dem offenen Füller direkt in den Hals.

22

CARLY UND VALENS STÜRZTEN AUF DEN SCHREIBTISCH, WOBEI Carlys Gewicht ihn unten hielt. Sie hatte den Füller im Todesgriff, und er saß nun fest in seinem Hals.

Er starrte zu ihr auf, Angst stand in diesen bisher herzlosen braunen Augen. Er hatte Mühe, Luft zu bekommen, bis er schließlich hochgriff und sie an der Kehle packte. Sie krallte nach seiner Hand und stach den Füller tiefer in seinen Hals.

Sein Griff löste sich gerade genug, dass sie sagen konnte: „Lassen Sie los, oder ich bringe Sie um. Viel braucht es nicht, um die Arterie zu öffnen, Sie kranker Hexenbastard." Sie war ziemlich sicher, dass das stimmte. Sie war zwar keine Expertin in Physiologie, aber sie hatte einmal eine böse Ärztin gespielt und hatte eine medizinische Beraterin am Set gehabt. Sie hatte während dieser Produktion sehr viel über die verschiedenen Arten gelernt, wie man jemanden umbrachte.

Valens erstarrte, und sie erkannte, dass sie ihm eine Heidenangst eingejagt hatte.

„Lassen Sie los. Jetzt", befahl sie.

Er tat wie geheißen und regte sich nicht.

„Jetzt sagen Sie diesem Bastard, er soll aufhören, Zane zu foltern." Sie wies mit dem Kopf auf den Bildschirm.

Als er nicht reagierte, erhöhte sie leicht den Druck auf den Füller. Sein Atem ging schneller, und sein Gesicht wurde weiß.

„Ganz genau. Ich mache keine Spielchen", zischte sie. „Los jetzt. Sagen Sie ihm, er soll Zane in Ruhe lassen."

Der Mann, der unter ihr festsaß, schnappte sich das Telefon, drückte auf einen Knopf und knurrte: „Das reicht jetzt."

„Sagen Sie ihm, er soll ihn gehen lassen", flüsterte Carly.

Er funkelte Carly an, tat aber, wie sie befohlen hatte. „Weg mit den Fesseln."

„Ja, Sir", sagte der Mann und machte sich daran, Zane von dem medizinischen Apparat abzuschließen, bevor er die Fesseln löste.

Sobald Zane frei war, sagte Carly: „Jetzt sagen Sie ihnen, sie sollen Harlow zu uns bringen."

Diese kalten, toten Augen richteten sich auf Carly.

Sie bohrte die Fingernägel in seine Haut, nur weil sie es konnte. „Ist heute Ihr Todestag, Valens?"

Reiner Hass strömte aus jeder Pore seines Körpers, als er wieder nach dem Telefon griff. Aber anstatt auf den Knopf zu drücken, knallte er ihr den Hörer an die Kopfseite, sodass sie zurückstolperte.

Er griff nach oben und riss den Füller aus seinem Hals.

Carlys starrer Blick war auf das Blut gerichtet, das herausströmte und sein graues Hemd durchtränkte.

Als er sich vom Tisch wegschob und auf sie zu stolperte, kam sie auf die Beine und rannte durch die Bürotür. Mit dem Geräusch seiner Schritte hinter ihr lief sie, so schnell sie konnte, durch das Anwesen, bog rechts und links ab, suchte nach irgendetwas, das vielleicht die Räume sein mochten, wo sie Zane und Harlow festhielten.

Unten, oder? Wurden nicht die meisten Leute immer im Keller eingesperrt? In den Räumen, in denen sie sie gesehen hatte, waren ihr keine Fenster aufgefallen. Das legte nahe, dass es entweder Räume mitten im Haus waren, oder irgendeine Art Keller. Sie fand eine schmale Treppe, die zum unteren Stockwerk führte, und nahm zwei Stufen auf einmal. In dem Augenblick, als sie an einem Absatz ankam, krachte sie direkt in jemanden hinein.

Carly klammerte sich ans Geländer und konnte kaum verhindern, dass sie zurück auf die Stufen fiel.

„Heilige Scheiße. Pass doch auf", sagte eine vertraute Stimme.

Carly blinzelte im trüben Licht den Mann an, dann atmete sie erleichtert ein, als sie ihn erkannte. „Liam, den Göttern sei gedankt. Ich dachte, du wärst irgendwo eingesperrt."

„Nicht alle tun alles, was der Boss sagt. Es macht sich bezahlt, Freunde zu haben, die einem einen Gefallen schulden", sagte er mit einem Schniefen.

Erleichterung rauschte durch sie hindurch, und sie betete, dass genau diese Freunde ihr mit Zane helfen würden. „Das höre ich gern. Jetzt hilf mir, Zanes – Lazers Zimmer zu finden. Er hat Schwierigkeiten."

„Wo zum Teufel dachtest du denn, dass ich hingehe?" Er griff vor und schob Carly aus dem Weg und machte sich durch den Gang nach unten auf.

„Er wird also unten festgehalten?", rief ihm Carly nach.

„Psst", sagte er, während er stehen blieb und zu ihr zurückschaute. „Ich bringe dich zu ihm, aber nur, wenn du aufhörst zu reden. Hast du eine Ahnung, was sie uns antun, wenn sie uns finden?"

Sie hatte sehr wohl eine Ahnung, und das ließ ein Beben ihr Rückgrat hinauflaufen. Sie legte sich einen Finger auf die Lippen, um nahezulegen, dass sie still bleiben würde.

Sie schlichen durch das unheimlich stille Haus, bevor Liam vorsichtig jeden Raum überprüfte, bevor er Carly durch zum nächsten führte. Sie wollte fragen, wo alle waren. Gewiss würde Valens sie nicht durchs Haus wandern lassen, ohne nach ihnen suchen zu lassen. Oder vielleicht war er umgekippt wegen des Blutverlusts und niemand hatte Befehle von ihm. Das war eine echte Möglichkeit. Es war pure Hoffnung, aber die brauchte sie.

„Hier entlang", flüsterte Liam. Er führte sie in ein fensterloses Wohnzimmer, das aussah wie aus einem Museum, mit seinen Samt-Chesterfield-Sofas, und, wie sie annahm, gefälschten Monetgemälden und glänzenden Goldstatuen.

„Was machen wir hier drin?", flüsterte sie.

„Das siehst du gleich." Er ging hinüber zu einer der Statuen und griff ihr zwischen die Beine. Sofort öffnete sich die Replik eines Monetgemäldes mit Seerosen wie eine Tür, um einen verborgenen Gang zu enthüllen.

„War ja klar", sagte sie und verdrehte die Augen, wegen der Tatsache, dass man den versteckten Geheimgang öffnete, indem man eine Statue an den Eiern nahm. Valens hielt das sicher für witzig.

„Komm schon." Liam winkte sie durch in einen sterilen weißen Gang, der wie jedes andere falsche Labor in jedem Film-Set wirkte, an dem sie je gearbeitet hatte.

„Originell ist er nicht, oder?", murmelte sie.

„Price ist ein Arsch mit einem Ego so groß wie der Jupiter. Er ist auch ein fieser Bastard, der uns vernichten wird, wenn er uns nicht mehr nützlich findet. Also beeil dich, denn es besteht null Chance, dass Lazer im Augenblick nicht leidet."

„Vielleicht doch", sagte Carly. „Ich habe ihn dazu gebracht, mit der Folter aufzuhören."

Liam blieb stehen und drehte sich, um sie anzuschauen, sein Kiefer angespannt. „Folter?"

Sie nickte. „Strom."

„Scheiße." Liam stieß ein ersticktes Stöhnen aus und begann zu laufen.

Carly lief ihm nach, und als sie auf ihn aufgeholt hatte, stand er neben einer abgeriegelten Tür, beide Hände an der Wand, während er aufsagte: „Götter des Meeres, der Erde, des Himmels und der Dunkelheit, hört meinen Ruf, füllt mich mit der Macht, um durch diese Wand zu gehen."

Magie funkelte um ihn, sodass er glühte, genauso wie er und Zane es getan hatten, als sie durch die Standuhr verschwunden waren. Als sein Körper zu verblassen begann, nahm Carly seine Hand und sagte den gleichen Zauber auf. Es fühlte sich an, als würde etwas an ihrem Nabel ziehen, und im nächsten Augenblick stand sie neben Liam in einem fensterlosen Raum und starrte den leblosen Zane an.

„Lazer!", rief Liam, als er zu ihm lief, genau als Carly gerade „Zane!" rief.

Liam presste beide Handflächen auf Zanes Gesicht und lehnte sich dicht heran. „Wach auf, Baby. Du musst aufwachen. Wir müssen dich rausbringen."

Carly griff nach Zanes Handgelenk und spürte einen starken Puls. Die Angst, die sie an der Kehle gepackt hatte, machte sich vom Acker, und sie nahm seine Hand, hielt sie sich dicht an die Brust.

Zane stöhnte, und Liam stieß einen erleichterten Schrei aus.

„Richten wir ihn mal auf", drängte Carly.

„Kannst du dich bewegen?", fragte ihn Liam.

Zane blinzelte zu ihnen beiden auf und verzog dann das Gesicht, als er versuchte, sich zu bewegen. „Alles tut weh."

Carly schaute sich um, weil sie unbedingt Wasser oder irgendeine Art Schmerztrank finden wollte, aber der Raum enthielt nichts, bis auf das Foltergerät, das Valens' Gehilfe an ihm eingesetzt hatte.

„Wir kriegen dich wieder hin, sobald wir hier raus sind", sagte Liam.

Zane schob sich zum Sitzen hoch und schaute Carly endlich in die Augen. Seine Augen füllten sich mit Tränen, während er ihr die Hand drückte: „Es tut mir so leid, Car. Ich wollte niemals, dass etwas davon passiert."

„Du kennst sie?", fragte Liam, der zwischen den beiden hin und her schaute. „Wie?"

Carly hatte vergessen, dass Liams Gedächtnis gelöscht worden war. Mit dem ganzen Verrat, der in dem Anwesen vor sich ging, hatte sie Schwierigkeiten, auf dem Laufenden zu bleiben.

Zane legte eine Hand auf Liams Arm. Er murmelte etwas davon, den Fluch zu entfernen, sodass sie beide vor Magie leuchteten. Als das Licht verschwand, stieß Liam einen Schwall Luft aus und starrte sie beide mit aufgerissenen Augen an.

„Was … ich … heiliger Hexenbastard! Diese Fieslinge haben versucht, mein Gedächtnis zu löschen?", rief er. „Verflixt, in den letzten Wochen ist eine Menge passiert."

„Haben sie", bestätigte Zane. „Ich wollte es aufhalten, aber ich konnte es von Vick nur maskieren lassen, damit ich dir helfen konnte, es zurückzukriegen, mehr war nicht drin. Sie wollten mich auf gar keinen Fall irgendwo in deine Nähe lassen. Sie wissen, dass ich kompromittiert bin."

Liam wandte sich an Carly. „Danke dir für alles. Du warst so nett zu mir, dass du mich in deinem Haus hast bleiben lassen, und versucht hast, mich zu beschützen. Tut mir leid, wenn ich ein Arsch war."

„Schon okay", sagte Carly, die es auch ernst meinte. Jetzt war nicht der richtige Zeitpunkt, um an altem Groll festzuhalten. Sie mussten hier raus. „Wir können über all das später reden. Im Augenblick müssen wir Jeremiah und Harlow finden und raus aus diesem Höllenhaus."

Liam packte Zanes Arme. „Du bist nicht in einem Zustand, um irgendjemanden zu suchen, Lazer. Wir müssen dich rausbringen, bevor sie zurückkommen. Bevor sie uns fertigmachen."

Zane schüttelte den Kopf. „Wir können ohne Jeremiah nicht gehen. Das werde ich nicht tun."

„Du musst auch immer der Held sein, oder?", beschuldigte ihn Liam. „Kannst du dieses eine Mal nicht dein Leben über das eines anderen stellen? Wir sind in dieser Lage, weil du darauf beharrt hast, dass ich gehe, und mein Gedächtnis gelöscht hast, damit ich nicht zurückkomme. Du hast mich dazu gezwungen, obwohl ich mehr als nur bereit war, ewig mit dir hierzubleiben. Und jetzt sieht dir uns an. Ich bin sowieso zurück, und wir sitzen beide in der Tinte. Was machst du, wenn Price uns einfängt? Er wird dich auf der Stelle töten."

Carlys Herz tat weh. Sie wusste, dass es stimmte, was Liam sagte. Aber sie kannte auch Zane. Er war immer die Art Mensch gewesen, die sein Leben für jemanden geben würde, den er liebte. Sie hätte ihr Leben darauf gesetzt, dass er nicht gehen würde, ohne erst Jeremiah zu suchen.

„Vielleicht tut er das. Aber wenn ich gehe, tötet er auf jeden Fall meinen Bruder. Und damit kann ich nicht leben." Zane schaute zu Carly. „Harlow ist deine Nichte, oder?"

„Ja. Sie ist einfach die einzige Familie, die mir noch bleibt und mir wichtig ist", sagte Carly.

„Sie ist der Grund, warum er mich holen kam", sagte Liam mit übertriebenem Seufzen. „Price hat gedroht, Harlow umzubringen, wenn er mich nicht zurückholt. Er weiß, dass Lazer dich liebt. Selbst wenn wir alle rauskommen, wird er nicht aufhören, bis er alle unsere Leben zerstört hat."

Carly verschränkte die Arme vor der Brust. „Dann müssen wir sicherstellen, dass er diese Gelegenheit nicht bekommt."

„Und wie genau werden wir das tun?", fragte Liam.

„Der Zirkel wird helfen", sagte sie fest. „Ihr habt keine Ahnung, wozu diese Damen fähig sind. Jetzt gehen wir."

23

„Hier entlang", sagte Liam. Er hatte einen Arm um Zane gelegt und schob ihn zur Tür.

„Ich kriege es hin." Zane gab ihm einen Kuss auf den Kopf und löste sich sanft von ihm. „Aber danke."

Liam seufzte. „Du siehst aus, als würdest du umkippen."

„Werde ich nicht." Er stand aufrecht da, streckte die Arme aus und murmelte so eine Art Zauber vor sich hin. Er musste sich kurz konzentrieren, aber dann erschien die Magie an seinen Fingerspitzen und hüllte seinen ganzen Körper ein.

Carly war erstaunt, als sie plötzlich spürte, wie ihn die ganze Müdigkeit einfach verließ. Und im nächsten Augenblick war die Magie fort. Die Ringe unter seinen Augen waren verschwunden, und seine Wangen hatten wieder Farbe.

„Heilige Scheiße", sagte Liam. „Ich gewöhne mich nie daran, dass du so mächtig bist, oder?"

„Musst du hoffentlich nicht." Zanes Tonfall war voller Bedauern, als er hinzufügte: „Ich wünschte, ich hätte das verdammte Zauberbuch vor all den Jahren niemals geöffnet. Das wäre alles nie geschehen."

Carly keuchte. „Du meinst das aus dem Gebrauchtbuchladen?"

Er nickte. „Damit habe ich eine Menge herumgebastelt, und irgendwie hat das Prices Aufmerksamkeit auf mich gezogen. Deshalb hat er mich ausgewählt."

Liam runzelte die Stirn und nahm Zanes Hand. „Aber hättest du das nicht getan, hätten wir uns nicht getroffen. Ich … Scheiße." Er fuhr sich mit der freien Hand durch die Haare. „Ich weiß, wie das klingt. Es ist nur … ich kann mir ein Leben ohne dich gar nicht vorstellen."

„Ich weiß." Zane zog Liam an sich und umarmte ihn heftig. „Ich stelle mir gern vor, dass wir einander trotzdem gefunden hätten."

Die Liebe, die von ihnen ausstrahlte, war überwältigend, sodass Carlys Augen feucht wurden. Hatte sie jemals jemanden so sehr geliebt? Es bestand kein Zweifel, dass sie zusammen schreckliche Zeiten durchgemacht hatten, und das hatte wohl ihre Verbindung gestärkt. Teufel, Zane liebte Liam so sehr, dass er bereit gewesen war, ihn aufzugeben, damit er ein besseres Leben als dasjenige führen konnte, in dem er zur Arbeit in einem sadistischen Verbrecherring gezwungen wurde.

„Gehen wir", sagte Zane. „Es ist Zeit, Jeremiah und Harlow zu suchen."

Carly folgte den beiden Männern. Sie beide waren voller Zögern und Zweifel. Es war offensichtlich, dass keiner von beiden glaubte, dass sie Erfolg haben würden, aber hinter den Gefühlen stand Entschlossenheit. Sie wollten raus, wollten es mehr als alles andere, aber hatten sich sehr wahrscheinlich vor langer Zeit auf die Vorstellung eingestellt, dass das nie geschehen würde. Carly schwor sich in diesem Augenblick, genau dort, dass sie keinen von ihnen enttäuschen würde. Sie würde sie rausbringen, und wenn es das letzte war, was sie tat.

Das Anwesen war völlig still, und allmählich wurde es Carly unbehaglich. Schließlich fragte sie: „Wo sind alle? Sicher gibt es hier mehr Leute als nur uns? Die Wächter? Valens', ich meine Prices Gehilfen? Der Kerl, der dich gefoltert hat, Zane? Wo sind die alle?"

„Das ist eine gute Frage", sagte Zane. „Wenn sie nicht wissen, dass irgendwas schief läuft, dann arbeiteten sie in ihren Laboren. Wenn sie es wissen, dann wird es jederzeit ungemütlich."

„Genau davor fürchte ich mich", murmelte sie, als sie gerade um eine Ecke bogen und direkt in einen Hinterhalt liefen.

Ein Alarm erklang, das ohrenbetäubende Geräusch warf Carly beinahe um. Sie presste sich die Hände auf die Ohren und versuchte, sich zu schützen, aber wirbelte genauso rasch herum, die Fäuste erhoben, als sie eher spürte, als hörte, dass jemand hinter ihr war.

Eine hochgewachsene Blondine, die ganz in Schwarz gekleidet war, trat nach ihr, erwischte fast Carlys Bein. Aber ihr Selbstverteidigungstraining kam brüllend zu ihr zurück, und sie fuhr herum und war aus dem Weg, bevor sie noch auf dem Rücken landete.

Liam und Zane brüllten ihre Angreifer an, warnten sie, zurückzugehen.

Carly fragte sich kurz, ob sie ihre Angreifer kannten, denn es schien sinnlos, mit jemandem vernünftig reden zu wollen, der sich bereits auf einen stürzte. Aber sie hatte keine Zeit, um mehr über diese Frage nachzudenken. Ein Faustschlag in den Magen kam aus dem Nichts, trieb ihr die Luft aus der Lunge.

Carly ging auf ein Knie, kam aber sofort wieder hoch und schwang die Fäuste.

„Zurück mit dir, Schlampe", rief sie und erwischte die Frau am Kinn. Nur dass die Frau es nicht mal zu spüren schien. Sie raste vor, ihre Fäuste flogen.

Schmerz strömte durch Carlys Wangenknochen, als sie auf dem kalten Boden zusammenbrach. Sie konnte sich nicht wieder zusammenraffen, bevor die Frau auf sie sprang und sofort versuchte, ihre beiden Hände festzusetzen.

Carly bäumte sich auf, aber sie entkam nicht aus dem Griff.

„Nutz deine Magie, Carly", rief Zane.

Sie warf einen Blick hinüber, um zu sehen, dass ihr alter Freund seinen Angreifer mit einem magischen Netz in Schach hielt. Er wehrte sich und zwang Zane, bei ihm zu bleiben, damit er in Gewahrsam blieb.

Carly hatte ihre Magie nie für irgendetwas anderes als einfache Zauber oder Tränke eingesetzt. Ihr Selbstverteidigungstraining hatte sich bemerkbar gemacht, aber ihre Magie nicht. Mit fester Entschlossenheit funkelte Carly die Frau an und stellte sich vor, sie wäre mit einem Seil gefesselt. Sie konzentrierte sich, sah ein Bild von ihr in Gedanken, wie das Seil sich um die Arme und den Oberkörper der Frau legte. Und einfach so bildete sich ein Seil aus dem Nichts und wand sich rasch um die Frau.

Die Blonde erstarrte, beäugte das magische Seil voller Entsetzen. Als sie den Mund öffnete und versuchte, einen Zauber zu sprechen, stellte sich Carly Isolierband über dem Mund der Frau vor und lachte laut, als es erschien und ihre Lippen bedeckte, damit sie nichts mehr sagen konnte.

„Verdammt, Carly. Das war beeindruckend. Mit solchen Fähigkeiten könntest du für den Geheimdienst arbeiten", sagte Liam hinter ihr, der ihr Werk bewunderte.

Sie schaute zurück, um zu sehen, dass ihre beiden Angreifer mit echtem Seil gefesselt waren. „Wo kommt das her?"

„Das hatten sie bei sich. Schau doch in diesem Rucksack, den sie anhat", sagte Zane.

Carly tat, wie geheißen, und als sie das Seil fand, fesselte Zane die Frau rasch. Sie schoben sie alle drei in den nächsten Raum und sperrten die Tür zu.

Sie hatten eine weitere Konfrontation mit einer Gruppe von Valens' Gehilfen, aber sie flüchteten, sobald Zane begann, einen Zauber zu sprechen, was Liam zum Lachen brachte. „Ich schätze, dass sie gehört haben, wie du durch Zeit und Raum reist, hat ihnen eine Heidenangst eingejagt."

Carly runzelte die Stirn. „Weshalb sollten sie das fürchten?"

Er zuckte mit den Schultern. „Nur echt mächtige Hexen können das. Sieht so aus, als würdet ihr beiden euch die Fähigkeit teilen. Auf jeden Fall, wenn er durch den Raum reisen kann, bedeutet das, er ist sehr viel stärker als sie. Sie wollten wohl nicht abwarten und sich ansehen, was er ihnen antut."

„Oder sie gruppieren sich einfach neu", erwiderte Zane, die Stimme der Vernunft.

„Du warst immer der Pessimistischere von uns zwei", scherzte Carly, nur um die Anspannung zu brechen.

Liam starrte sie an, dann schüttelte er ungläubig den Kopf.

„Was?", fragten sie beide gleichzeitig.

„Nichts. Ich habe nur noch nie gesehen, dass Lazer sich mit jemandem so benimmt. Es ist … seltsam", sagte Liam.

„Warum seltsam?", fragte Zane.

„Keine Ahnung. Nicht seltsam auf eine schlechte Art. Nur seltsam, dass ich es mitbekomme. Du lässt doch niemanden nahe an dich ran."

„Dich habe ich nahe rangelassen", sagte er und machte einen Schritt auf Liam zu.

Liam lächelte ihn schwach an. „Ich weiß. Deshalb ist es ja seltsam. Ich bin normalerweise der Einzige, mit dem du scherzt."

Carly verdrehte die Augen. „Okay, Jungs, so süß das ist, und glaubt mir, es ist echt süß, aber wir müssen wirklich Jeremiah und Harlow finden. Können wir damit weitermachen?"

„Stimmt." Zane drehte sich um und führte sie einen weiteren Gang entlang, und als sie ganz ans Ende kamen, deutete er auf drei Türen. „Muss eine von denen sein."

„Es ist diese", sagte Carly sofort, deutete auf die rechts. „Ich kann ihn da drin spüren."

Zane stellte keine Fragen. Er drückte nur die Hand auf das elektronische Display und wartete, dass sich die Tür öffnete. Als nichts geschah, versuchte er es noch einmal. Immer noch nichts.

„Sie haben wohl den Code geändert, weil sie wissen, dass du ihn holen würdest", sagte Liam.

In Carlys Magen brodelte Säure. Liefen sie in eine weitere Falle?

„Ich kriege es hin." Liam drückte die Hände auf die Wand, sagte denselben Zauber auf, den er vorhin schon gewirkt hatte, und verschwand nach drinnen, sodass Carly und Zane draußen zurückblieben.

„Er holt ihn raus", versicherte ihr Zane.

„Das macht er lieber mal, sonst trete ich die Tür ein."

Zane lächelte sie traurig an. „Das könntest du versuchen, aber vermutlich hättest du keinen Erfolg. Es ist verstärkter Stahl."

„Heiliger Hexenbastard!" Sie fuhr sich mit der Hand durch die Haare, nur um an ein paar Knoten hängen zu bleiben. Sie fluchte wieder und schaute Zane an. „Ich sehe bestimmt furchtbar aus."

„Du siehst schön aus. Genau wie immer." In seinem Tonfall war eine Weichheit, die sie über dreißig Jahre lang nicht gehört hatte.

„Hör auf. Du bringst mich zum Weinen, und ich kann mir jetzt gerade nicht leisten, zusammenzubrechen. Harlow …" Der Name ihrer Nichte blieb ihr in der Kehle stecken, und sie schüttelte den Kopf, legte nahe, dass sie nichts sagen konnte.

Zane antwortete nicht. Er nahm sie nur in die Arme und hielt sie an seiner Brust. Seine Brust war mit irgendwas über fünfzig sehr viel definierter, als es bei ihm als junger Erwachsener gewesen war, und es erinnerte sie nur daran, wie viel sie über diesen Mann nicht wusste, und wie sehr sie ihn im Lauf der Jahre vermisst hatte, nur wegen Jim Valens' und seinem beschissenen bösen Imperium. „Ich werde ihn zu Fall bringen. Das schwöre ich vor allen Göttern im Himmel. Er wird für das bezahlen, was er dir angetan hat."

Schweigen.

Carly schaute zu ihm auf. „Zane? Hast du mich gehört? Ich werde ihn damit nicht davonkommen lassen."

Er räusperte sich. „Woher weißt du, dass ich all die Jahre kein williger Teilnehmer war?"

Sofort schnaubte sie. „Weil ich dich *kenne*. Der Zane, mit dem ich aufgewachsen bin, der hätte niemals Schlaftränke verkauft, die dazu führen, dass Leute niemals mehr aufwachen, oder Dolche verflucht, damit sie gefährlicher werden. Oder irgendetwas von den anderen Dingen, die Valens Leute hier drin gezwungen hat, zu tun. Wenn du es getan hast, dann weil du gezwungen wurdest, oder weil deine Erinnerungen verändert wurden, oder weil sie dir gesagt haben, es wäre nur eine Art anderer Zauber. Ich werde auf gar keinen Fall jemals glauben, dass du das bereitwillig getan hast, dass du dich für dieses Leben freiwillig gemeldet hast."

„Himmel", hauchte er und legte sich eine Hand über die Augen. „So sehr glaubst du wirklich an mich?"

„Ja. Sag mir doch, dass ich mich irre", forderte sie ihn auf. „Schau mir in die Augen und sag mir, dass du das wolltest. Dass du nicht gezwungen wurdest. Dass du in mein Haus kamst, um Liam zurückzuholen, nur weil du ihn zurück in deinem Leben wolltest, nicht, weil sie Harlow zur Erpressung genutzt haben."

„Ich kann dir nichts davon sagen", erwiderte er.

„Das weiß ich doch." Sie drückte ihm die Hände. „Und hätte es einen Grund gegeben, dass ich an dir zweifle, und den gibt es nicht, aber falls es den gäbe, hat Valens bereits bestätigt, dass du die ganze Zeit Leute befreit hast, während du hier gearbeitet hast, und er es erst bei Liam bemerkt hat. Sehr wahrscheinlich lag das daran, dass Liam versucht hat, dich zu finden, und das konnten sie nicht zulassen. Du warst also nicht nur kein Teilnehmer, sondern du hast aktiv gegen sie gearbeitet. Ich würde die Farm darauf wetten, dass du auch gegen ihre Zauber gearbeitet hast. Stimmt das?"

Er nickte einmal und umarmte sie dann erneut. „Ich schätze, ich hatte recht, als ich dir gesagt habe, dass wir auf immer beste Freunde sein würden."

„Verdammt richtig. Und jetzt, da ich dich zurückhabe, lasse ich dich nicht wieder gehen."

„Lasst mal, ihr zwei", sagte Liam ungeduldig. „Es ist Zeit zum Gehen."

Carly zog sich zurück und sah Jeremiah nur ein paar Meter entfernt. Auf seinem Gesicht waren blaue Flecken und ein langer Kratzer auf seinem Arm, aber er schien unversehrt. Sie schauten sich in die Augen, und es schien, als würde eine Welt von Gefühlen zwischen ihnen hin und her gehen. Dann landete sein Blick auf Zane.

Keiner von ihnen sagte etwas. Sie liefen nur in die Arme des anderen und hielten einander fest, eine gefühlte Ewigkeit lang. Aber tatsächlich waren es wohl nur ein paar Sekunden.

„Kommt schon", sagte Liam sanft, der an Zanes Arms zog. „Es gibt keine Zeit zu verschwenden."

Jeremiah nickte zustimmend, und sie gingen ein weiteres Mal durch den Gang.

„Carly?", fragte Zane.

„Ja?"

„Du hast gesagt, du spürst Jeremiahs Gefühle. Heißt das, du bist eine Empathin?", fragte er.

„Schon irgendwie?", sagte sie. Dieses Etikett hatte sie bisher nicht genutzt, aber die Tatsache ließ sich nicht leugnen, dass sie die Gefühle von anderen spüren konnte und sich das deutlich intensiviert hatte.

„Gut. Sag uns, wenn du Harlow spürst."

„Gut."

Sie gingen an jeder Tür vorbei, ließen Carly einen Moment, um nach einer emotionalen Signatur zu suchen. Soweit sie es sagen konnte, war jede davon leer. Sie suchten den ganzen unteren Stock ab, und als sie sie nichts fanden, biss Zane die Zähne zusammen und sagte: „Wir müssen in der Nähe von Prices Büro suchen. Er hat dort Räume, die er nutzt, wenn er jemanden ganz in der Nähe will."

Angst wogte doch Carly. „Das ist schlecht."

„Vielleicht. Vielleicht nicht", sagte Zane. „Wenn Prices Verletzung so schlimm ist, wie du sagst, denkt er vielleicht gar nicht an sie. Das Einzige, was wir tun können, ist zusammenbleiben und rasch herausfinden, wo sie sein könnte."

Sie waren so still wie möglich, als sie die Stufen hinaufstiegen. Keine weitere Suchmannschaft kam ihnen entgegen. Und es gab keine Regung im Haus. Es war, als wäre es ganz verlassen worden. Obwohl Carly es besser wusste, und als sie um die Ecke zu dem Foyer kamen, das zu Valens Büro führte, war sie nicht überrascht, als die Hölle losbrach.

24

„Zurück!", schrie Liam, der versuchte, sie dorthin zurückzudrängen, wo sie hergekommen waren.

Doch auf den Holzstufen hämmerten bereits Schritte. In wenigen Augenblicken waren sie von einer wilden Gruppe Menschen umzingelt, die alle Dolche zückten, die vor Magie glühten.

„Scheiße", murmelte Zane. Aber dann schnippte er mit den Fingern, sodass die Dolche aus einem halben Dutzend Hände glitten. Sie schwebten zu ihm, und er fing jeden davon mühelos auf.

„Lazer", knurrte Valens von seinem Platz in der Nähe des Ganges aus, der direkt zu seinem Büro führte. „Die willst du bestimmt ablegen, oder Ms. Prestons Nichte wird keinen sehr angenehmen Aufenthalt hier haben."

Carly schoss vor, wurde aber zurückgehalten, als Jeremiah sie am Handgelenk packte. Kurz ignorierte sie ihn und zischte Valens an: „Wenn Sie Harlow auch nur ein Haar krümmen, werde ich Sie jagen, und wenn ich Sie in die Finger bekomme, überleben Sie es nicht, um davon zu berichten."

Er drehte den Hals zur Seite, zeigte die Bandage, die die Verletzung abdeckte, die sie ihm zugefügt hatte. „Das ist das letzte Mal, dass Sie mich je berühren, Ms. Preston. Darauf können Sie sich verlassen."

„Überlegen Sie noch mal, Arschloch", fauchte Carly, Magie prickelte in ihren Fingerspitzen. Alles in ihr drängte sich vor, damit sie ihn niederrang, was es auch kostete, ganz gleich, wer in den Weg treten wollte. Der Zorn war so stark, dass sie sich unbesiegbar fühlte. Nicht wie die Frau, die unten im Keller von der Blonden auf dem falschen Fuß erwischt worden war. Nein, diese Carly war bereit, jedes letzte bisschen Wut loszulassen, bis sie den Mann zu Fall gebracht hatte, der ihre Nichte gefangen hielt. Aber als sie gerade einen Schritt vor machte, flog die Eingangstür auf, und Hexen, *ihre* Hexen, drängten herein, jede von ihnen hielt irgendeine Waffe.

„Es ist vorbei, Valens", sagte Iris, die nach vorne schritt. Sie hatte ein Amulett in der Hand, und ihre Haare wehten hinter ihr, als wäre sie eine Kriegerin aus einem Hollywood-Film.

Carly konnte nicht verhindern, dass sie grinste. Es war der perfekte Aufbau für eine epische Schlachtszene. Nur dass das das echte Leben war, und es ließ sich nicht sagen, wie es ausgehen würde. Sie wusste nur, dass sie ein krasses Team hinter sich hatte, und jeden Grund, das bis zum Ende durchzustehen. „Ja", wiederholte sie. „Es ist vorbei. Treten Sie zur Seite und lassen Sie Harlow gehen, bevor noch weiteres Blut vergossen wird."

„Ms. Hartsen, ich glaube nicht, dass sie zu unserer Party eingeladen sind", sagte Valens, der gar nicht auf Carly achtete.

„Ich glaube, die Einladung kam, als Sie und Ihre Leute Carlys Wächter angriffen und ihre Nichte entführten", spuckte Iris aus. „Und auch, als Sie versucht haben, mich in Ihr kriminelles Unternehmen einzuspannen. Dachten Sie, Grace und ich würden das nie rausbringen? Dass Sie uns brauchten, um ein legitimes Geschäft für Sie aufbauen, damit Sie das ganze Schwarzmarktgeld waschen können?"

„Ich habe Sie angeheuert, damit Sie mir ein Geschäft aufbauen, nicht, es betreiben." Valens sagte das, als würde es überhaupt keinen Unterschied machen. „Ich sehe nicht, weshalb das für Sie eine Rolle spielen sollte." Er war voller Neugierde, als er fragte: „Jetzt, da Sie es erwähnen, wie genau haben Sie die Verbindung gefunden?"

Iris zückte zwei schwarze Visitenkarten, die wie diejenige aussahen, die er bei Harlows Handy gelassen hatte. Nur dass auf einer das Wort Bannwerk stand und auf der anderen Serenity. „Sie sollten echt einen besseren Grafikdesigner anstellen. Es ist unfassbar nachlässig, zwei Visitenkarten zu haben, die genau gleich aussehen, nur mit einem anderen Geschäftsnamen darauf. Ernsthaft jetzt? Sobald Grace und mir das aufgefallen ist, hat es nicht viel Anstrengung gebraucht, um zu merken, dass Sie das Anwesen, das Sie Ihnen letztens zum Kauf vermittelt hat, dieses Jahr als Ihr Versteck nutzen. Schade auch eigentlich, denn mit einem guten Designer wäre das ein echt tolles Bed and Breakfast für Premonition Pointe geworden."

„Sie wären überrascht, wie viele Leute nur das sehen, was sie sehen wollen, Ms. Hartsen", sagte er in seiner überlegenen Art.

Seine Ansprüche und Arroganz waren alles, was Carly an den mächtigen Geschäftsleuten in Hollywood hasste, nur dass er so viel schlimmer war, als sie es sich je vorgestellt hatte.

Valens' Leute starrten alle Iris an, als wären ihr drei Köpfe gewachsen. Es wurde ungläubig und verwirrt gemurmelt. Carly vermutete, dass die meisten von ihnen von Valens gezwungen worden waren, ihm zu gehorchen, und vermutlich nicht einmal erkannten, dass die Zauber, die sie wirkten, illegal oder sogar gefährlich waren. Sie waren vermutlich ahnungslos, so wie es Harlow vor der Kamera vorgegeben hatte, als Carly bei ihr im Schlafzimmer gewesen war.

Carly nahm Iris am Arm und flüsterte: „Ich glaube nicht, dass seine Armee aus Angestellten wirklich weiß, was sie tut. Sie wurden gezwungen."

„Sie sind ein echtes Stück Scheiße, oder, Valens?", sagte Iris, die mit dem Amulett auf ihn zeigte. „Rufen Sie Ihre Leute ab, bevor sie noch sinnlos verletzt werden."

„Billy, es ist Zeit, den Müll rauszubringen", sagte Valens zu dem hochgewachsenen blonden Mann, der neben ihm stand.

„Ja, Boss", erwiderte er und warf einen Blick auf die anderen Männer um ihn. Er wies mit dem Kopf nach vorn und sagte: „Werdet sie los. Überlasst Lazer mir."

Zane fluchte, während er die Dolche in seiner Hand Jeremiah reichte. Als Bill sich durch den Raum auf ihn stürzte, traf ihn Zane auf halbem Weg, und sofort waren die beiden Männer in einen magischen Kampf verwickelt.

Liam ging ihm nach, doch bevor er ihn erreichte, traf er auf einen von Valens' Gehilfen.

Alle schritten zur Tat. Jeremiah behielt einen der Dolche und reichte die anderen fünf an den Zirkel weiter, während Valens' Armee sich ins Getümmel stürzte. Die hochgewachsene Blondine, die Carly vorhin angegriffen hatte, war zurück und nahm sie aufs Korn, aber Carly packte sie am Handgelenk und ließ ihre Magie in die Frau strömen. Es schien wie ein elektrischer Schock zu sein, der ihr eine Heidenangst einjagte, während sie anfing, ihre Energie komplett auszulaugen.

Als sie leblos auf dem Boden lag, beugte sich Carly hinab und sagte: „Verfolgen Sie mich noch einmal, und ich versetze

Sie in ein Koma, aus dem Sie vielleicht nie wieder erwachen. Verstanden?"

Die Frau schluckte und nickte ihr ganz schwach zu, um ihr zu sagen, dass sie verstanden hatte.

Carly trat über sie hinweg und starrte in die kalten, fiesen Augen von Jim Valens. Sein Blick traf ihren, und seine Augen begannen, vor Vorfreude zu leuchten. Er wollte, dass sie zu ihm kam. Er wollte Rache.

Das konnte er versuchen, doch schaffen würde er es nicht. Carly wehrte nicht nur einen, nicht nur zwei, sondern drei seiner Gehilfen an, zappte sie jedes Mal mit ihrer Energie. Keiner von ihnen blieb lang genug, dass sie sie auslaugen konnte, bis sie zu nichts mehr zu gebrauchen waren, aber das war ihr nur recht. Ihr Kampf war nicht mit ihnen, er war mit dem Mann, der versucht hatte, ihr alles wegzunehmen, was ihr lieb war.

„Dann kommen Sie doch", sagte Valens, der sie herausforderte. „Zeigen Sie mir, was Sie haben, Carly."

Magie knisterte um sie herum. Sie war nicht sicher, ob sie sie verursachte oder ob sie von der Schlacht kam, die im Raum tobte. Es spielte keine Rolle. Sie war nur auf Valens konzentriert. „Ich will meine Nichte, Valens. Niemand geht hier ohne sie."

„Dann schätze ich, dass niemand geht." Die schurkische Freude auf seinem Gesicht war fast zu viel, um sie zu ertragen. Ihr wurde schlecht bei dem Gedanken, wie sehr er das genoss.

Diese Erkenntnis trieb sie zur Tat, und sie stürzte sich auf ihn, griff nach seinem Hals. Sie hatte diesmal keinen Füller, doch sie hatte ihre Magie, und er hat eine offene Wunde.

Doch bevor sie ihn erreichte, zog er ein eigenes Amulett heraus und deutete damit direkt auf sie. Magie prallte in ihre Brust, was sie vorübergehend ausknipste. Als sie die Augen blinzelnd öffnete, starrte er auf sie herab, eine Augenbraue gehoben. „Ist das das Beste, was Sie tun können, Preston?"

Sie stieß die Hand nach oben, und diesmal fand sie ihr Ziel. Ihre Hand legte sich um seinen Hals, und sie drückte zu so fest zu, wie sie konnte.

Er stieß ein gequältes Heulen aus, schaffte es aber, zurückzuzucken. Sein Amulett war wieder da, und Carly rollte sich rasch herum, um zu verhindern, dass sie ein zweites Mal betäubt wurde. Sie fand Zuflucht hinter einer seiner vielen Statuen und duckte sich, als die Magie den Kopf der geschnitzten Statue glatt abtrennte.

Um sie herum war Chaos. Eines war klar, Carly brauchte eine Waffe. Sie konnte Valens nicht mit bloßen Händen bekämpfen, während er ein mächtiges Amulett hatte. Sie schaute sich um, weil sie hoffte, jemand hätte einen Dolch verloren. Aber sie hatte kein Glück. Sie fand nur einen kleinen fünfzackigen Stern, auf den die Form eines Pentagramms eingeprägt war. Sie schnappte ihn sich und richtete ihn direkt auf ihn.

„Sie glauben wirklich, das wird irgendwie Schaden anrichten?", fragte er.

„Könnte es. Man weiß ja nie, was für eine Art Magie darin aufbewahrt wird", sagte sie, doch sie konnte durch die Berührung bereits erkennen, dass er nicht mit einem schrecklichen Zauber verflucht war. Er war zum Schutz. Die Magie war warm und einladend, und überhaupt nicht das, was sie erwartet hatte, in Valens' Anwesen des Verhängnisses zu finden.

Er lachte leise. „Sie hoffen doch nur."

„Und Sie sind viel zu dreist", entgegnete sie, während sie sich wieder auf ihn stürzte.

Diesmal nutzte er nicht mal das Amulett. Er deutete nur

auf sie und schickte einen intensiven Strahl aus Magie. Carly hielt den fünfzackigen Stern hoch, und erst schien der Talisman genau das zu tun, was sie brauchte. Aber als sie gerade dachte, sie hätte seine Magie gezähmt, explodierte das Pentagramm, und die ganze aufgestaute Magie darin traf sie direkt in die Brust.

Sie starrte hinauf in Valens' manisches Gesicht, kurz bevor ihre Welt dunkel wurde.

25

„WENN SIE IHR WEHTUN, BRINGE ICH SIE EIGENHÄNDIG UM“, sagte Harlow mit rauer Stimme. So klang sie, wenn sie von einem Konzert nach Hause kam oder zu lang auf gewesen war und nicht genug Schlaf bekommen hatte.

„Sie enden dann nur genau wie sie“, sagte Valens, der unbehelligt und unbesorgt klang.

Carly blinzelte und starrte in ein blendendes Licht hinauf. Sie zog eine Grimasse und legte die Hände über ihr Gesicht.

„Carly!“, rief Harlow. „Alles in Ordnung?“

Sie drehte den Kopf zu der Stimme ihre Nichte und kniff die Augen zusammen. Harlow war auf einem Stuhl ein paar Meter entfernt gefesselt. Ihre Locken standen seltsam ab, als hätte sie selbst gekämpft, aber so weit Carly es sagen konnte, war sie unverletzt.

„Ich lebe“, zwang Carly heraus und fuhr zusammen, als sie nach Luft schnappte. Es tat weh, zu atmen. Sie stellte sich vor, dass alles wehtun würde, sobald sie versuchte, sich wieder zu bewegen.

„Der Göttin sei gedankt“, flüsterte Harlow.

„Sie sollten mir danken", knurrte Valens. „Ich bin derjenige, der sich zurückgehalten und sie nicht getötet hat. Hätte ich vermutlich tun sollen, aber wo ist da der Spaß?"

„Sie sind ein Arschloch", sagte Harlow.

Es war eine solche Untertreibung, dass Carly nicht anders konnte, als laut loszuprusten. Es war ein Fehler, denn ihr ganzer Körper brüllte vor Schmerz. Diese magische Bombe hatte sie echt mitgenommen.

„Ich werde dafür sorgen, das in meine Biografie zu stellen", sagte Valens nebensächlich.

Carly zwang sich dazu, sich hinzusetzen, und bemerkte, dass zwar Harlow gefesselt war, aber mit ihr hatte er sich die Mühe nicht gemacht. „Was genau wollen Sie von uns?"

„Die Antwort darauf kennen Sie bereits." Er tippte auf die Papiere, die immer noch auf seinem Schreibtisch waren. Die Akte, die nun mit seinem Blut verschmiert war. „Sie werden das Gesicht der Firma, verleihen ihr Glaubwürdigkeit, und Sie halten Lazer in Schach. Das" – er wedelte mit der Hand zu seiner geschlossenen Bürotür – „Kämpfen ist nicht akzeptabel. Sie unterzeichnen das, und dann sagen Sie Lazer, er soll den Zirkel zusammentreiben, damit wir ihr Gedächtnis löschen können, und dann lasse ich Ihre Nichte leben. Bei Ihnen hier, wenn Sie mögen."

Carly blinzelte ihn an. Saß er echt ruhig dort und sagte ihr, wie sie ihr Leben ruinieren würde, indem sie alles aufgab, wofür sie je gearbeitet hatte, all die Leute, die sie liebte, und sich in eine niederträchtige Kriminelle verwandelte? „Sie wissen, dass das nicht passieren wird. Stattdessen werden Sie Harlow freilassen, und ich bringe Sie nicht um."

Er lachte leise. „Ich mag das Feuer, das Sie haben. Das wird praktisch, wenn Sie Bannwerk am Laufen halten."

„Ich werde diese Todeskultfirma nicht betreiben, Valens. Weshalb zur Hölle dachten Sie je, dass ich das tun würde?"

Er beäugte Harlow. „Menschen tun eine Menge fragwürdiger Dinge, um ihre Liebsten am Leben zu halten."

„Sprechen Sie da aus Erfahrung? Sind Sie so dazu gekommen, diese … kriminellen Machenschaften anzuführen?", fragte sie, versuchte, der Frage auf den Grund zu gehen, weshalb ein mächtiger Produzent sein Leben und seine Karriere aufs Spiel setzte für mehr Geld, als er je brauchen würde.

Er verlagerte seinen Blick. „So was in der Art." Als er schließlich wieder zu ihr schaute, fügte er an: „Jetzt spielt es kaum noch eine Rolle. Ich bin zu tief drin, und ich brauche ein Gesicht, bei dem niemand was ahnt. Wer ist besser als Tante Serena?", fragte er und bezog sich damit auf eine der Figuren, die sie in einem beliebten Weihnachtsfilm gespielt hatte, wo sie die Lieblingstante und schließlich der Vormund zweier kleiner Mädchen gewesen war.

„Sie sind echt ein Arschloch", sagte Carly, was Harlow zum Kichern brachte.

„Ich bin nicht hier, um Freundschaft zu schließen. Jetzt unterzeichnen Sie die Papiere", befahl er und deutete auf einen Füller neben dem Stapel.

Carlys Magen drehte sich um, als ihr klar wurde, dass es genau der blutige Füller war, mit dem sie auf ihn eingestochen hatte. Sie stellte sich vor, indem sie Blut benutzte, würde das den Vertrag irgendwie sogar noch bindender machen. Auf gar keinen Fall würde oder konnte sie diese Dokumente unterschreiben. „Lassen Sie erst Harlow gehen. Dann reden wir."

„Halten Sie mich für einen kompletten Idioten?", fragte er, während er vom Schreibtisch weg und zu ihr ging.

„Schon!", schrie Harlow, die aus ihrem Stuhl sprang und ihn mit einem kleinen glühenden Messer angriff. Es ging direkt in seine Schulter, sodass er herumfuhr und ihr einen Schlag mit dem Handrücken versetzte. Das Geräusch war so laut, dass es Carly tatsächlich in den Ohren wehtat. Aber sie ignorierte es und lief zum Schreibtisch, wo sie das Amulett aufnahm, das er sorglos dort gelassen hatte.

Magie strömte davon aus und traf ihn direkt in die Brust, als er sich umdrehte, um es ihr wegzunehmen. Er erstarrte und fiel dann zurück, landete mit einem lauten, dumpfen Geräusch.

Harlow sprang auf ihn und drückte ihm das winzige Messer an die Kehle.

„Sie glauben, Sie bringen mich um?", fragte er, seine Stimme brach, obwohl sein Tonfall ungläubig war.

„Ich kann es begründen. Es ist Selbstverteidigung. Diese offenen Stellen von den Seilen reichen als Beweis, glaube ich."

Carly warf einen Blick auf die Handgelenke ihre Nichte, und obwohl ein glühend heißer Strang aus Wut durch sie hindurchwogte, war sie vor allem einfach traurig. Traurig, dass ihre Nichte das noch einmal durchmachen musste. Dass irgendwas davon passiert war. Dass Harlow jetzt an einem Punkt war, wo sie einen Menschen umbringen wollte.

„Harlow", sagte Carly sanft. „Ich glaube nicht, dass du das echt tun willst."

Valens schnappte scharf nach Luft. „Sie sollten auf ihre Tante hören."

„Schnauze", zischte sie ihn an und bohrte ihm das Messer in die Haut, hinterließ einen leichten Schnitt, sodass ein bisschen Blut austrat. Harlow warf rasch einen Blick auf Carly. „Ich glaube schon."

„Ich weiß, aber das ist nichts, womit ich will, dass du den

Rest deines Lebens leben musst. Wir dürfen die Taten dieses kranken Bastards nicht diese Art Wirkung auf dich haben lassen. Ich kann ihn fesseln, und wenn das alles vorbei ist, wird sich die Magie-Taskforce um ihn kümmern, genauso wie sie es mit dem neuen Bürgermeister gemacht hat, der versucht hat, Premonition Pointe zu übernehmen und illegale Pläne aus dem Stadtbüro heraus umzusetzen."

„Das ist anders", sagte sie, starrte immer noch auf Valens hinab.

„Inwiefern?", fragte Carly, die sich bewegte, um sich neben sie zu stellen.

„Dieser Bastard hat dich aufs Korn genommen", sagte sie durch zusammengebissene Zähne. „Und er hat mich benutzt, um es zu tun. Verstehst du das nicht, Tante Carly? Ich bin fertig mit beschissenen Männern, die versuchen, mir was wegzunehmen. Ich bin fertig mit den ganzen beschissenen Männern, die glauben, jemand schuldet ihnen was, und zwar die Frauen um sie herum. Sie nehmen nur den Menschen was weg und ruinieren alles Gute in ihrem Leben." Tränen liefen ungehindert über Harlows Wangen. „Wann werden sie endlich für ihre Verbrechen bezahlen? Hm? Wie kannst du denn wissen, ob dieser Bastard den Rest seines Lebens hinter Gittern verbringt? Woher wissen wir, dass sie ihn nicht rauslassen, weil er mächtig ist und sich die Freiheit kaufen kann?"

Carly wusste nicht, was sie dazu sagen sollte. Sie hatte recht. Mit allem. Jim Valens war reich und sehr gut vernetzt. Selbst wenn sie als Zeugen aussagen würden, waren zu viele mächtige Männer zu oft mit ihren Verbrechen davongekommen und hatten null Konsequenzen erlebt. Carly konnte ihrer Nichte kaum versichern, dass das nicht wieder passieren würde. Denn es war schon zu viel zu oft passiert.

Sie holte tief Luft und sagte: „Das kann ich nicht beantworten, Liebling. Ich weiß nur, dass wir danach mit uns leben müssen. Wenn du ihm die Kehle durchschneidest, kannst du das dann?" Es musste Harlows Entscheidung sein. So sehr Carly nicht wollte, dass sie diejenige war, die Valens' Leben beendete, wusste sie auch, dass Harlow selbst entscheiden musste, einen Schritt zurückzutreten. Sie musste wissen, dass sie die Kraft hatte, wegzugehen, selbst wenn jede Zelle ihres Körpers sie anflehte, das Leben ihres Missetäters zu beenden.

Harlow öffnete den Mund und schloss ihn dann wieder. Sie schüttelte den Kopf und schien sich neu zu konzentrieren, weil sie das Messer noch ein bisschen fester andrückte. Dann stieß sie einen Schrei aus und kroch rückwärts von Valens herunter.

Er schoss hoch, erwischte Harlow an den Haaren und ließ sie direkt auf die Knie gehen.

Diesmal zögerte Carly nicht. Diesmal packte sie den verdammten Füller und stieß ihn direkt in seine Halsschlagader, und riss ihn genauso schnell wieder heraus.

Er erstarrte vor Schock, und als das Blut floss, wichen die ganze Farbe und das Leben aus seinem Gesicht und er fiel leblos zu Boden. Carly ließ den Füller los und auf den Boden neben ihm fallen.

Harlow starrte ihn an. „Heilige Scheiße. Du hast es getan", flüsterte sie. Als sie sich an Carly wandte, waren ihre Augen aufgerissen und ihre Miene wie betäubt, und sie fragte: „Warum? Du hast gesagt, wir sollten nicht damit leben müssen."

Carly ging zu ihr hinüber, zog sie in eine innige Umarmung und sagte: „Er hat dir wehgetan, und obwohl ich nicht wollte, dass du das durch dein ganzes Leben mitschleppen musst, habe ich kein Problem damit. Er hat dich verletzt und andere Leute, die ich liebe. Er wird sie nie wieder verletzen."

Die Tür sprang auf, als Carly und Harlow dort standen und sich aneinander festklammerten. Es war Jeremiah. Er warf einen Blick auf Valens, bevor er seine Arme sowohl um Carly als auch um Harlow legte. „Es ist vorbei", sagte er. „Als Valens gestorben ist, wurden die Zwangszauber aufgehoben, und die meisten von ihnen hörten auf zu kämpfen. Die wenigen, die blieben, wurden von Zane und Liam gefesselt."

„Den Göttern sei gedankt", sagte Carly, die sich an ihn lehnte, als das ganze Adrenalin aus ihrem Körper wich. „Ist jemand verletzt?"

„Nicht ernsthaft", sprach er in ihre Haare.

Sie sprach ein weiteres stummes Gebet des Dankes, bevor sie sich löste. „Suchen wir jemanden, vor dem wir aussagen können, und dann holen wir Zane und Liam und den Zirkel, damit wir hier raus können." Sie nahm beide an den Händen und fügte an: „Ich bin bereit, meine Familie nach Hause zu bringen."

26

DIE WOCHEN NACH DEM KAMPF IN VALENS' ANWESEN WAREN ein Schlamassel. Carly und Harlow verbrachten zwei ganze Tage mit Befragungen durch die Magie-Taskforce, aber das war nichts verglichen mit dem, was Zane und Liam durchmachen mussten. Sie waren kurz davor gestanden, einer erklecklichen Anzahl an Verbrechen angeklagt zu werden, aber als die Nachrichten die Runde machten, traten die Menschen, denen Zane bei der Flucht aus dem Anwesen geholfen hatte, mit ihren Geschichten vor. Als Valens gestorben war, waren offensichtlich all seine Zwangszauber und Gedächtnisflüche mit ihm gestorben.

Mit Carlys Hilfe im Umgang mit den Medien wurde Zane zu einer Art Held, und alle Vorwürfe gegen ihn und Liam wurden fallengelassen. Manche von Valens' Gehilfen hatten kein solches Glück. Die wahren Gläubigen, diejenigen, die nicht mit Gedächtniszaubern belastet waren, saßen im Gefängnis und warteten auf ihr Urteil. Wer hätte geahnt, dass die Magie-Taskforce die anhaltenden Effekte eines Gedächtniszaubers aufspüren konnte? Carly nicht. Aber das war sehr praktisch gewesen, als sie sich um Billy und den Rest der Mannschaft gekümmert hatten.

Was Valens selbst anging, nachdem die Magie-Taskforce durch alle seine Dokumente gegangen war, hatten sie ein Tagebuch gefunden, das beschrieb, wie er mit Bannwerk vor all den Jahren ins Geschäft gekommen war. Es erwies sich, dass sein Vater die Firma gegründet und Jim dazu gezwungen hatte, indem er ihn sehr ähnlich erpresst hatte, wie er es mit Carly versucht hatte. Sein Vater hatte gedroht, die Frau zu töten, die er liebte, und letztlich hatte Valens zögerlich unterschrieben. Er hatte versucht, sie beide mehrmals aus dem Unternehmen herauszukriegen, und war gescheitert, aber als seine Freundin sich umgebracht hatte, hatte er aufgegeben und war genauso wie sein Vater geworden. Es war eine tragische Geschichte, die Carly traurig machte, wenn sie daran dachte.

Selbst nachdem alle Einzelheiten zur Unterhaltung der Öffentlichkeit draußen waren und der rechtliche Kram vorbei war, verschwanden die Medien nicht. Carly schlug sich nun mit täglichen Anfragen für Interviews herum. Alle wollten ihre Geschichte. Zu ihrem Pech redete sie nicht. Soweit es sie anbetraf, gab es nichts zu sagen.

Sie verfolgten auch Harlow. Sie hatte eine lange Vorgeschichte mit der Presse. Nach ihrer letzten Entführung waren die ganze Geschichte ihrer traumatischen Kindheit und die Einzelheiten zum Tod ihres Vaters wochenlang in den Nachrichten gewesen. Sie war zur Therapie gegangen und hatte eine Möglichkeit gefunden, damit umzugehen, aber das war nur schwer zu schaffen, wenn sie im Rampenlicht stand. Doch Carly hatte sie überzeugt, wieder zur Therapie zu gehen, und es ging ihr ganz gut.

„Hey, du", sagte Carly, die ein Tablett neben Harlows Bett abstellte.

Ihre Nichte rollte sich herum und beäugte das Tablett. „Du hast mir Frühstück gemacht?"

„Das war Liam", sagte Carly mit einem Lächeln, beäugte die Waffeln und das perfekt gekochte Ei. „Er wird eines Tages ein verdammt guter Koch werden."

„Er hat wieder meine Leibspeise gemacht", sagte Harlow, die sich aufrichtete und an das Kopfteil lehnte. Sie nahm die Tasse Kaffee und trank einen Schluck, bevor sie sagte: „Ich glaube, Liam ist mein Liebling."

Carly lachte. „Ich denke, er könnte jedermanns Liebling sein. Wenn er weiterhin so kocht, werde ich doppelt so viel Zeit im Fitnessstudio verbringen müssen."

Harlow verdrehte die Augen. „Du siehst aus wie immer."

„Vielleicht solltest du mal deine Augen überprüfen lassen." Carly zwinkerte ihr zu und nahm dann auf dem Bett Platz. „Ich habe mich gefragt, ob wir ein paar Minuten reden können."

„Machen wir das nicht?", fragte Harlow mit einer gehobenen Augenbraue.

„Klar, aber das ist nur Small Talk. Ich wollte über Sarah reden."

Harlows Augen wurden groß, bevor sie wegschaute. „Du weißt von ihr?"

„Ja. Lex hat es mir erzählt, als wir an dem Tag nach dir gesucht haben, als du von zu Hause entführt wurdest. Sie dachte, Sarah könnte vielleicht wissen, wo du bist."

„Verdammt." Harlow stellte ihre Kaffeetasse ab und vergrub dann das Gesicht in den Händen.

„Harlow, was ist los?", fragte Carly. „Du kannst doch nicht wirklich glauben, dass ich mich aufrege, weil du mit einer Frau zusammen bist, oder? Ich meine, Zane war … *ist* mein bester Freund. Ich hatte immer schwule Freunde. Ich verstehe nicht."

„Ich … O bei den Göttern. Wie erkläre ich das?", fragte Harlow, die etwas verloren wirkte.

Carly drückte ihr die Hand. „Du kannst mir alles sagen. Ich verurteile dich nicht. Ich will dich nur wissen lassen, was immer dich bedrückt, es ist okay. Ich bin da." Sie lächelte Harlow schwach an. „Und wenn du mit jemandem zusammen bist, würde ich sie echt gern kennenlernen."

„Sie will dich auch kennenlernen, und ich bin nur …" Harlow zuckte mit den Schultern. „Ich fühle mich wie eine Idiotin."

„Ich verspreche dir, hier gibt es nichts Idiotisches", versicherte ihr Carly.

„Okay, es klingt vielleicht dumm, wenn man alles bedenkt, was du gerade gesagt hast, doch ich hatte Angst, es dir zu erzählen." Harlow verzog das Gesicht. „Ich glaube nicht, dass das mit dir konkret zu tun hatte. Ich meine, ich wusste irgendwie immer, dass es kein Problem sein würde, aber da gab es diese kleine Stimme ganz hinten in meinem Kopf, die immer gefragt hat, was ich tun würde, wenn du von mir enttäuscht wärst. Was, wenn du einer von den Menschen bist, bei denen es bei allen anderen okay ist, aber nicht bei denen, die ihnen am nächsten stehen? Was, wenn es Abstand zwischen uns geschaffen hätte und die Dinge sich verändern?"

Carly rückte herum, sodass sie neben Harlow saß, und legte einen Arm um die Schultern ihrer Nichte. „Kleine, das wird niemals passieren. Auf mich kannst du dich immer verlassen. Ob es dir gefällt oder nicht, du hängst mit mir fest."

Harlow stieß ein halbes Schluchzen aus, ein halbes Lachen und wischte sich die Tränen ab, die in ihre Augen getreten waren. „Danke dafür. Aber ich sehe das nicht so, dass ich mit dir festhänge. Es ist eine verdammte Ehre, deine Nichte zu sein."

„Das gebe ich gern zurück", sagte Carly, die sie noch fester hielt.

„Ich glaube, ich ..." Harlow schnappte nach Luft, bevor sie fortfuhr. „Ich hatte viele Ängste vor dem Verlassenwerden, und sogar noch mehr bei Männern, nach allem, was ich durchgemacht habe. Es ist etwas, an dem ich mit meiner Therapeutin arbeite, und ich schätze, selbst der kleinste Hauch einer Möglichkeit, dass meine Beziehung zwischen uns eine Kluft öffnet, hat mich davon abgehalten, es dir zu sagen. Tut mir leid. Ich weiß, dass es dir wehgetan hat, dass ich dir nicht vertraut habe."

„Vielleicht ein bisschen, aber ich dachte auch, dass du Gründe hast." Carly gab ihr einen Kuss auf den Kopf. „Ich verstehe das. Wirklich. Und ich weiß auch, dass es nichts an diesen Unsicherheiten ändern wird, wenn ich dir fünfhunderttausend Mal sage, dass ich nirgendwohin gehe, aber sei mal vorbereitet, dass das genau das ist, was ich tun werde. Du weißt schon, jeden Morgen beim Frühstück, wenn du zum Laufen gehst, oder wenn du dich für ein Date fertigmachst. Oder Teufel, sogar mitten bei einem langweiligen Film, nur um was zu haben, über das man reden kann."

„Hör auf", sagte Harlow lachend. „Du bist verrückt."

„Wer denn nicht?", erwiderte Carly. „Nach dem, was wir erlebt haben, haben wir das Recht dazu."

„Das kannst du laut sagen" Harlow nahm ein Stück Bacon und bot es Carly an.

Obwohl es himmlisch roch, lehnte Carly ab. Sie machte keine Scherze darüber, dass sie doppelte Work-outs brauchte. „Ich sollte runtergehen und mal nach den Jungs schauen."

„Was ist denn mit ihnen?", fragte Harlow, Interesse funkelte in ihren blauen Augen.

Carly wusste, dass sie eigentlich wissen wollte, was mit ihr und Jeremiah los war, aber nicht mal Carly war sich da sicher. Er wohnte in ihrem Haus, da Liam und Zane da waren. Sie hatten beschlossen, zu bleiben, nachdem Carly sie angebettelt hatte. Sie wollte Zane um sich haben, und außerdem brauchten sie einen Ort, wo sie wieder auf die Beine kamen, ohne die neugierigen Augen der Presse. Ihr Haus, zusammen der zusätzlichen Security, machte am meisten Sinn. Carly hatte sie nur zu gerne hier, aber ihre aufkeimende Romanze mit Jeremiah hatte sich abgekühlt, während er angefangen hatte, seinen Bruder neu kennenzulernen. Wenn er nicht bei Zane war, verbrachte er sehr viel Zeit am Handy mit seinem Boss.

Vielleicht war das, was zwischen ihnen gewesen war, nur wegen der Anspannung und Angst gewesen, die sie gespürt hatten, während sie versucht hatten, Zane zu finden. So was gab es doch, oder? Leute in intensiven Situationen entwickelten Gefühle füreinander, und wenn es vorbei war, kühlten sie sich ab. Das war ihr schon früher auf dem Set passiert. Nichts ging über eine gute, altmodische Set-Romanze, um etwas Aufregung zu generieren. Aber die hielten nie, und schließlich hatte sie gelernt, dass es nie eine gute Möglichkeit war, um eine Beziehung zu beginnen.

Aber Jeremiah? Ihre Gefühle für ihn waren auf jeden Fall nicht aus der Situation entsprungen. Er war ihr immer wichtig gewesen, und war es noch. Sie musste ihn nur anschauen, und ihr Inneres wurde zu Brei. Hölle auch, sie musste mal klarkommen. Wenn er kein Interesse hatte, hatte er eben kein Interesse.

„Erde an Carly", sagte Harlow, die mit der Hand vor dem Gesicht ihrer Tante wedelte. „Wo bist du denn hingegangen? Du hast ausgesehen, als wärst du kurz völlig weggetreten."

„Ach, tut mir leid. Wie war die Frage?", erkundigte sich Carly und fragte sich, was ihr entgangen war.

„Was ist los bei Zane und Liam? Reden sie über einen Filmdeal?"

„Ach, das." Carly schüttelte den Kopf. Hollywood hatte angeklopft, nur Tage, nachdem Zane von allen Vorwürfen freigesprochen worden war. Viele Produzenten wollten die Rechte an ihrer Geschichte, aber das waren alles niedrige Angebote, also hatte Carly sie an eine Agentin verwiesen, die ihnen erzählt hatte, dass sie das viel besser machen konnten. „Nein. Noch nicht. Die Agentin verhandelt noch."

Harlow nickte. „Ich verurteile da nichts, aber ich bin nicht sicher, ob ich so was tun wollen würde, wo das eigene Leben auf dem Bildschirm ist, damit es durch die Massen konsumiert wird. Ich kann mir nur vorstellen, was für dummes Zeug die Leute dann im Internet sagen."

Carly nickte. „Ja, da stimme ich zu, aber es hat auch was für sich, wenn man in der eigenen Geschichte eine Stimme hat. Die Wahrheit ist, wenn sie es nicht verkaufen und die Rechte sichern, damit sie dabei was zu sagen haben, wenn es umgesetzt wird, dann wird jemand anders eine unautorisierte Version bringen, da haben sie dann keinen Einfluss, selbst wenn es komplett erfunden ist. Ich verstehe, weshalb sie das vielleicht tun wollen. Außerdem würde es ihnen mit ihrer finanziellen Stabilität helfen. Es ist nicht leicht, von null anzufangen, wenn man schon über vierzig oder fünfzig ist."

„Stimmt." Harlow nahm ein Stück vom Bacon. „Mir gefällt es trotzdem nicht, aber das verstehe ich jetzt."

Carly stand auf. „Ich gehe nach unten. Genieß dein Frühstück und dann lad mal Sarah zum Abendessen ein. Ich bin sicher, Liam macht was Tolles."

„Okay", sagte Harlow schüchtern. Und dann, kurz bevor Carly durch die Tür schlüpfte, fügte sie an: „Ich hab dich lieb."

„Ich hab dich auch lieb."

Carly fand Liam und Zane in der Küche. Liam stand am Tresen und knetete irgendeinen Teig für die frische Ciabatta, die er machte. Zane war am Tisch und schaute sich ein paar Verträge an.

„Neuer Filmvertrag?", fragte sie, während sie sich neben ihn setzte.

„Nein. Verlagsvertrag." Er grinste sie an. „Sie wollen, dass ich und Liam ein Buch schreiben."

„Ernsthaft?", fragte Carly, ihr Herz war ganz voll für sie. „Das ist unfassbar. Ist es ein guter Vertrag?"

Er reichte ihr den Vertrag, und einen Augenblick später stieß Carly ein Johlen aus. „Siebenstellig? Das ist doch nicht wahr. Das ist großartig." Sie drückte ihm eine Hand auf die Wange. „Ihr wahrt beide in der Hölle und seid zurückgekommen. Ich kann gar nicht sagen, wie glücklich ich bin, dass diese Möglichkeiten für euch entstehen. Euch beide", sagte sie und warf einen Blick zu Liam. „Es ist das Allermindeste, was ihr verdient habt, und wenn ich euch auf irgendeine Art helfen kann, lasst es mich wissen. Ich setze Berge für euch in Bewegung."

Zane lachte leise. „Hast du doch bereits. Das weißt du, oder? Nichts davon wäre passiert, hättest du uns nichts geholfen, als diese ersten Verträge reingeflattert sind. Ohne eine Agentin säßen wir in der Patsche. Und die hätten wir nicht ohne dich. Sie hat uns sogar einem starken Literaturagenten vorgestellt, und so ist das bei uns reingekommen." Er hielt den Buchvertrag hoch. „Ich wollte dir einfach danken. Dafür, und dass du uns hierbleiben lässt. Das ist einfach ... alles."

Carly umarmte ihn fest mit beiden Armen. Sie war außer bei Harlow nie jemand gewesen, der Leute umarmte, aber jetzt schien es, als könne sie nicht damit aufhören. „Ich liebe die

Tatsache, dass Liam und du hier seid. Das weißt du doch. Nach all den Jahren, in denen ich dich vermisst habe, glaube ich einfach, dass wir eine ausgedehnte Pyjamaparty verdient haben, oder?"

Er grinste sie an. „Weißt du noch, als wir Kinder waren, und ich dir gesagt habe, dass unser Treffen unter dem Schicksalsstern stand?"

Ihr Herz flog bei der Erinnerung. „Auf jeden Fall. Was waren wir da, zehn? Du hast gesagt, das läge daran, dass wir beide dasselbe Eis vom Eiswagen mögen."

„Orangencreme!", riefen sie beide gleichzeitig und kicherten dann los.

„Siehst du", sagte er. „Unter dem Schicksalsstern."

Liam räusperte sich, und als Carly zu ihm schaute, wandte er den Blick ab. Sie tätschelte Zanes Hand. „Ich glaube, es war auch Schicksal, dass du Liam getroffen hast."

„Wirklich? Warum?" Er beäugte sie argwöhnisch. „Da warst du doch nicht mal dabei."

„Weil er der Auslöser dafür war, dass du aus diesem beschissenen Höllenloch rauskommst. Hättest du ihn nicht da rausgeschafft und ihn zu mir und Jeremiah geschickt, dann wäre sehr wahrscheinlich nichts von alledem passiert." Sie wedelte mit der Hand herum, um die Tatsache zu unterstreichen, dass er und Liam beide hier wohnten. „Euer Treffen war vorbestimmt. Vom Schicksal."

Liam beäugte sie und schüttelte dann wissend den Kopf. Er wusste, was sie vorhatte. Sie schloss ihn ein, versuchte sicherzustellen, dass er sich nicht wie das fünfte Rad am Wagen vorkam, während sie in Erinnerungen schwelgten. „Ich schätze, das war Schicksal", stimmte Liam zu. „Wie oft trifft man schon die Liebe seines Lebens, nachdem man in eine kriminelle Untergrundorganisation gezwungen wurde?"

Wie er es so flapsig sagte, brachte er sowohl sie als auch Zane zum Lachen.

Zane stand auf und ging hinüber, wo Liam immer noch seinen Teig knetete. Er legte die Arme von hinten um ihn und sagte: „Du bist verdammt süß, das weißt du doch?"

„Und du störst bei diesem Brot. Wenn du nicht zurücktrittst, dann versaue ich es noch, und wir werden nur langweiliges altes Weißbrot zum Abendessen haben."

Zane erschauerte gespielt und trat zurück. „Nicht das langweilige alte Weißbrot. Ich glaube, ich warte damit, dich zu nerven, bis es im Ofen ist."

„Guter Plan." Es dauerte nicht lang, bis Liam den Zeitschalter am Ofen einstellte. Sobald er fertig war, nahm er Zane an der Hand und sagte: „Komm schon, Liebling. Wir müssen endlich die Sonne anbeten."

„Sonne anbeten?", fragte Zane, der verwirrt wirkte.

Liam nickte zu etwas … oder jemandem hinter Carlys Schulter hin.

Carly warf einen Blick zurück und fand Jeremiah, der im Eingang stand und sie beobachtete. „Hi."

„Hi", sagte er und trat ins Zimmer.

Carly bemerkte, wie Zane und Jeremiah einen Blick wechselten, bevor Zane nickte und Liam hinaus auf die Veranda folgte. „Worum geht's denn jetzt?", fragte sie.

„Was meinst du mit jetzt?", fragte Jeremiah unschuldig.

„Ach, komm schon. Du und Zane habt euch doch über irgendwas ausgetauscht. Was war es? Ist das der Augenblick, in dem du mir sagst, dass ihr geht? Werden meine Gästezimmer leer sein, und kein frisches Brot mehr in meinem Ofen?" In ihrem Tonfall war ein leichter Hauch Panik, aber es war ihr egal. Sie liebte es inzwischen, sie alle hier zu haben. Sie war nicht bereit, dass sie gingen.

Jeremiah griff nach ihrer Hand und ließ die Finger durch ihre gleiten. „Niemand geht, Carly. Tatsächlich glaube ich, dass Zane und Liam hierbleiben wollen. Sie lieben beide dich und Harlow. Wenn sie gehen, dann ziehen sie wahrscheinlich nach nebenan, nachdem sie ihre ganzen Mediengelegenheiten beim Schopf gepackt haben." Er grinste sie an. „Und was mich angeht, na ja …"

„Gehst du zurück nach L.A.?", fragte sie, drückte ihm die Finger und betete, dass ihre Vermutungen falsch waren. „Ich weiß, du hast dort eine Menge zu arbeiten. Es kann nicht leicht sein, dass du so lange weg bist."

„Nein, war es nicht", stimmte er zu. „Aber ich gehe nicht zurück. Tatsächlich habe ich mit ihnen einen Vorruhestand verhandelt, und ich ziehe ganz nach Premonition Pointe."

Carly keuchte leise. „Wirklich? Wann?"

„Jetzt?", fragte er und zuckte die Schultern. „Ich muss mir noch eine Bleibe suchen, aber wenn es dir nichts ausmacht, dass ich noch ein bisschen länger hier wohne, dann würde ich einfach hierbleiben, bis sich was ergibt."

„Ausmachen? Was soll es mir denn ausmachen?", fragte sie. Aber dann erhob sie sich und ein Hauch Frust kam auf. „Ich meine, ist ja nicht so, als würde ich nicht wissen, wo wir stehen oder so was. Dass ich mich nicht immer frage, was zwischen uns passiert ist, und ob du einfach drüber weg bist. Ich bin sicher, wir können es einfach weiter ignorieren. Aber eines Tages wird einer von uns wieder versuchen, eine Beziehung zu haben, und ich kann mir vorstellen, dass das recht seltsam wird, aber wir kommen schon klar. Oder vielleicht bist du bis dahin umgezogen. Vielleicht nebenan bei Liam und Zane, und wir können einander kommen und gehen sehen und uns immer fragen, was vielleicht hätte sein können. Und …"

„Carly", sagte er und stand auf, schnitt ihr das Wort ab.

„Was?", fragte sie trotzig. „Ist das der Teil, wo du mich abwimmelst und – *umpf*."

Als er ihr diesmal das Wort abschnitt, tat er es, indem er seinen Mund auf ihren legte. Sie war anfangs so schockiert, dass sie sich nicht mal regte. Aber als er die Arme um sie legte, schmolz sie an ihm und öffnete sich für den Kuss. Er war anfangs langsam und süß, aber wurde dann rasch erhitzt, bis sie beide atemlos waren.

Schließlich zog er sich zurück und schaute in ihre Augen hinab. „Beantwortet das deine Fragen?"

„Einige", gab sie zu. „Aber ich bin mir nicht sicher, was es bedeutet."

„Es bedeutet, dass ich dich will. Das habe ich immer, und ich ziehe nach Premonition Pointe, weil ich in dich verliebt bin", sagte er.

„Wirklich? Warum warst du dann in den letzten paar Wochen so … distanziert?", fragte sie und musterte seinen Blick.

„Ich musste mit meinem eigenen Zeug klarkommen." Er setzte sich und zog sie hinab, um auf seinem Schoß zu sitzen. „Anfangs ging es nur darum, Zeit mit Zane zu verbringen und mit meinen Schuldgefühlen klarzukommen, weil mir nicht bewusst war, dass er noch lebte. All die verlorenen Jahre … Das hat was mit mir angestellt, weißt du?"

Sie nickte. Sie hatte dieselben Schuldgefühle gehabt und arbeitete sich da auch durch.

„Und dann musste ich noch damit zurechtkommen, wie ich dich nach dem Unfall behandelt habe." Er griff nach oben und strich ihr die Haare aus den Augen. „Ich war ein Idiot, Carly. Ich hätte es dir nie zum Vorwurf machen sollen. Ich hätte mich auf dich stützen sollen. Wir haben so viel Zeit verloren, so viele Jahre. Es ist schmerzhaft, auch nur daran zu denken."

Sie beugte sich vor und küsste ihn sanft auf die Lippen. „Das Leben ist schmerzhaft, und Fehler wurden gemacht. Wir wissen das beide. Wir wissen auch, dass es keinen Weg gibt, um zurückzugehen und etwas zu ändern. Das Einzige, was sie tun können, ist weitergehen."

„Da stimme ich zu." Er nickte. „Die einzige Frage ist, ob du mit *mir* weitergehen willst."

Carly grinste ihn an. „Weißt du nicht, dass ich seit mindestens der Highschool für dich schwärme?"

Er bekam rote Wangen. „Ich wusste, dass da was war."

„Na ja, damals war es vielleicht Schwärmen. Aber jetzt bin ich in dich verliebt. Das war ich seit dem Abend, als du auf meiner Schwelle aufgetaucht bist."

Er hob zweifelnd die Augenbraue. „Echt? Der Abend, an dem du mir die Tür vor der Nase zuknallen wolltest?"

„Ja."

Er beäugte sie skeptisch, dann lachten sie beide. „Kann ich dich was fragen?"

„Klar doch."

„Hast du heute Vormittag was vor?"

Sie schürzte die Lippen, dachte nach, dann schüttelte sie den Kopf. „Nein, warum?"

„Darum." Er stand auf, zog sie in seine Arme hoch und trug sie die Stufen hinauf zu ihrem Schlafzimmer. Als er sie auf dem Bett ablegte, stieg er über sie und flüsterte: „Ich bin bereit, ein paar neue Erinnerungen zu schaffen."

„Was hast du so lange gebraucht?", fragte sie mit einem gerissenen Lächeln.

„Das wissen nur die Götter", antworte er und küsste sie dann.

27

CARLY PARKTE IHR AUTO AN DER KLIPPE, DIE FÜR SIE SO WICHTIG geworden war. Ihr Herz war voll, als sie über das Meer hinausblickte. Der Nebel klammerte sich an die Küste, aber die Sonne tat ihr Bestes, um durchzukommen. Sie dachte, das war die perfekte Metapher für ihren offiziellen Einführungstag in den Zirkel.

Der Zirkel hatte sie schon vor Monaten zum Teil ihrer Gruppe gemacht, aber es hatte nie eine offizielle Zeremonie gegeben. Nun, da alles, was mit Valens passiert war, hinter ihnen lag, war sie bereit, neu mit den Frauen anzufangen, die ohne irgendwelche Vorbehalte zu ihrer Rettung gekommen waren, ohne Fragen zu stellen, nur mit reiner Liebe in den Herzen.

Carly hatte Harlow vor nicht allzu langer Zeit erzählt, dass sie sich immer auf sie verlassen konnte, und das schon seit langer Zeit. Was ihr in diesem Augenblick nicht klar gewesen war, dass all die erstaunlichen Frauen des Zirkels auch jemand waren, auf die sie sich verlassen konnte. Sie waren für sie da, aus keinem anderen Grund, als dass sie sie mochten, und sie war für sie da.

Ein Klopfen erklang am Fenster und erschreckte sie. Sie fuhr zusammen und lachte dann, als sie Iris mit einer Weinflasche in einer Hand und einem Amulett in der anderen dastehen sah. Nicht ihr Amulett, das ihrem Vater gehört hatte, sondern ein anderes mit einem großen blauen Saphir in der Mitte.

„Komm schon, Carly. Heute ist dein Tag. Setzen wir uns in Bewegung", rief Iris.

Carly grinste, schnappte sich ihre Tasche mit Leckereien und schloss sich ihrer Freundin am Anfang des Pfades an, der sie zu ihrem Zirkelkreis hoch über der brodelnden See führen würde.

„Bist du bereit?", fragte Iris.

Carly nickte. „Mehr als bereit, endlich eine offizielle Schwester zu werden."

Iris schob den Arm durch den von Carly, und zusammen gingen sie über die Klippe zu der Stelle, wo die anderen vier Mitglieder des Zirkels bereits warteten.

„Willkommen zum ersten Tag des Rests deines Lebens", scherzte Hope, während sie sie umarmte.

Carly lachte. „Äh, worauf genau lasse ich mich da ein?"

„Es ist ein Kult", sagte Grace mit einem Zwinkern.

Joy verdrehte die Augen. „Hört auf. Carly hatte doch schon genug von solchen Dingen, glaubt ihr nicht?"

Carly griff vor und nahm Joys Hand. Sie war immer diejenige, die auf Carlys geistige Gesundheit aufpasste, und sie konnte gar nicht ausdrücken, wie sehr sie sie dafür liebte. Aber Carly fühlte sich immer sicher mit dem Zirkel und wusste, dass Grace nur Witze machte. „Schon gut. Darüber zu lachen ist Fortschritt, oder?"

„Genau", stimmten sie alle zu.

„Also", sagte Gigi, während sie auf einem Treibholzstamm Platz nahm. „Kommen wir zu den wichtigen Dingen. Was ist mit Jeremiah?"

Jedes Mitglied des Zirkels schien sich vorzubeugen, auf ihre Antwort zu warten.

„Hmm?", fragte Carly. „Du meinst mit seinem Job?"

„Nein", sagte Grace. „Sein Job ist uns egal. Was Gigi wirklich fragt, ist, hast du es getan? Hast du ihn endlich verführt?"

Carly warf den Kopf in den Nacken und lachte. Freundinnen wie diese hatte sie noch nie gehabt. Die Art, die einen alles fragen konnten, und man antwortete, weil man ihnen völlig vertraute. Trotzdem konnte sie nicht anders, als sie ein wenig zu quälen. Sie drückte sich eine Hand auf den Hals und tat so, als würde sie nach ihren Perlen greifen. „Grace! Ehrlich jetzt. Als Mädchen schweigt man doch und genießt."

„Aber legt sie sich auch ins Bett und genießt?", fragte Hope, die sie angrinste. „Komm schon. Wir wollen unbedingt wissen, ob Carly ihren Groove zurückhat."

Carly spürte, wie ihre Wangen heiß wurden.

„Oh, und wie sie sich ins Bett legt!", rief Gigi. „Seht euch die rosa Wangen an."

„Endlich", sagte Hope, die sich zurücklehnte und sich den Wein von Iris nahm. „Wie war es?"

Carlys Lippen wölbten sich zu einem trägen Lächeln. „Unglaublich."

Joy stieß ein zufriedenes Seufzen aus. „Ich freue mich so für dich, Carly. Du hast alles Gute in der Welt verdient."

Freudentränen brannten in Carlys Augen, und dieses eine Mal machte sie sich nicht die Mühe, sie wegzublinzeln. „Er zieht hierher", sagte sie. „Er sagte, er würde sich ein eigenes Haus suchen, aber ich habe ihn gebeten, bei mir zu bleiben, und er hat zugestimmt." Sie spürte, wie sie strahlte, und es machte ihr nicht mal etwas aus, dass sie wie eine verliebte Närrin aussah.

„Bei der Göttin", sagte Grace, ihr scherzhafter Tonfall war weg. Es lag nur Aufrichtigkeit darin, als sie sagte: „Ich glaube, glücklicher habe ich dich noch nie gesehen."

„So ist das eben, wenn man mal flachgelegt wird", fügte Hope mit einem Kichern an.

Sie lachten alle.

„Es schadet nicht", gab Carly zu. Aber dann wurde sie ernst und sagte: „Ihr wisst, dass es nicht nur Jeremiah ist, oder? Oder Zane und Liam und Harlow? Das seid ihr fünf und alles, was ihr in mein Leben bringt. Ich habe nie gewusst, was mir entgeht, bis ihr in mein Leben gekommen seid. Also dankeschön. Danke dafür, dass ihr alle ihr selbst seid und mich liebt, und auch Harlow, von ganzem Herzen. Das bedeutet mir die Welt."

Mit ihrer kleinen Rede schaffte sie es, sogar Hope kurz zum Schluchzen zu bringen, und dann nahmen sie sich alle einen Augenblick, um ausdrücken, wie viel der Zirkel und sie einfach für sie bedeuteten.

Grace räusperte sich. „Okay, genug Säuselei. Jetzt geht es ans Eingemachte." Sie erhob sich und hielt eine Hand nach dem Weinglas hin. „Führen wir diese Hexe in diesen Zirkel ein, damit wir zum wichtigen Teil des Treffens übergehen können."

„Dem Weintrinken?", fragte Joy.

„Genau." Grace grinste, und sie alle lachten, als Hope ihre Gläser füllte.

Nur sie sechs waren im Kreis, mit weißen Kerzen, die vor einer jeden von ihnen schwebten, und Grace hob das Weinglas und sagte: „Wir lieben dich, Carly. Willkommen in unserem Zirkel der Liebe und Freundschaft. Du bist jetzt eine von uns. Für immer und ewig."

Sie alle wiederholten: „Für immer und ewig."

Magie wirbelte um die Sechs, und Carly spürte endlich, wie alle ihre Beziehungsunsicherheiten und ihr Zögern verschwanden. Sie hatte ihre Leute gefunden, und sie wusste, ganz gleich, was in der Zukunft geschah, sie würden füreinander da sein, bis ganz zum Ende.

28

Marion Matched betrat das verlassene Gebäude auf der Hauptstraße und wusste sofort, dass das ihr neues Heim werden würde. Na ja, vielleicht nicht ihr Heim, aber ihr neues Hauptquartier. Es war ein Gefühl an diesem Ort, das einfach zu ihr gerufen und sich in ihren Knochen niedergelassen hatte.

Sie konnte bereits das Schild draußen sehen. *Ms. Matched Midlife Dating Agency.*

Marions Tage der Arbeit mit den Reichen, die immer nur jüngere und jüngere Ausgaben ihrer ehemaligen Frauen wollten, waren vorbei. Diesmal würde sie nur mit reiferen, erfolgreichen Frauen arbeiten, die nach Partnern suchten, nicht jungen Frauen, die Sugar Daddys wollten.

Sie seufzte, dachte über alle Klienten nach, die sie in L.A. zurückließ. Sie waren nicht alle schlimm, und sie hatte einen verdammt guten Job gemacht, um so einige Paare zusammenzubringen. Sie war sogar auf über ein Dutzend Hochzeiten ihrer ehemaligen Klienten im Vorjahr eingeladen gewesen.

Es war nur so, dass immer mehr von ihrer Klientel so eine

Art Klischeepaar war. Reicher Mann, jüngere Frau, und beide aus den völlig falschen Gründen dabei. Marion wollte sich nicht mehr um diese Partnerschaften kümmern. Sie wollte die Magie. Diejenigen, die einander später im Leben suchten und etwas fanden, das sie niemals zuvor gehabt hatten … Diesen wahren Partner, denjenigen, der einen ergänzte. Das waren diejenigen, für die sie lebte.

„Ich finde, dieses Grundstück ist ziemlich überteuert", sagte Grace Valentine hinter ihr. „Ich glaube, du solltest den Verkäufer mindestens um fünfundzwanzig Prozent runterhandeln."

„Sehe ich auch so", sagte Iris Hartsen. „Das ist schon ewig auf dem Markt, und es wird sehr viele Renovierungsarbeiten brauchen, damit man damit überhaupt was anfangen kann."

Grace war die örtliche Immobilienmaklerin, die ihre Freundin Carly Preston empfohlen hatte, und Iris war eine Geschäftsberaterin, die sich um allen rechtlichen Papierkram kümmern konnte.

Marion wandte sich ihnen zu. „Wie schnell können wir dieses Geschäft abschließen?"

„Ich kann das Angebot heute aufsetzen", sagte Grace, die auf ihre Uhr schaute. „Ich habe bereits dem anderen Makler gesagt, dass wir es ernst meinen, darum wartet er vermutlich darauf, von mir zu hören."

„Iris? Wann kann ich die Tür öffnen?"

Iris wirkte verblüfft durch ihre Frage. „Na ja, ich dachte, du willst dir erst mal das Gebäude sichern, bevor du irgendwas in Richtung Werbung anstellst. Dein Bankkonto steht bereits. Wir müssen die Adresse ändern, aber das ist keine große Sache. Das größte Problem wird wahrscheinlich, das Gewerbe zu beantragen. Das konnten wir nicht machen, bevor wir eine Adresse hatten. Das könnte etwas dauern, aber ich kann mal sehen, ob wir es irgendwie durchdrücken."

„Hervorragend. Tu, was du tun kannst. Ich will meine Tore so bald öffnen, wie es menschenmöglich ist."

„Äh, okay", sagte Iris und schrieb eine Reihe Notizen in ihr Buch.

Nachdem sie das Angebot besprochen hatte, das sie bei Grace machen wollte, ließ Marion die beiden Frauen zurück, um ihre Arbeit zu tun, und ging über den Platz in die Innenstadt von Premonition Pointe. Sie konnte die Magie in der Luft spüren. Sie war alt und majestätisch auf eine Art, die ihre Seele anfüllte.

Die Seele, die einmal zu oft zerschlagen worden war, und sich niemals ganz erholt hatte.

Sie schüttelte den Kopf. Genau deshalb war sie eine Partnerschaftsberaterin geworden. Marion hatte eine Gabe, die ihr sagte, wenn zwei Leute zueinander passten. Es war wie ein sechster Sinn. Sie wusste es einfach. Genauso wie sie wusste, dass ihr Premonition Pointe als neue Heimat bestimmt war.

Vielleicht würde sie hier in der Kleinstadt am Meer Frieden finden. Denn die Göttinnen wussten, dass sie es nach dem letzten Jahr, das sie erlebt hatte, verdient hatte. Keine weiteren Ermittlungen mehr. Kein Umgang mehr mit der Magie-Taskforce. Und um der Liebe allen, was ihr heilig war, keine Dates mehr.

„Marion?"

Sie wirbelte herum, als sie ihren Namen hörte, und starrte mit großen Augen den umwerfenden, dunkelhaarigen Mann an, der vor ihr stand. Sie blinzelte, sicher, dass sie sich etwas einbildete. Das war doch bestimmt nicht Jax Williams, ihr

Highschoolschwarm, den sie in den letzten fünfundzwanzig Jahren nicht gesehen hatte.

„Du *bist* es", sagte er mit einem breiten Grinsen.

Marion schaute sofort zu seinem Ringfinger und fuhr fast zusammen, als sie sah, dass da nichts war. „Äh, ja, ich bin es", sagte sie schließlich und trat einen Schritt vor, die Hand ausgestreckt.

Er sah sie seltsam an, ignorierte ihre Hand und nahm sie dann fest in die Arme. „Verdammt, es ist schön, dich zu sehen."

Sie klammerte sich fest und zwang hervor: „Es ist auch echt schön, dich zu sehen."

Als er sie losließ, glättete sie ihr Kleid und räusperte sich. „Also, was bringt dich nach Premonition Pointe? Urlaub?"

Er lachte leise. „Nö. Ich wohne hier. Schon seit etwa fünf Jahren inzwischen, eigentlich seit der Scheidung. Du?"

Sie schaute hinüber zu ihrem baldigen Bürogebäude und schluckte ein Seufzen. „Bin gerade erst diese Woche hergezogen. Ich eröffne ein Geschäft."

Seine Augenbrauen gingen hoch. „Was für ein Geschäft?"

Verdammt. Er musste ja fragen. „Partnerschaftsagentur. Bist du auf dem Markt? Du könntest mein erster Kunde werden."

Sein Blick huschte über sie, der gleiche Blick, der sie zum ersten Mal hatte schwärmen lassen. „Ich bin mir nicht sicher. Warum lässt du dich nicht von mir ausführen, und ich lasse dich wissen, was ich beschließe?"

Sie konnte nicht anders. Sie lachte leise. „Das war ein echt schöner Aufhänger. Ich sehe, du hast keinerlei Charme eingebüßt."

Er zwinkerte. „Das ist nicht das Einzige, was ich nicht eingebüßt habe." Er griff in seine hintere Hosentasche und reichte ihr eine Visitenkarte. „Wenn du bereit für dieses Abendessen bist, ruf mich an."

Marion stand auf der Straße, völlig verblüfft, während sie ihn nachsah. Wie wahrscheinlich war das denn? Nein, ernsthaft, wie konnte er denn tatsächlich hier in Premonition Pointe sein? Da spielte ihr die Welt doch echt einen Streich.

Denn Marion Matched hatte den Dates abgeschworen. Sie zerknüllte die Karte, wollte sie wegwerfen. Aber stattdessen schob sie sie in ihre Tasche und sagte sich, dass sie sie später loswerden würde.

Sie dachte immer noch an Jax' höllisch sexy Grübchen, als sie ins örtliche Café ging und einen Schrei hörte, bei dem einem das Blut gefror.

Marion erstarrte, schaute nach, wer verletzt war. Aber als es niemandem sonst aufzufallen schien, tat sich in ihrem Magen ein Loch auf.

Nicht schon wieder. Nicht hier. Nicht in Premonition Pointe.

Sie schloss die Augen, versuchte, es wegzuzwingen, und als sie sie wieder öffnete, stand der Geist direkt vor ihr und flüsterte: „Hilf mir."

ÜBER DIE AUTORIN

New York Times- und *USA Today*-Bestsellerautorin Deanna Chase wurde in Kalifornien geboren und in den behäbigeren Lebensstil des südöstlichen Louisiana versetzt. Wenn sie nicht schreibt, faulenzt sie oft mit ihrem Mann in New Orleans oder spielt mit ihren beiden Shih Tzus. Weitere Informationen und Neuigkeiten zu ihren neuesten Veröffentlichungen findet man auf ihrer Website unter deannachase.com.